KB103032

어느 날, 정글

바람청소년문고 8

어느 날, 정글 학교도서관저널 추천, 아침독서신문 선정

초판 1쇄 2018년 7월 30일 │ 5쇄 2024년 5월 21일
글쓴이 캐서린 런델 │ 표지그림 레벤테 서보 │ 옮긴이 백현주
편집 김지연 │ 디자인 손희영 │ 홍보마케팅 이귀애 │ 관리 최지은 이민종
펴낸이 최진 │ 펴낸곳 천개의바람 │ 등록 제406-2011-000013호
주소 서울시 영등포구 양평로 157, 1406호
전화 02-6953-5243(영업), 070-4837-0995(편집) │ 팩스 031-622-9413
ISBN 979-11-87287-79-7 43840

THE EXPLORER

Copyright © Katherine Rundell, 2017
All rights reserved.

Korean translation copyright © 2018 by A Thousand Hope
Korean translation rights arranged with Rogers, Coleridge and White Ltd.
through EYA (Eric Yang Agency).

• 이 책의 한국어판 저작권은 EYA(Eric Yang Agency)를 통해 Rogers, Coleridge and White Ltd. 사와 독점 계약한
   천개의바람에 있습니다.
• 저작권법에 의해 한국 내에서 보호를 받는 저작물이므로 무단 전재와 무단 복제를 금합니다.
• 이 도서의 국립중앙도서관 출판시도서목록(CIP)은 서지정보유통지원시스템 홈페이지(http://seoji.nl.go.kr)와
   국가자료공동목록시스템(http://www.nl.go.kr/kolisnet)에서 이용하실 수 있습니다. (CIP 제어번호 : CIP 2018021065)

✱잘못 만든 책은 구입하신 서점에서 바꾸어 드립니다. 천개의바람은 환경을 위해 콩기름 잉크를 사용합니다.
✱종이에 베이거나 긁히지 않도록 조심하세요. 책 모서리가 날카로우니 던지거나 떨어뜨리지 마세요.

제조자 천개의바람 **제조국** 대한민국 **사용연령** 11세 이상

어느 날, 정글

캐서린 런델 글 · 백현주 옮김

차례

추락

이륙장은 뜨거운 브라질 태양 아래에 펼쳐진 먼지투성이 도로였다. 도로라기보다 사막 같았다. 프레드는 사촌이 교복 위에 입으라고 한 크리켓(열한 명씩 이루어진 두 팀이 교대로 공격과 수비를 하며 공을 배트로 쳐서 득점을 겨루는 경기) 점퍼 때문에 뜨거운 비행기 안에서 서서히 익어 가고 있었다.

마침내 비행기가 마법처럼 하늘로 떠오르기 시작했다. 프레드는 팔걸이를 잡고 숨을 한번 크게 들이마셨다. 옆에 앉은 조종사가 조종간(비행기의 방향을 조종하는 막대 모양의 장치)과 추력 레버(조종사가 원하는 동력 또는 추력을 얻기 위한 조종 장치)다루는 모습을 너무 집중해서 지켜본 나머지 입은 벌어지고, 손가락은 미세하게 떨렸다.

태양에 가까워지면서 비행기가 흔들렸다. 물의 도시, 마나우스(브라질 북부 아마조나스주의 주도로, 아마존강 일대의 경제와 문화 중심지)를 향해 속력을 가하는 6인승 경비행기는 거대하고 푸른 아마존강 위의 작은 점처럼 보였다. 프레드는 눈앞으로 쏟아진 머리를 쓸어 넘기고 이마를 창문에 댔다.

프레드 뒤에는 여자아이와 그 남동생이 나란히 앉아 있었다. 남매는 둘 다 갈색 피부에 눈썹 산이 또렷했고 속눈썹이 길었다. 여자아이는 낯을 가리는지 이륙장에서 마지막 순간까지 부모님을 꼭 껴안고 있었다. 지금은 강물을 바라보며 조용히 콧노래를 흥얼거렸다. 남동생은 안전벨트를 입으로 가져가서 빨았다.

그 뒷좌석에는 금발을 허리까지 드리운, 얼굴이 하얀 여자아이가 앉아 있었다. 여자아이는 볼에 닿은 풍성한 러플(너비가 넓은 프릴) 깃이 거슬리는지 얼굴을 찡그리며 잡아 내렸다. 창문 밖은 보지 않기로 마음먹은 듯했다.

엔진에서 탈탈 소리가 났다. 조종사가 인상을 쓰며 조종간을 움직였다. 나이가 지긋하고 어딘지 모르게 군인 같은 인상을 주는 사람이었다. 코털이 비죽 튀어나와 있었고, 잿빛 콧수염은 중력을 거스르듯 끝이 위로 향해 있었다. 조종사가 추력 레버를 당기자, 비행기가 구름 위로 솟구쳐 올랐다.

하늘이 어두워졌다. 조종사가 트림을 해 댔다. 처음에는 조용히 하다가 점점 거세졌다. 프레드는 슬슬 걱정이 됐다. 조종사가 손을 홱, 움직이자 비행기가 갑자기 왼쪽으로 하강했다. 프레드 뒤에서 누군가 소리를 질렀다. 비행기가 강물 위에서 휘청이다 다시 창공으로 날아올랐다. 조종사가 끙끙 앓는 소리를 내더니 헉, 숨을 토하며 엔진 속도를 줄였다. 그러고는 이내 캑캑거리기 시작했다.

프레드는 반백의 조종사를 바라보며 물었다.

"괜찮으세요? 도와드릴까요?"

조종사는 애써 숨을 고르며 고개를 흔들었다. 그리고 제어반에 손을 뻗어 엔진을 껐다. 곧 시끄러운 기계 소리가 멈추고 비행기가 아래로 향했다. 창문 밖으로 나무가 휙휙 올라갔다.

"뭐야, 어떻게 된 거야? 비행기를 멈춰야 해!"

금발 여자아이가 날카롭게 외쳤다.

어린 남자아이는 악을 쓰며 울기 시작했다. 조종사는 프레드의 손목을 꽉 움켜쥐더니, 그만 계기판에 머리를 박고 말았다.

잠시 전까지만 해도 믿음직스러웠던 하늘은 이들을 포기한 것 같았다.

정글

칠흑 같은 밤이었다. 프레드는 자신이 죽었다고 생각했다. 불길이 치솟고 손과 발에서는 피가 흘렀다. 하지만 정말 죽었다면 주변이 이렇게 시끄러울 리 없었다.

프레드는 도와 달라고 외치고 싶었지만 입안 가득 먼지가 말라붙어 소리가 나오지 않았다. 힘을 다해 입을 벌리고 혀 안쪽에 손을 넣어 재를 끄집어냈다.

"불이야! 누구 없어요? 살려 주세요!"

프레드는 소리쳤다.

뒤에 있던 나무에서 화염이 치솟고 하늘에서 천둥이 그르렁거렸다. 대답은 그뿐이었다.

불타는 나뭇가지가 시뻘겋게 달아올라 툭툭 소리를 내며 갈라지고, 불똥이 폭포처럼 쏟아졌다. 프레드는 폴짝 뛰어서 뒤쪽으로 가다가 무언가 단단한 것에 머리를 박았다. 불붙은 나뭇가지가 툭 떨어졌다. 프레드는 재빨리 도망쳤다. 목에서 쓴맛이 났다.

이번에는 볼에 무언가 닿았다. 반사적으로 머리를 확 숙이고 볼을 쳤다. 빗방울이었다. 갑자기 비가 억수같이 쏟아지기 시작했다. 손으로 받자, 빗물은 금방 재와 섞여 타르처럼 검고 끈적하게 변했다. 다행히 숲에 난 불은 곧 비에 꺼졌다. 프레드는 달리던 속도를 늦추고 헐떡이면서 뒤돌아보았다.

숲속에 떨어진 작은 비행기에서 회색 구름이 뭉게뭉게 밤하늘로 올라가고 있었다. 프레드는 절망과 함께 어지러움을 느꼈다. 주위를 둘러보았지만 무성하게 자란 풀과 하늘 높이 솟은 나무들만이 빽빽할 뿐이었다. 놀란 새들이 비명을 질렀다. 프레드는 비행기가 타오르는 소리를 쫓으려는 듯이 고개를 세차게 흔들었다.

팔에 난 털은 불에 그슬려 삶은 달걀 냄새를 풍겼다. 이마를 만지자 까맣게 타 버린 눈썹 끄트머리가 손가락 사이로 떨어졌고, 소매로 눈썹을 쓱 닦았더니 피가 묻어났다.

프레드는 그제야 자신을 내려다보았다. 바지 한쪽이 주머니부터 찢겨 있었다. 다행히 뼈가 부러진 곳은 없었지만 등과 목이 너무 아팠다. 그리고 팔다리는 자기 게 아닌 것 같았다.

"누구예요? 가까이 오지 마세요!"

갑자기 어둠 속에서 목소리가 들려왔다.

프레드는 웅웅거리는 귀로 주위에 집중했다. 그러고는 돌 하나를 집어 들어 소리가 난 쪽으로 던지고 나무 뒤에 웅크려 숨었다.

심장이 목구멍 밖으로 튀어나올 것 같았다. 프레드는 최대한 숨을 내쉬지 않으려고 노력했다.

"제발 우릴 해치지 마세요!"

다시 여자아이 목소리가 들렸다.

프레드가 나무 뒤에서 조심스럽게 살피자, 어둠 속에서 긴 그림자를 드리운 덤불 두 개가 겨우 보였다.

"누구예요? 거기 누구 있어요?"

두 번째 덤불에서 목소리가 흘러나왔다.

프레드는 털이 곤두서는 것을 느끼며 어둠 속을 응시했다.

"제발 우릴 해치지 마세요!"

또다시 소리가 들렸다. 영국인 억양이 아니었다. 부드러운, 아이 목소리였다.

"똥을 던진 사람이 당신인가요?"

프레드는 땅을 내려다보았다. 돌은 몇 년 된 것으로 보이는 동물의 배설물이었다.

"아, 응."

어둠에 익숙해지자 진초록 덤불 속에서 빛나는 눈이 보였다.

"너희도 비행기에 있던 거야? 다치진 않았어?"

"다쳤어. 하늘에서 떨어졌으니까."

덤불에서 목소리가 들렸다.

"심하지는 않아."

다른 덤불에서도 목소리가 들렸다.

"밖으로 나올래? 여긴 나뿐이야."

두 번째 덤불이 움직였다. 프레드는 심장이 쿵쾅거렸다. 온통 긁히고 불에 덴 여자아이와 남동생이 걸어 나왔다. 남매는 비와 땀으로 범벅이 된 재를 온몸에 뒤집어썼지만 분명 살아 있었다. 프레드는 더이상 혼자가 아니었다.

"살아 있구나!"

"당연하지. 죽었다면 이렇게 말할 수 있겠어?"

첫 번째 덤불에서 금발 여자아이가 걸어 나오며 프레드와 남매를 쌀쌀맞게 보았다.

"내 이름은 콘이야. 원래 이름은 콘스탄시아인데 그렇게 부르면 죽어 버릴 거야."

프레드는 멋쩍게 웃으며 어깨를 으쓱했다.

"알았어. 네가 원하는 대로 부를게. 난 프레드야."

"내 이름은 릴라야. 얘는 맥스고."

남동생을 안고 있던 다른 소녀가 말했다.

"안녕?"

프레드는 웃으려고 노력했지만 뺨의 베인 상처와 화상이 너무 아파 절반만 웃는, 이상한 표정을 지어 버렸다.

우느라 거의 실신할 지경에 이른 맥스는 릴라 피부에 멍이 들 정도로 꼭 매달려 있었다. 릴라는 몸을 한쪽으로 기울여 맥스를 안고 달랬다. 프레드는 남매가 머리 두 개에 팔이 엉킨 하나의 생명체 같다고 생각했다.

"동생이 많이 다쳤니?"

프레드가 물었다.

릴라는 맥스의 등을 필사적으로 토닥였다.

"어디가 아픈지 말하지 않을 건가 봐. 그냥 울기만 하고 있어."

콘은 불이 솟아오르는 비행기를 돌아보고는 몸서리쳤다. 얼굴에 불길이 비쳐 어른거렸다. 금발은 재와 피로 떡져 검붉은 잿빛이 돼 있었고, 어깨에는 꽤 깊어 보이는 상처가 나 있었다.

"괜찮아? 상처가 깊은 것 같은데."

프레드가 얼굴에 쏟아지는 빗물을 닦으며 물었다.

"지금 괜찮은 사람이 있을까? 단 한 명이라도, 조금이라도 말이야. 우리는 아마존 정글에서 길을 잃은 거야. 통계적으로 말하자면……죽을 가능성이 크지."

콘이 내뱉듯 말했다.

"나도 알아. 하지만 내 말은……."

"아니, 그만. 우리 중에 어느 누구도, 조금도 괜찮지 않아."

콘의 목소리가 가늘게 높아졌다.

덤불이 부스럭거리고 비가 세차게 프레드의 얼굴을 때렸다.

"비를 피할 곳이나 찾아 보자. 큰 나무나 동굴 같은……."

"안 돼!"

갑자기 맥스가 공포에 질려 소리를 질렀다.

"울지 마. 다 같이 있으면 안 무서워."

프레드가 안심하라는 뜻으로 두 손을 들고 물러서다가, 곧 맥스의 손가락이 가리키는 곳을 보았다. 발에서 10센티미터도 떨어지지 않은 곳에 뱀이 있었다.

정글 바닥에 걸맞게 갈색과 검정색으로 얼룩덜룩한 뱀이었다. 머리가 주먹만 했다. 순간, 모두 숨을 죽였다. 정글도 고요해졌다. 하지만 다시 맥스가 고함을 질러 정적이 깨졌고, 넷은 황급히 도망쳤다.

땅이 젖어 뛰기 쉽지 않았다. 진흙이 발에 채여 튀기도 하고, 팔꿈치를 나무에 찧기도 했다. 프레드는 마치 자기 몸이 아닌 것처럼 그 어느 때보다도 빨리 뛰었다. 손과 발이 저만큼 앞서다 결국, 나무뿌리에 걸려 바닥을 굴렀다. 입에서 흙이 씹혔지만 계속 뛰었다. 빗물이 눈앞을 가렸다. 어둠 속에 그림자만 휙휙 스쳐 지나갔다.

갑자기 뒤에서 고함이 들렸다.

"제발, 맥스!"

이어, 릴라가 소리쳤다.

프레드는 발을 멈추고 돌아보았다.

맥스가 땅에 등을 대고 누워 울고 있었다. 쏟아지는 빗물 속에서 맥스의 몸이 바들바들 떨렸다.

"맥스는 이제 안 뛸 거야. 나는 동생을 안고 뛰지 못하고."

릴라가 동생을 바라보며 말했다.

"서둘러!"

프레드는 맥스를 등에 업었다. 생각보다 무거웠다. 맥스가 등 뒤에서 계속 소리를 질렀지만, 쉬지 않고 달렸다. 온몸이 아팠다.

옆구리의 통증을 견디기 힘들어졌을 즈음, 프레드는 나무 사이에서 공터를 발견했다. 프레드가 갑자기 멈춰 서는 바람에 맥스의 머리가 프레드 등에 세게 부딪혔다. 맥스는 화가 나서 프레드의 한쪽 어깨를 물려고 했다.

"제발, 맥스."

프레드는 말은 그렇게 했지만, 눈앞의 광경에 시선을 뺏겨 등 뒤에는 거의 신경을 쓰지 않고 있었다.

울창한 나무 사이로 공터가 동그랗게 들어앉아 있었다. 발밑에는 초록색 이끼와 풀들이 촘촘했고, 하늘에는 무수한 별과 보름달이 아이들을 비추고 있었다. 프레드는 맥스를 땅에 내려놓고는 가쁘게 숨을 몰아쉬었다.

"뱀이 여기까지 따라왔을까?"

맥스가 물었다.

"아니."

콘이 헐떡거리며 말했다.

"어떻게 알아?"

맥스가 울먹거렸다.

"맥스, 뱀은 더 이상 따라오지 않아. 우리 모두 알고 있잖아. 정신이 없어서 멈추는 걸 잊어버렸을 뿐이야."

릴라가 무릎을 꿇고 맥스를 안아 주었다.

"너무 놀라서 그래. 자, 뱀 없지? 다들 바보야. 이제 길을 더 잃게 됐어."

콘이 쓸쓸한 목소리로 말했다.

공터는 커다란 물웅덩이 쪽으로 살짝 경사져 있었다. 프레드가 물웅덩이 쪽으로 코를 킁킁거렸다. 썩은 냄새가 났지만 미칠 듯한 갈증을 참을 수 없었다. 결국, 프레드는 입을 대고 물을 마셨다. 하지만 물을 마시자마자 이내 뱉어 냈다.

"안 되겠어. 죽은 사람의 발 맛이 나."

"하지만 난 목말라."

맥스가 말했다.

프레드는 맥스가 또 울기 전에 물을 찾으려고 주위를 살폈다.

"그래, 머리를 짜면 물이 나올 거야. 안 먹는 것보다 나아."

프레드는 앞머리를 비틀어 짰다. 이마를 타고 물 몇 방울이 입안으로 흘러들었다.

맥스가 릴라의 머리카락을 잠시 씹더니 눈을 찡그리며 말했다.

"무서워."

울지도 않았고, 감정도 없었다. 프레드는 그게 우는 것보다 더 불쌍하다고 생각했다.

"알아. 우리 모두 두려워, 맥스."

릴라가 맥스를 끌어안으며 부드럽게 말했다. 맥스가 안기며 릴라의 손목에 난 화상을 움켜잡았다. 릴라는 손을 치우는 대신 포르투갈어로 자장가를 다정하게 속삭였다.

프레드는 남매를 바라보았다. 둘 다 추위에 몸을 떨고 있었다.

"아침이 되면 상황이 나아질 거야."

프레드가 말했다.

"그래? 과연 그럴까?"

콘이 쏘아붙였다.

"더 나빠지진 않을 거야. 해가 뜨면 집으로 가는 길도 찾을 수 있을 거고."

콘이 프레드를 노려보았다. 프레드도 피하지 않고 시선을 맞받아쳤다. 콘의 얼굴은 기하학적으로 생겼다. 날카로운 턱과 날카로운 광대뼈, 날카로운 눈.

"지금은?"

콘이 물었다.

"우리 엄마, 아빠가 그러셨는데, 무언가를 고민하기 전에 잠을 자야한대. 피곤하면 바보 같은 생각을 하게 된다고. 우리 엄마, 아빠는 과학자야. 그러니까 우리는 자야 해."

릴라가 말했다. 부모님 이야기를 하자 릴라는 울컥 눈물이 나서 얼굴을 찌푸렸지만 끝까지 울음을 참았다.

"그래, 좋아. 일단 자자."

아이들은 젖은 풀 위에 누웠다. 옷이 축축하게 젖었지만 공기는 따뜻했다.

'여기가 학교 기숙사라면 룸메이트 존스와 스크레이즈가 코 고는 소리에 잠을 깼을 텐데.'

프레드는 눈을 감고 생각했다. 개미 한 마리가 얼굴로 기어올라왔다.

"그런데 뇌진탕으로 죽을지도 모르니 깨어 있어야 하지 않아?"

콘이 말했다.

"뇌진탕에 걸렸다면 이미 어지러울걸."

릴라가 대답했다.

프레드는 이미 반쯤 자면서 어지러움이 느껴지는지 가늠해 보려고했다. 세상이 빙글빙글 돌아가기 시작했다.

"우리 모두 자다가 죽으면, 너희 둘 때문이야."

콘이 말했지만 프레드는 잠에 빠져들었다. 정글과 깊은 밤이 아득히 멀어져 갔다.

움막

타는 듯한 더위였다. 프레드는 여전히 살아 있었다. 눈을 뜨자, 아마존의 뜨거운 태양이 곧장 내리쬐고 있었다. 습관적으로 손목시계를 들여다봤지만 시계 판이 깨지고 분침이 없었다.

릴라와 콘은 아직 자고 있었다. 콘은 엄지손가락을 빨았다. 둘 다 피와 상처투성이였지만 다행히 숨은 고르게 쉬고 있었다. 푸르고 붉게 반짝이는 파리 떼가 두 아이 머리 위에서 날아다녔다. 피 냄새를 맡고 몰려든 것이었다.

그런데 무언가 이상했다. 작은 소년이 보이지 않았다.

"맥스!"

프레드가 자리에서 벌떡 일어나 소리쳤다. 하지만 날파리가 윙윙거리는 소리 이외에 어떤 대답도, 움직임도 없었다. 릴라가 살짝 움찔했을 뿐이었다. 프레드는 심장이 쿵쾅거렸다.

"맥스!"

프레드가 주위를 둘러보며 다시 고함쳤다.

"왜?"

맥스의 목소리가 들렸다. 맥스는 지독한 냄새가 나는 물웅덩이 옆 수풀 사이에 배를 깔고 엎드려 물장난을 치고 있었다.

"맥스! 그 물을 마시진 않았겠지?"

프레드는 달려가다가 갈비뼈 하나가 욱신거려서 움찔했다. 맥스는 프레드를 물끄러미 보더니 으앙, 울음을 터뜨렸다.

"울어도 소용없어."

프레드가 맥스에게 말했다. 하지만 피와 검댕투성이에 눈썹이 반 쯤 타 버린 자신의 모습은 꽤 놀랄 만한 것 같았다.

"맥스, 무슨 일이야?"

맥스가 숨넘어갈 듯이 울어 대자 릴라가 한달음에 달려왔다.

'설탕!'

프레드는 충격에 설탕이 좋다는 것을 알고 있었다.

"달콤한 거 줄게. 제발 그만 울어."

프레드는 박하사탕을 떠올리곤 주머니에 손을 넣었다. 손이 축축 했다. 허벅지에 난 상처 때문에 주머니는 피에 젖어 반쯤 굳은 상태 였다. 그 속에 든 박하사탕은 밤새 피에 절어 끈적했다. 프레드는 잠 시 얼굴을 찡그렸지만 입에 하나를 넣었다. 맛이 괜찮지는 않지만, 당분을 섭취하니 기분이 좀 나아졌다.

"이거 하나 먹을래? 박하사탕이야."

프레드가 사탕 하나를 셔츠에 문질러 닦았다.

"싫어! 난 박하 싫어!"

"하지만 이게 내가 가진 유일한 음식이야."

"음……, 그렇다면 먹을게."

맥스는 마치 귀족이 소작농에게 빵을 받는 것처럼 말했다.

"자, 여기. 최대한 천천히 먹어."

프레드는 맥스의 끈적한 손바닥에 박하사탕을 올려놓았다.

맥스는 소리 내어 박하사탕을 빨아 먹었다. 콧물이 입을 지나 턱까지 줄줄 흘렀다.

"맥스, 이리로 와!"

릴라가 소리쳤다.

맥스는 사탕을 먹는 데 집중하느라 눈썹을 찡그렸다. 순간, 프레드는 맥스가 몹시 연약해 보였다. 가슴이 답답했다.

"코 좀 풀어 봐."

"난 코 풀 줄 몰라. 이건 누나 일이야."

맥스가 릴라에게 절룩거리며 걸어갔다.

"코를 스스로 풀 줄 알면 좋을 것 같은데."

"아냐!"

맥스는 혀로 윗입술을 날름 빨았다.

프레드는 다섯 살배기와 이야기하기 힘들다고 생각했다. 두 뺨에 먼지가 말라붙은 맥스 얼굴은 아주 말썽꾸러기처럼 보였다.

프레드는 맥스의 셔츠를 잡고 토끼 굴로 보이는 구멍이나 가시를 밟지 않게 이리저리 잡아끌었다. 바닥은 이끼투성이였고 덩굴 식물이 군데군데 자라고 있었다. 그사이 릴라와 콘은 나무 한 그루에서 떨어진 붉은 꽃들 사이에 앉아 논쟁을 벌이고 있었다.

"야, 너! 이름이 뭐였더라? 그래, 프레드! 여기 와서 얘가 완전히 틀렸다고 좀 말해 줘."

콘이 불렀다.

"콘이……."

릴라가 상기된 얼굴로 중얼거렸다.

"그래, 난 우리가 비행기 쪽으로 돌아가서 잠자코 기다려야 한다고 생각해. 혹시 사람들이 비행기를 타고 지나가다가 우리 비행기를 발견할 수도 있잖아. 그러면 우리를 구해 줄 거고."

콘이 릴라의 말을 가로채 말했다.

"그럴수록 우린 여기에 있어야 해. 일단 길을 잃었고, 누가 우리 비행기를 발견할 것 같지도 않아. 사람들은 우리가 어디서 추락했는지 모르니까 정글 전체를 수색할 거야. 우리는 우리대로 길을 찾아야 해. 마나우스까지 말이야."

릴라는 무릎을 감싸 안고 민들레처럼 생긴 꽃을 보며 말했다.

프레드는 릴라를 쳐다보았다. 얼굴 한쪽에 상처가 나 있고, 양 갈래로 땋은 짙은 갈색 머리는 한쪽이 검게 그을려 있었다.

릴라가 고개를 들어 콘을 쳐다보았다. 콘도 릴라를 노려보았다.

"미친 짓이야. 비행기 근처에서 구조를 기다려야 해. 우리 가족이 우리를 찾기 위해 비행기 수십 대 아니, 수백 대를 보낼 거라고."

"비행기가 추락한 곳은 불에 타 버렸잖아. 나무는 숯이 됐고 동물들도 남아나지 않았을 거야."

"우리에게 동물 친구 따위는 필요하지 않아. 이건 동화가 아니라 현실이야."

"친구를 말하는 게 아니라 우리가 먹을 동물을 말하는 거야. 그리고 거기에는……."

"거기에는?"

"죽은 조종사도 있어."

"그게 뭐? 죽은 사람은 우리를 해칠 수 없어."

콘이 갸웃하며 말했다.

"어쨌든 이곳에 캠프를 만들어야 해."

프레드는 릴라의 작지만 단호한 목소리에 놀랐다.

"싫어. 말도 안 되는 소리야."

"프레드, 네 생각은 어때?"

콘과 말이 통하지 않자, 릴라가 프레드에게 물었다.

"쟤 의견이 어떻든 무슨 상관이야? 한 사람의 결정을 그냥 따를 수는 없어. 그건 공평하지 않아."

콘은 프레드를 아래위로 훑어보았다.

프레드는 공터를 다시 둘러보았다. 공기는 맑았고 하늘은 영국과 달리 푸르렀다. 대답하려는데 저 멀리 나무 네 그루가 쓰러져 있는 것이 보였다. 나무들은 모두 한 방향을 향하고 있었다. 목덜미에 소름이 돋았다.

"이 공터, 뭔가 이상하지 않아?"

"그건 질문에 대한 대답이 아니잖아!"

콘이 말했다.

"왜?"

릴라가 물었다.

"저 나무들 좀 봐."

프레드가 쓰러진 나무들을 가리켰다.

"뭐가 어때서? 그냥 쓰러진 거잖아. 나무가 쓰러질 수도 있는 거지."

콘이 말했다.

"마치 우리를 향해 쓰러져 있는 것처럼 보이잖아."

우연히 발견한 공터였지만 프레드는 무언가 이상하다는 느낌이 들었다. 두려움보다 호기심이 앞서기 시작했다.

쓰러진 나무 중 가장 큰 나무는 물에 잠겨 있었다. 굵기가 트래펄가 광장(영국 런던 코번트 가든에 있는 광장으로, 트래펄가 해전을 기념하여 만든 곳)에 있는 넬슨 기념탑 기둥만 했다. 좀 더 작은 세 그루는 큰 나무에 기대어 있었다.

"프레드, 그냥 놔둬. 건드리지 않는 게 좋을 것 같아."

콘이 말했다.

"역시 뭔가 이상해."

프레드는 작은 나무 하나를 만져 보았다. 밑동에는 풀과 버섯이 자라고 있었다. 풀을 치우자, 심장이 덜컥 내려앉았다.

작은 나무들은 뿌리가 없었다. 5미터 정도 길이의 통나무였던 것이다. 도끼나 마체테(열대 지방에서 주로 길을 내거나 작물을 자르는 데 사용하는 날이 넓고 큰 칼)로 자른 흔적이 보였다. 밑동에서 자라는 풀은 자른 부분을 가리려고 위해 일부러 기른 것일 수도 있다는 생각이 들었다.

"은신처네."

프레드가 중얼거렸다.

"뭐라고?"

콘이 물었다.

"움막 같아. 은신처야."

프레드는 통나무 사이에 드리워진 덩굴을 치우며 안으로 들어가려고 몸을 굽혔다.

"안 돼! 들어가지 마. 무서워서 그러는 게 아니야. 위험을 무릅쓸

만큼 합리적이지 않아."

콘이 황급히 소리쳤다.

"뭐라고?"

프레드가 콘을 바라보았다. 프레드는 위험을 무릅쓰는 데 합리적인 이유가 필요하다고 생각해 본 적이 없었다. 교장 선생님이나 말할 법한 이야기였다.

"안에 뭐가 있을지 모르잖아. 재규어나 뱀, 쥐……."

"나도 눈이 있어."

프레드가 말했다.

"하지만 콘 말이 옳아. 뱀을 조심해야 해."

릴라가 말했다.

"내가 봐 줄게."

맥스가 벌떡 일어나며 당당하게 말했다.

"절대 안 돼. 넌 여기서 기다려."

릴라가 맥스의 손목을 잡았다.

프레드는 통나무 사이에 드리워진 덩굴을 밀어냈다.

"아야!"

덩굴에 난 작고 뾰족한 가시가 프레드 얼굴의 상처를 찔렀다. 프레드는 잠시 움찔하고는 다시 덩굴을 치웠다. 그러다 그대로 굳어 버렸다. 비행기가 추락한 이후 두 배로 뛰던 심장이 이번에는 세 배로 뛰기 시작했다.

프레드가 예측했던 것처럼 나무는 은신처였다. 어른은 무릎을 꿇고 들어갈 정도이고, 맥스 정도의 아이는 그냥 서 있을 수 있는 높이였다. 짙은 풀 냄새가 풍겼다. 구석에는 거미줄이 쳐져 있었고, 바닥에는 바나나잎이 열 겹 정도 두툼하게 쌓여 있었다. 매트 대신 사용한 모양인데, 개미들이 거의 다 먹어 치우고 없었다. 프레드는 천장을 올려다보고 눈을 동그랗게 떴다.

"들어와서 이것 좀 봐!"

네 나무 기둥 꼭대기에 야자수잎을 엮어 만든 낡아 해진 지붕이 덮여 있었다. 프레드는 손을 뻗어 나뭇잎을 만져 보았다. 구멍이 숭숭 뚫리고 반쯤 썩어서 빛이 들이쳤지만, 분명 한때는 나뭇잎이 촘촘했던 흔적이 보였다.

프레드는 뱀이 있나 살펴보면서 조금씩 더 기어들어 갔다. 손으로 짚을 때마다 바닥이 질퍽거렸다. 구석에는 곰팡이가 핀 박이 있었다. 조심스럽게 박을 만지자 지독한 냄새가 코를 찔렀다. 거꾸로 뒤집어 보니 돌이 쏟아져 나왔다. 절반은 화살촉 모양으로 다듬어져 있고 나머지는 주먹만 한 크기로 네모 모양이었다.

"릴라, 콘, 빨리 들어와서 이것 좀 봐. 누군가 여기 살았어!"

프레드는 기어서 움막을 빠져나오다가 덩굴에 걸리고 말았다.

"미쳤구나? 정말 누군가 여기서 살았던 거라면 우리는 무단 침입한 거야. 난 내 갈 길 갈게."

콘이 나무 사이로 되돌아가기 시작했다.

"콘, 기다려! 우린 힘을 합쳐야 해."

프레드가 콘을 쫓아갔다.

"누구 집인데? 모르잖아. 맞지?"

콘이 뒤돌아 물었다.

프레드는 콘의 얼굴을 보고 놀랐다. 눈물이 흐르고 있었다.

"물론 모르지. 하지만 내 생각에는……."

"그러다 집주인이 돌아오면 어떡해? 난 책에서 봤어. 〈골디락스와 곰 세 마리〉(숲속에서 길을 잃은 금발 소녀가 오두막을 발견하고는, 차려진 음식을 먹고 침대에서 자다가 집주인 곰 세 마리에게 혼이 나는 영국의 전래 동화)에서. 이런 일의 결말이 어떤지 알아. 난 잡아먹히기 싫어."

콘이 머뭇거리다 말했다.

"곰이 이 움막을 만든 게 아니라는 건 분명해."

"사람이 사람을 잡아먹을 수도 있잖아."

"그건 신화에나 나오는 이야기야."

릴라가 말했다.

"누가 그래?"

"모든 사람이, 과학자들이, 우리 엄마랑 아빠가!"

"너희 부모님이 어떻게 아셔?"

"우리 엄마는 솔리몽스강(브라질 사람들이 마나우스 부근까지의 아마존강을 부르는 말) 근처에 있는 정글에서 자랐어. 말했지만 식물을 연구하는 과학자야."

"과자 학자!"

맥스가 말했다.

"농담할 기분 아니야."

콘이 웃음을 참으려고 얼굴을 실룩거리며 맥스를 노려봤다.

릴라는 맥스를 안으며 말을 이었다.

"그리고 우리 아빠는 영국인인데, 약재가 되는 정글의 식물을 연구하셨어. 우리 할머니도 연구원이셨고. 나랑 맥스는 할머니를 만나러 영국에 가던 길이었어. 마나우스에서 배로 갈아타고 가기로 했지. 할머니는 죽기 전에 우리를 보고 싶어 하셨어. 특히 맥스가 어떻게 자랐는지를."

콘이 훌쩍거렸다.

"저 장난꾸러기를 못 보시게 된 게 다행이군."

릴라는 콘의 말을 무시하고 계속 말했다.

"콘, 잘 들어. 여기 누가 살든지 간에, 만약 그 사람이 돌아온다면 우리를 마나우스로 데려다줄 수 있을 거야."

"우리를 저녁밥으로 먹을 수도 있고."

콘이 화나기도 하고 두렵기도 한 얼굴로 릴라와 프레드를 바라봤다.

"일단 들어와 봐. 오랫동안 여기에 아무도 오지 않았다는 걸 알게 될 거야."

콘은 마지못해 천천히 돌아섰다. 그리고 고개를 숙여 움막 안으로 들어갔다.

프레드는 지붕의 썩은 나뭇잎을 잡아당겼다.

"새로 나뭇잎을 엮자. 침대도 만들고. 그러면 지독한 냄새가 좀 가실 거야."

프레드는 지붕과 바닥에서 썩은 나뭇잎들을 모아 내다 버렸다. 묵은 냄새와 함께 부드럽고 먼지 많은 바닥이 드러났다.

릴라는 베갯잇만큼 커다란 새 나뭇잎을 한 아름 가져왔다.

"입구에는 덩굴을 달자. 누가 들여다보지 못하게 말이야."

프레드가 말했다.

"누가 너보고 왕 하랬어?"

콘이 팔로 다리를 감싸 안고 말했다.

"그런 적 없어. 하지만 여기서 자고 싶으면 습기가 올라오지 않도록 땅에 나뭇잎을 깔아야 할걸."

"난 여기서 안 자! 집주인이 돌아올 수도 있으니까."

"걱정 마. 그럴 일 없을 거야. 이 돌 봤어?"

"응."

"모두 이끼로 덮여 있어."

"그래, 더럽고 좋아. 그런데 뭐?"

"프레드 말은, 그만큼 오래됐다는 거야. 집주인은 이곳을 영영 떠난 것 같아."

릴라가 말했다.

"모르는 거야. 왜 위험을 무릅쓰려고 해? 집주인이 돌아와서 우리가 무단 침입했다고 생각하면 어떡할 건데?"

"그것도 모르는 거야. 돌아오지 않을 수도 있어. 다른 곳으로 떠났을 수도 있고. 하지만 누군가 여기에 살았다는 것은 이곳이 머무를 만한 안전한 곳이라는 뜻이야."

릴라의 목소리는 크지 않았지만 단호함이 묻어났다.

"확실하지 않잖아."

"확실한 건 아무것도 없어! 우리가 이곳을 떠나야 할 때가 되면 떠날 거야. 하지만 그때까진 다른 사람이 살았던 이곳에 머무는 게 최선이야."

프레드가 말했다.

"우릴 먹지 않는다면 말이지."

콘이 말했다.

"난 여기 있을래. 움막에서 살고 싶어. 여기서 나가게 하면 누나한테 쉬할 거야."

맥스가 말했다.

"안 돼, 그러지 마!"

콘이 뒷걸음치다가 나뭇가지에 머리를 부딪혔다.

"맥스는 정말로, 가끔 사람에게 쉬를 하기도 해."

릴라가 말했다.

적어도 이 순간만은 모두의 의견이 일치한 것 같았다.

강

지붕으로 쓸 만큼 크고 탄탄한 나뭇잎을 찾는 데는 시간이 오래 걸렸다. 처음 찾은 나무는 가시가 많아서 손에 상처가 났다. 그다음으로 찾은 나무는 잎과 가지를 만지자 피부가 붉게 변하면서 가려웠다. 하지만 그다음으로 찾은 나무는 잎이 팔 길이 정도로 길고 두툼했다. 프레드와 릴라는 나뭇잎을 길게 찢고, 사이사이에 나뭇가지를 넣어 큰 천처럼 엮었다. 콘은 움막 밖 풀밭에 앉아서 나뭇가지로 땅에 구멍을 파고 있었다.

프레드는 천장을 바라보았다. 이제 햇빛이 스며들어 오지 않았다. 움막은 짙은 초록빛이 들어차 마치 깊은 바다에 가라앉은 보물선처럼 어둡고 아늑했다. 승리의 쾌감이 밀려왔다.

"좋아!"

프레드가 말했다.

"이제 구멍이 거의 보이지 않네."

릴라도 기뻐했다.

프레드는 밖으로 나가려고 벌떡 일어났다. 순간 머리가 어질어질하고 눈앞에 여러 색이 어지럽게 돌아다녔다. 숨이 턱 막혔다.

"괜찮아?"

릴라가 물었다.

"어."

생각보다 퉁명스러운 대답이 나왔다. 프레드는 예전에 폐렴에 걸린 이후로 괜찮냐고 묻는 말에 민감해졌다. 그래서 다시 미소를 지으며 고맙다는 말을 덧붙였다.

프레드는 브라질에 살고 있는 먼 친척에게 요양차 가던 길이었다. 사촌이 생각하는 좋은 시간이란, 어두운 거실에서 브리지(트럼프 카드로 하는 게임 중 난이도가 높은 게임으로 정식 명칭은 콘트랙트 브리지) 게임을 하는 게 거의 전부였다. 하지만 프레드의 아버지는 이게 가장 적당한 선택이라고 했다.

"너를 돌보면서 집에만 있을 수는 없어. 회사는 내가 필요해."

"저 혼자 집에 있을 수 있어요."

"그건 불가능해."

프레드의 아버지는 무뚝뚝하게 말했다. 아버지는 해가 갈수록 집에 더 늦게 왔다. 엄마 얼굴은 꿈에서만 볼 수 있었다. 프레드는 아버지가 정장이 아닌 옷을 입은 모습을 본 적이 없었다. 정장은 마치 아

버지 몸에 꿰매진 것 같았고, 목소리는 넥타이를 맨 듯 사무적이었
다.

"아버지는 저를 아기처럼 대하고 있어요."

프레드가 말했다.

"말도 안 되는 소리. 얘야, 넌 분별이 있는 아이야."

프레드의 기숙 학교에서 보낸 생활 기록부에는 늘 '분별이 있는', '교
실에서 얌전하게 지내는'이라는 수식어가 붙어 있었다. 가끔 이런 말
이 너무 평범하다고 생각될 때, 선생님들은 '점점 키가 크고 있는'이
라는 말을 덧붙였다. 프레드는 그 말들이 진실이 아니라는 것을 알
았다. 물론 키가 큰 건 맞는 말이었지만 누구나 아는 사실이었다. 늘
키가 빨리 자라서 학기 말이면 발목이 추웠다. 하지만 프레드는 사
려 깊지도, 얌전히 지내지도 않았다.

학교에서 프레드는 호기심이 많았고, 활동적이었다. 하지만 그것을
증명할 기회가 없을 뿐이었다. 아버지는 늘 깨끗한 신발을 신고 착
한 얼굴을 하라고 했다. 하지만 프레드는 좀 더 활발했고, 모난 부분
도 있었다. 프레드는 주어진 것보다 더 많은 것을 세상에서 배우길
원했다.

"목이 좀 말라서 그런데, 마실 걸 찾아 보자. 아무것도 안 먹고 살
수는 없잖아."

프레드가 릴라를 향해 웃어 보였다.

"맞아. 안 먹고 살 수는 없어."

맥스가 발끈했다.

"하지만 음식보다 물이 없는 게 더 위험해."

프레드가 대답했다.

"우리가 저…… 구정물을 마실 수 있을까?"

릴라는 적합한 말을 찾기 위해 머뭇거리다 말했다.

프레드는 물웅덩이를 바라보았다.

"마실 수는 있을 거야. 하지만 저걸 마시면 그리 오래 살 수는 없겠지. 근처에 강이 있을 거야, 반드시."

"비행기가 추락할 때 봤는데, 왼편에 강이 있었어."

릴라가 얼른 덧붙였다.

"우리가 어느 방향으로 뛰어왔지?"

콘이 물었다.

"글쎄, 해가 동쪽에서 뜨는데 이쪽 방향을 향하고 있었어. 왼쪽은 북동쪽이야."

프레드가 말했다.

"그게 도움이 될까? 우리가 어느 방향으로 달려온 건지 모르는데."

콘은 얼굴이 창백하고, 눈 아래가 검은 물감을 칠한 듯이 어두웠다.

"큰 도움이 되진 않을 거야."

프레드가 인정했다. 하지만 이곳에서 북동쪽 방향이 영국이라고
생각하니 심장 박동이 조금 누그러졌다. 북동쪽으로 계속 가다 보면
집이, 방이, 책장이, 벽에 비스듬히 세워 놓은 크리켓 배트가 나올 것
이다. 그리고 아버지도 만날 수 있으리라.

"만날 추측만 할 거야?"

콘이 싸울 준비가 되었다는 듯 어깨를 폈다.

"개미! 개미를 따라가면 물을 찾을 수 있다고 들었어."

프레드가 말했다.

"개미를 따라 방향을 결정한다고?"

콘이 물었다.

"그럼 다른 방법을 말해 봐."

릴라는 콘을 한 번 쳐다보고는 시선을 땅으로 옮겼다.

콘은 한숨을 쉬고는 몸을 굽혀 통나무를 내려다보았다.

"이거 봐! 개미가 반짝거려."

맥스가 작고 붉은 개미를 발견하고는 만지려고 했다.

"만지지 마! 여기 개미 중에는 위험한 것들도 있어."

릴라가 맥스의 팔을 낚아채며 외쳤다.

"이건?"

콘이 한 발짝 물러났다.

"모르겠어. 총알개미(남아메리카의 열대 우림에서 서식하는 개미로, 독침에

쏘이면 총에 맞은 것 같은 통증이 24시간 지속되는 무서운 종)라는 종이 위험하다고 알고 있는데, 어떻게 생겼는지는 몰라."

"총알이라…… 무시무시하게 생겼겠는걸."

콘이 말했다.

"꼭 그런 건 아냐. 도그피시(돔발상어. 깊은 바다에서 살며 등지느러미에 가시가 있음)가 개랑 닮지 않아서 실망했던 기억이 있어."

릴라가 말했다.

"이건 그냥 개미처럼 생겼는데."

맥스가 말했다.

"그렇다고 안전한 건 아니야. 만지지 마."

릴라가 말했다.

네 아이들은 거리를 두고 움직이기로 했다. 개미를 따라 구불구불한 나무 사이를 걸으니 곧 나뭇잎이 수북이 쌓여 있는 곳이 나왔다.

프레드는 혹시 밑에 물이 있을까 싶어서 나뭇가지로 나뭇잎 더미를 헤집어 보고는 흠칫 놀랐다. 죽은 새 위에 개미가 새까맣게 뒤덮여 있었다. 콘도르(남아메리카에 서식하는 대형 독수리)인 듯했지만 지금은 뼈와 악취만 남아 있었다.

"내가 기대한 건 이게 아닌데."

첫 번째 개미 떼는 실망스러웠다. 프레드는 개미의 감각을 믿어서는 안 되겠다고 생각했다.

"그러면 이제 어떻게 하지?"

콘이 팔짱을 끼며 말했다.

"다시 해 보자. 다른 개미를 따라가 보는 거야."

릴라가 말했다.

또 다른 개미 떼를 찾은 것은 릴라였다. 이번에는 크기가 꽤 컸다. 릴라가 앞장섰고, 아이들도 뒤따라 숲속으로 들어갔다. 프레드는 릴라를 봤다. 릴라는 작은 몸집으로 사슴이나 원숭이처럼 근육을 이용해서 유연하게 움직였다. 마치 다른 사람들이 듣지 못하는 소리를 듣고 움직이는 것 같았다.

콘이 나뭇가지 밑을 지나가다가 거미줄에 머리가 걸렸다.

"개미를 못 믿겠어. 동화책에서도 길을 알려 주는 건 똑똑한 부엉이 같은 것들이야. 아무도 바보 같은 개미 따위를 따라가진 않는다고."

콘은 특히 '바보 같은'에서 프레드를 쳐다보았다. 순간, 나뭇가지에 나 있던 가시가 콘의 이마에 쿡 박혔다.

"진짜 싫어."

프레드는 문득 뒤돌아보았다. 어느새 공터는 보이지 않았고 울창한 나무만이 아이들을 둘러싸고 있었다. 배에서 요란하게 꼬르륵 소리가 났다.

"되돌아가는 길이 어디지?"

"저기 버섯으로 덮인 나무에서 왼쪽으로 갔다가, 다시 가시가 나 있는 나무에서 오른쪽 방향."

콘은 프레드를 보지 않고 말했기 때문에 놀란 프레드 얼굴을 보지 못했다.

"구더기다! 구더기는 개미보다 훨씬 느리지."

프레드가 빙긋 웃었지만 콘은 웃어 주지 않았다.

"이제부터라도 길에 표시를 하면서 가야 할 것 같아."

"좋아, 구더기를 따라가려는 게 아니라면."

프레드는 맨 뒤로 가서 나무 세 그루나 네 그루를 지나칠 때마다 나뭇가지를 부러뜨리고 그 틈에 나뭇잎을 올려 두었다.

"전혀 도움이 되지 않겠어. 더 확실한 표시가 필요해."

콘은 절레절레 고개를 젓더니, 한때 눈부시게 희었을 블라우스에 서 러플 하나를 찢어 나무에 묶었다.

"이렇게."

프레드는 쭈그리고 앉아 있는 콘을 돌아보았다. 콘은 몸을 움직이 는 데 익숙하지 않은 것처럼 뻣뻣해 보였다. 게다가 입고 있는 블라 우스는 허리를 세우고 미소를 머금은 채 앉아 있어야 어울릴 법한 옷이었다.

"러플에 여유가 있어서 다행이야."

프레드가 활짝 웃었다.

콘이 한 대 칠 것 같은 표정으로 돌아섰다.

"조용히 해. 크리켓 점퍼나 입은 주제에."

"난 그냥 쓸 만한 장식이 달린 옷이라는 뜻이었어. 남자아이들 옷에는 그런 게 없잖아."

프레드는 한 걸음 뒤로 물러났다.

"좋을 대로 생각해. 그리고 알고 있겠지만, 나한테 친절하려고 애쓸 필요 없어."

"무슨 소리야?"

프레드가 어리둥절한 눈으로 바라보았다.

"난 그냥 이 불쾌한 곳에서 탈출해서 다시 학교로 돌아가고 싶을 뿐이야. 기분을 상하게 하고 싶진 않지만 친구 사귀는 데 흥미 없어. 특히 어린애들하고는."

"난 어린애가 아니야. 나이에 비해 키가 좀 작을 뿐이지."

릴라가 시선을 개미에게 고정한 채 조용히 대답했다.

"넌 몇 살이야?"

콘이 프레드에게 묻자, 프레드가 무어라 대답했다.

"나랑 거의 비슷하잖아!"

콘이 말했다.

"나랑도."

릴라가 말했다.

"나보다 훨씬 많을 줄 알았는데."

콘이 말했다.

"나도 그렇게 생각했어."

릴라가 말했다.

"키가 좀 클 뿐이야."

프레드가 대답했다.

"하지만 그 말은 어른이 없다는 거네. 어른에 가까운 사람도 없어. 험난한 정글에 아이 네 명뿐이야."

콘이 말했다.

"그래, 맞아."

프레드가 끄덕였다.

"안타깝게도 말이지."

릴라가 덧붙였다.

"안타깝게도."

맥스가 따라 하면서 코를 훌쩍거리고 돌아다녔다. 릴라가 맥스의 손목을 붙잡았다.

"멀리 가지 마."

릴라의 얼굴이 핼쑥하고 피곤해 보였다.

그때, 무언가 톡 쏘는 신선한 냄새가 났다. 색으로 표현한다면 초록보다는 파랑에 가까운 냄새였다.

"근처에 강이 있나? 뭔가 냄새가 나는데……."

프레드가 말했다.

"바보 같은 소리. 이제 냄새로 강을 찾겠다고?"

콘이 비웃으려다가 말을 멈췄다. 울창한 나무 사이로 무언가 반짝이는 것이 보였다.

"강이다!"

콘이 외쳤다.

아이들이 푸른 강 앞에서 발길을 멈췄다.

"카이만(아메리카산 악어)이 있을까?"

해가 바로 머리 위에 있는데도 릴라는 떨고 있었다.

프레드는 폐렴을 앓았던 긴 겨울 동안 탐험가들이 작은 칼 하나만 가지고 자연을 탐험하는 수많은 책을 읽었다. 책장은 점점 마음에 드는 페이지를 접어 놓은 책들로 가득 찼고, 어떤 페이지에는 음식을 흘린 자국도 있었다. 모두 꽤 두꺼웠는데, 그중에는 카이만에 대한 내용도 있었다.

"아마도. 하지만 카이만을 걱정하면 물로 갈 수 없어."

프레드는 솔직히 말하기로 했다.

"카이만이 뭐야?"

콘이 물었다.

"악어하고 비슷해. 하지만 주둥이가 더 길고 몸집은 좀 작아. 아마도."

릴라가 설명했다.

"아마도? 정말 안심이 된다."

"카이만은 밝은 강기슭을 좋아해. 그런데 우리는 그늘진 곳에 있잖아. 아마 괜찮을 거야."

릴라가 콘에게 말했다.

"정글은 위험한 게 많아. 내가 한번 들어가 볼게."

프레드는 팔의 털이 다 곤두서는 것 같았지만 셔츠를 벗었다. 하지만 곧 다시 셔츠를 입고 강에 들어갔다. 옷이 조금이라도 깨끗해지길 바라서였다. 강기슭을 다 내려가니 먼저 진흙에 발이 닿았고 그다음에 머리까지 물이 차올랐다.

강은 선물 같았다. 차가운 강물 덕분에 불에 덴 상처가 누그러졌고, 발의 통증이 나아졌다. 프레드는 발을 힘껏 차 물이 더 차가운 강 아래쪽으로 잠수했다. 물을 입에 가득 머금었다가 꿀꺽 마셨다. 까끌한 진흙과 해초 한 줄기가 입안에 들어왔지만, 크리스마스 때 마셨던 핫초콜릿이나 여름에 마셨던 시원한 레모네이드보다도 달았다.

"들어와!"

릴라가 맥스를 업고 따라 들어왔다. 콘은 강기슭에서 긴장한 얼굴로 망설였다.

"학교에서 수영은 배운 적 없어. 사교춤(연회 따위에서 남녀 한 쌍이 사교를 목적으로 추는 춤)만 배웠다고."

콘은 조심스럽게 물속으로 들어와서 불안한 얼굴로 개헤엄을 쳤다. 고개가 물 밖으로 뻣뻣하게 나왔다.

프레드는 상처에 묻은 먼지를 문질러 씻었다. 상처가 따끔거렸다. 그리고 다시 물속 깊이 잠수한 뒤 눈을 떴다. 작은 물고기 떼가 큰 물고기에게 쫓기고 있었다.

"물고기가 있어!"

프레드가 물에서 나와 외쳤다.

"한 마리 잡아 봐."

콘이 외쳤다.

프레드는 다시 잠수했다. 손을 뻗자 작은 물고기가 잽싸게 도망쳤다. 큰 물고기는 프레드를 전혀 신경 쓰지 않았지만, 괴상한 모양이었다. 몸통이 접시처럼 둥글납작했다. 큰 물고기가 방향을 틀었다. 입안에 이빨이 가득했다.

프레드는 놀라서 물을 들이마시곤 캑캑거리며 기침해 댔다.

"피라냐야! 물 밖으로 나가!"

프레드는 어느새 물 위에 두둥실 떠 있던 맥스를 들쳐 메고 허겁지겁 뭍으로 향했다. 온몸이 심장 뛰듯 쿵쾅거렸다.

"피라냐가 뭐야?"

콘이 물었다.

"이빨이 있는 물고기야!"

놀란 콘은 생전 입 밖으로 꺼낼 수 없을 듯한 욕을 내뱉더니 물에 빠져 버렸다. 릴라가 잔뜩 겁에 질려 콘의 어깨를 잡았다.

"때리지 말고 숨 좀 쉬어 봐."

릴라는 한 팔을 콘의 허리에 감고 강기슭 쪽으로 힘껏 헤엄쳤다. 프레드와 맥스도 땅 위로 재빨리 올라왔다. 아이들은 숨을 몰아쉬며 뜨거운 땅 위에 누웠다.

"이빨이 있는 물고기라니! 여긴 안심할 만한 게 하나도 없어. 심지어 물고기가 사람을 먹지 않는다고 확신할 수도 없어. 다음엔 뭐가 나올까? 송곳니가 있는 비둘기? 총을 가진 원숭이?"

콘은 불평을 한가득 늘어놓았다.

"책에서 피라냐는 배고프지 않으면 물지 않는다고 했어."

"맞아. 보통은 새나 개구리처럼 작은 것들을 먹어."

릴라가 붉은 진흙이 붙은 머리에서 물기를 짜냈다.

"그리고 우리를 해칠 것 같지는 않았어. 사실 꽤 예쁘게 생겼던걸. 은빛 몸에 배가 붉은색이었어."

프레드가 심장 박동을 진정시키기 위해 숨을 크게 들이쉬었다가 내뱉었다.

"예쁘다라."

콘이 의심의 눈초리로 쳐다보았다.

"우리가 물속에서 피를 흘리지 않는 한 피라냐가 쫓아오진 않을 거야. 알고는 있었는데 아까는 너무 당황했어. 헤엄쳐도 될 것 같은데? 내 생각에, 피라냐는 우릴 신경 쓰지 않을 것 같아."

릴라가 말했다.

"내 생각에라니. 그놈의 생각에, 생각에, 생각에! 이빨이 있는 물고기야. 이제 피라냐들의 심리까지 분석하려는 거야?"

콘의 얼굴이 분노로 시뻘겋게 달아올랐다.

"내 생각에, 피라냐의 복수는 피라냐들이 아니라 그냥 피라냐야 (piranha의 복수형은 piranhas가 아니라 piranha)."

릴라는 이해할 수 없다는 듯이 콘을 바라보았다.

"어머나, 그렇구나. 잡아먹힐 때도 문법은 정확해야지, 안 그래?"

아이들은 다시 공터로 조용히 걸어갔다. 릴라는 물에 젖은 티셔츠 소매로 맥스 얼굴에 묻은 진흙을 닦아 주었다. 뜨거운 태양 때문에 아이들 몸에서 김이 모락모락 피어올랐다.

공터로 돌아가는 길은 놀랍게도 집에 가는 듯한 느낌이 들었다. 걸어가는 아이들 앞에서 붉은 깃털을 가진 앵무새가 깍깍거리며 날아왔다가 다시 올라갔다.

프레드는 크리켓 점퍼를 비틀어 물기를 짰다. 그리고 뾰족한 돌을 찾아서 회색 교복 바짓단을 찢었다. 바지는 반바지가 되었다. 왼쪽이 오른쪽보다 길었지만 상관없었다. 드러난 다리 상처에는 어느새 딱지가 멋지게 올라앉아 있었다.

뜨거운 태양 아래 새들이 지저귀고, 광활한 초록 밀림이 아이들을 둘러싼 채 어지러울 정도로 끝없이 펼쳐져 있었다. 프레드의 마음에 무언가가 떠올랐다. 희망이었다. 프레드는 지금 이 순간이 정말로 희망적인 것이 아니라면, 뇌진탕 때문일 것이라고 생각했다.

첫 번째 음식

프레드는 물을 많이 마셨지만 피부가 건조했고, 배가 고파 쓰러질 것 같았다. 속이 쓰리고 위장에서 요란한 소리가 났다. 콘이 프레드를 보고 키득거렸다. 프레드는 주먹으로 배를 탕탕 두드렸다. 몸이 마치 올라가다 만 깃발처럼 약하고 엉성하게 느껴졌다.

비행기 이륙 전에 사과 한 알을 먹은 이후로 아무것도 먹지 못했다. 시간이 얼마나 지났는지도 확실하지 않았다. 하루 반일까, 곰곰이 생각해 보았다. 비행기를 토요일에 탔으니까, 정신을 잃고 시간을 오래 보낸 것이 아니라면 오늘은 아마도 일요일일 것이다. 눈앞에서 불타던 비행기가 떠올랐다. 프레드는 몸을 떨었다. 그리고 잔상을 지워 버리려 머리를 흔들었다.

"먹을 수 있는 벌레가 있을지 몰라."

프레드는 정신을 딴 데 돌리기 위해 말을 내뱉었다. 하지만 아무도 대답하지 않았다. 잠시 어색한 정적이 흘렀다.

"과일도 찾을 수 있을 거야. 분명히 있을걸? 원숭이가 있으니 원숭이가 먹는 음식도 있겠지. 바나나, 그런 것들 말이야. 그래, 움막에 바나나잎도 있었잖아. 아니면 나무 열매도 있고."

프레드는 포기하지 않고 열심히 말했다.

"어떤 나무 열매를 먹어도 되는지 어떻게 알아?"

콘이 물었다.

"내가 먹어 볼게."

"그러다 죽으면?"

"다 같이 먹어 보자. 맥스 빼고."

릴라가 말했다.

"맥스는 왜 안 먹어? 우리가 목숨을 걸어야 한다면, 맥스는 왜 안 거는데?"

콘이 물었다.

"맥스는 너무 어리잖아! 그리고 알레르기가 있어."

"불공평해."

콘이 작은 돌을 들어 큰 돌에 탁 쳤다. 맥스가 깜짝 놀랐다.

프레드는 인내심이 바닥나는 것 같았다. 타는 듯이 더웠고 배가 고프다 못해 목에서 쓴맛이 올라왔다.

"콘, 그만해."

"나에게 그만하라고 말할 정도로 친한 사이가 아닌 것 같은데. 넌 대장으로 뽑힌 게 아니야."

"내가 대장이라고 안 했어!"

프레드는 이를 악물었다. 분노로 콧구멍이 벌렁거렸다.

"그만해. 벌레가 어떻다고 했지?"

릴라의 얼굴이 구겨졌다. 릴라는 울음을 참느라 코를 훌쩍거리며 다른 화제를 꺼냈다.

"코코아 열매를 먹는 벌레는 먹어도 된다고 책에서 읽었어."

프레드가 말했다.

"어떤 책에서?"

"그냥 탐험가에 대한 책이야."

황금 도시를 찾기 위해 아마존에 왔던 퍼시 포셋(영국의 유명한 탐험가)에 대한 책이었다. 한번 읽으면 손에서 책을 놓을 수 없었다.

"책에서 벌레가 어떻게 생겼다고 했는데?"

콘이 의심스러운 목소리로 물었다.

"작다고. 콧구멍 크기보다 큰 벌레는 먹지 말라고 했어."

"더 자세한 설명은 없어?"

콘은 영 못 미더운 표정이었다.

"없어."

프레드는 책에 사진이 없던 게 아쉬웠다.

"우리 누나는 알걸? 누나는 동물이라면 다 알아. 책상에서 다람쥐를 키우려다가 쫓겨날 뻔한 적도 있어. 엄마가 정말 화났었어."

맥스가 빙긋 웃었다.

"맥스, 쉿!"

릴라가 맥스를 노려보았다.

"벌레가 동물은 아니지. 결국 이 중에서 도움 될 만한 사람은 없는 거네."

콘이 말했다.

"벌레에 대해 아는 게 있어?"

프레드가 릴라에게 묻자, 릴라의 눈빛이 순간 반짝였다.

"확실하진 않지만······. 맥스, 여기 잠깐 있어 봐. 곧 돌아올게."

릴라가 벌떡 일어났다.

"싫어!"

맥스는 씹던 나뭇잎을 뱉고는 얼굴을 찡그렸다.

"잠깐만이야."

릴라는 공터를 서둘러 빠져나갔다. 반쯤 타 버린 머리채가 등 뒤에서 흔들렸다.

이후 15분 동안 공터는 시끄러웠다. 맥스는 덤불 속으로 사라진 릴라를 찾으려 했다. 덕분에 프레드는 맥스가 뛰어가려는 것을 계속 막아야 했다. 맥스는 프레드의 손등을 물었고, 콘은 맥스에게 '버릇없는 애새끼'라고 했다. 맥스는 콘의 다리를 물었다.

화난 콘도 맥스를 물 뻔했지만, 마침 릴라가 나무 사이에서 모습을 드러냈다. 무언가 안심했다는 표정이었다.

"정말 다행이야! 길을 잃은 줄 알았어. 길 하나를 잘못 들었거든."

릴라는 이마에 땀이 송글송글 맺힌 채 가쁜 숨을 내쉬었다. 벗어든 겉옷에는 무언가가 가득했다.

"음식을 찾은 거야?"

콘이 물었다.

"응, 뭐 비슷한 것."

릴라는 거짓말을 못하는 성격이었다. 릴라가 재빨리 풀 위에 코코아 열매를 내려놓았다.

"벌레 먹은 구멍이 다 있진 않지만, 열매도 먹을 수 있으니까."

릴라가 손톱으로 껍질을 부수기 시작했다. 프레드도 열매 하나를 들어 올렸다. 구멍이 두 개 나 있었다.

"여기 무언가 있어."

프레드가 열매를 흔들어 안에 있는 것을 꺼내려고 했지만 나오지 않았다. 나뭇가지를 넣어 휘젓자, 길이가 2센티미터 정도 되는 통통한 애벌레가 나왔다.

"바로 저거야! 먹어도 괜찮아."

릴라가 말했다.

"다행이다."

프레드는 애써 거짓말했다. 애벌레가 손바닥 위에 가만히 누워 조금씩 꿈틀댔다. 프레드는 손바닥을 들어 냄새를 맡아 보았다.

"어서 먹어 봐. 네가 제안한 아이디어잖아."

릴라가 말했다.

"웩."

프레드는 코를 막고 마음의 준비를 한 뒤, 애벌레를 절반 베어 물었다. 부드러웠지만 속에는 까끌한 것이 들어 있었다. 씹는 촉감에 소름이 끼쳤다. 프레드는 애벌레를 간신히 삼켰다.

"초콜릿처럼 약간 쓴맛이 나."

"정말?"

콘의 얼굴과 목소리에 의심이 묻어 났다. 감정을 드러내기 쉽지 않은 귀에까지 의심과 부정이 가득했다.

"땅콩이랑 흙을 함께 씹는 느낌이야."

프레드가 말했다.

열매에서 꺼낸 애벌레들이 바닥에 쌓였다. 프레드는 어쨌든 먹을 것이 생겨서 기쁘다고 생각하려 했지만 처절하게 실패했다.

릴라는 가장 통통한 애벌레 세 마리를 집어서 맥스에게 내밀었다.

"싫어! 이건 음식이 아니야. 맥스는 진짜 음식만 먹어. 엄마가 벌레를 먹지 말라고 했어."

"맥스는 불안하면 자신을 3인칭으로 불러."

릴라는 한숨을 내쉬었다.

"맥스는 불안하지 않아. 맥스는 기분이 좋아. ……맥스 집에 가고 싶어."

맥스는 딸꾹질까지 하기 시작했다.

"알아. 하지만 우리가 먹을 거라곤 이것뿐이야. 어떻게 하면 좋을지 나도 모르겠어."

"엄마라면 알 텐데."

맥스가 릴라를 밀쳤다. 그 바람에 릴라의 볼에 손톱 자국이 났다.

"하지만 엄마는 여기 안 계시잖아."

릴라는 눈을 몇 번 깜빡이고는 손등으로 콧물을 닦았다.

"구워 먹으면 어떨까? 아니면 팬케이크로 만들거나."

프레드가 말했다.

"뭐에다 구워? 프라이팬도 없는데."

콘이 말했다.

"돌이 있잖아. 초콜릿 팬케이크랑 비슷하게 만들 수 있을 거야."

릴라가 티셔츠로 얼굴을 닦고 애써 밝은 목소리를 냈다.

콘이 얼굴을 찌푸렸다.

"비슷하게? 그것 참 대단히 비슷하겠군."

불

깨끗한 나뭇가지로 애벌레를 으깨어 코코아 열매와 잘 섞자, 긍정적으로 생각하면 얼핏 밀가루 반죽처럼 보였다.

"불만 피우면 구울 수 있어."

프레드가 말했다.

"참 쉽겠다."

콘이 말했다.

"부싯돌이 필요해."

프레드가 말했다.

"불쏘시개(불이 쉽게 옮겨붙도록 먼저 태우는 것)랑."

릴라가 말했다.

"성냥도."

콘이 말했다.

"불쏘시개를 구해 볼게."

지난밤에 비가 왔는데도 나무들이 바싹 말라 있었다. 프레드는 이로 크리켓 점퍼를 찢어서 나무를 쌓을 해먹을 만들었다. 제대로 먹지 못하고 하루를 보냈지만, 혀에 닿은 옷의 맛은 좋지 않았다. 프레드는 공터로 돌아와 움막에서 어느 정도 떨어진 곳에 나뭇가지를 쌓았다.

"저 안에 부싯돌이 많아. 이끼를 긁어내고 돌을 부딪치면 불꽃을 만들 수 있을 거야."

릴라가 말했다.

"이미 해 봤지만 부싯돌로만은 부족해. 금속이 필요해."

프레드의 말에 콘이 프레드의 시계를 쳐다보았다.

"그 시계, 뭐로 만들어진 건데?"

프레드는 시계를 내려다보고는 얼른 손으로 감췄다.

"유리."

"또?"

"그리고…… 금속. 입학할 때 아빠가 사 주신 거야."

"부서졌잖아."

"알아."

"부서진 시계는 그냥 금속 덩어리일 뿐이야."

프레드는 손목을 아예 등 뒤로 감췄다. 아버지는 한 번도 생일 선물을 사 준 적이 없었다. 비서를 시켜 프레드를 해러즈 백화점(영국 최고의 명품 백화점)에 데려간 게 전부였다. 시계는 그런 아버지가 자신을 위해 골라 준 유일한 선물이었다. 게다가 뒷면에 프레드의 이니셜까지 새겨 주었다.

"그게 유일한 방법인 것 같아."

릴라는 프레드가 안쓰러운 듯 조심스럽게 말했지만 살기 위해서는 어쩔 수 없다고 생각하는 것 같았다.

"그래, 알겠어. 이걸로 해."

프레드는 울고 싶은 기분이었다.

"내가 먼저 해 봐도 돼?"

콘이 물었다.

"이건 내 시계야!"

"알아. 하지만 난 한 번도 불을 피워 본 적이 없단 말이야. 집 벽난로에서도 못 해 봤어."

"본 파이어 나이트(1605년 가이 포크스의 의사당 폭파 계획을 기념하여 매년 11월 5일 밤, 모닥불을 피우고 불꽃놀이를 하는 영국 축제)에도?"

프레드가 물었다.

"허락받지 못했어."

콘은 프레드가 쥐고 있는 부싯돌이 마치 보석인 양 바라보았다. 눈빛에 간절한 바람과 함께 또 다른 감정이 있는 것 같았다. 하지만 어떤 감정인지는 알 수 없었다.

"여기."

프레드는 천천히 시곗줄을 풀고 뒷면에 새겨진 이니셜을 엄지손가락으로 몰래 더듬어 보았다. 콘이 그런 프레드를 조용히 바라보았다.

"그럼 내가 두 번째로 할게."

프레드는 손에 쥔 시계를 내밀었다.

"이 위에다 해. 불꽃이 일어나면 풀에 불이 붙을 수 있도록."

릴라가 잘게 자른 나뭇잎과 마른풀을 모아 주었다.

콘이 돌로 시계 뒷면을 쳤다. 프레드는 순간 움찔하고 놀랐다. 콘은 조준을 잘못해서 돌로 손등을 찧고 말았지만 아무 말 없이 다시 시도했다. 눈썹을 한껏 찡그리고 이를 악물어 집중하고는 손가락 살갗이 벗겨질 만큼 힘껏 돌로 내려쳤다.

작은 불꽃이 튀었다. 콘은 놀라서 부싯돌을 놓쳐 버렸다.

"다시, 다시 해!"

맥스가 소리쳤다.

불꽃이 다시 일었다가 금세 꺼졌다.

"풀 쪽으로 좀 낮춰서 해야 할 것 같아."

릴라가 말했다.

콘은 부싯돌을 계속해서 시계 판에 내리쳤다. 드디어 불꽃이 마른풀에 옮겨붙었다. 프레드는 심장이 쿵쾅거렸다. 꺼지기 전에 얼른 불씨에 입김을 불어 넣었다. 불씨가 작게 흔들렸다.

"안 돼, 안 돼, 안 돼! 꺼지면 안 돼!"

콘이 소리쳤다.

릴라는 마른 이끼를 한 움큼 더 가져와 조심스레 놓았고 프레드는 다시 입김을 불어 넣었다. 불씨가 마치 불꽃을 삼켰다가 내뱉는 것처럼 피어올랐다. 맥스가 기쁨의 함성을 질렀다. 릴라가 이번엔 잔가지를 집어넣었다. 곧 불꽃이 옮겨붙더니 위로 활활 타올랐다.

"더!"

맥스가 배를 두드리며 빙글빙글 춤을 췄다. 프레드는 바짝 마른 나뭇잎을 계속 집어넣었다. 불은 마치 계속해서 아이디어가 떠오르는 듯이 하늘로 솟아올랐고, 희망처럼 환하게 피어올랐다.

아이들은 미소 지으며 바닥에 앉았다.

"불이 꺼지면 안 되니까 돌아가면서 불침번을 서자. ……우리가 만든 거야."

콘이 불을 자랑스럽게 바라보았다.

프레드는 긁히고 팬 시계를 조용히 주머니에 넣었다. 그리고 손바닥에 동그랗게 자국이 날 정도로 꽉 쥐었다.

"내가 본 것 중 가장 아름다운 불이야."

릴라가 말했다.

"그래, 지금까지는."

콘이 대답했다.

맥스가 릴라의 팔을 깨물었다.

"이제 먹어도 돼? 배고파서 죽을 것 같아."

프레드는 불 주변에 나뭇가지 네 개를 꽂았다. 그리고 그 위에 평평한 돌을 찾아 얹었다. 돌이 위태롭게 올려졌다. 릴라는 애벌레 반죽을 네 덩어리로 나누어 돌 위에 올렸다.

잠시 후, 팬케이크가 부풀기 시작했다. 릴라가 반죽을 찔러 보았다.

"단단해지고 있어."

"꼭 발 냄새 같은 구린내가 나. 다 익었겠지?"

콘이 말했다.

프레드는 움막 가까이에 있는 나무에서 커다란 나뭇잎 네 장을 뜯었다. 팬케이크를 담을 그릇이었다. 팬케이크는 몹시 뜨거웠고, 부드러워 보였다.

"뜨거울 때 먹어야 맛이 덜 느껴질 거야."

프레드는 팬케이크의 절반을 베어 문 뒤, 많이 씹지 않고 삼켰다. 하지만 예상과 달리 팬케이크에서는 고기 맛이 났다. 손톱을 넣은 오트밀 같다는 생각도 들었지만, 굶는 것보다는 비교할 수 없을 만큼 나았다.

콘은 팬케이크를 조금씩 뜯어 먹었다. 얼굴을 찡그렸지만 내뱉지는 않았다.

"솔직히 말해서 학교 급식보다 나쁘지 않아."

콘이 희미하게 미소 지었다.

"나눠 먹지 않을 거야."

맥스는 자기 몫을 손에 꼭 쥐고 말했다. 손가락 사이에서 팬케이크가 비죽 튀어나왔다.

어느새 공터는 점점 어두워졌다. 갑자기 콘이 일어났다.

"잠깐 화장실에 좀 가야겠어. 그러니까 아무도 저쪽으로 오지 마. 보려고도 하지 말고. 안 그러면 때려 버릴 거야. ……부탁이야."

콘은 붉어진 얼굴로 말했다.

"장소를 하나 정하자. 멀리 화장실로 사용할 장소를 정하고, 길을 잃지 않도록 표시해 두자."

네 아이들은 어둠 속에서 바짝 붙어 움직였다. 그리고 불에서는 멀지만, 길을 잃을 정도로 멀지는 않은 적당한 장소를 찾기 시작했다.

"여기 꽤 넓다."

프레드가 말했다.

"나무가 어마어마하게 높아. 교회 건물 높이 정도는 될 것 같아."

콘이 말했다.

릴라가 무언가를 생각하고는 빙그레 웃었다. 뺨에 보조개가 움푹 패었다.

"화장실 나무라고 부르자."

썩 웃긴 말은 아니었지만, 프레드는 한번 웃음이 터지자 멈출 수가 없었다. 콘은 숨이 막혀서 주먹을 물어야 했다. 맥스는 웃다가 콧물이 땅으로 날아갔다. 아이들은 새들이 놀라서 날아가고, 먼 나무에서 잠자던 원숭이들이 놀라 으르렁거릴 정도로 크게 웃었다.

뗏목

아이들은 아침 해를 맞으며 밤새 내린 이슬로 축축해진 공터에 앉아 있었다. 밤 동안 번갈아 가면서 불을 지켰다. 자는 동안에도 푹 자지는 못했다. 새벽이 되자 추웠고, 얌전히 누워 있던 맥스가 잠이 들자 여기저기 굴러다니다 프레드의 왼쪽 귀를 발로 밀어 댔다. 낮에는 애써 외면했던 공포와 불안이 밤새 프레드의 머리에서 떠나지 않았다. 결국 프레드는 새벽에 악몽을 꾸고 소리를 지르며 깨어났다.

프레드는 뗏목을 만들자는 아이디어를 내놓았다. 아무리 생각해도 뗏목은 콘이 말하는 합리적인 위험을 넘어선 모험이었지만, 강을 따라가는 것이 집으로 가는 유일한 길인 것 같았다. 물살이 빠르게 흐르며 철썩이는 물보라 소리가 마치 소환장처럼 느껴졌다.

"뗏목? 뭘로 만들지?"

릴라가 물었다.

"나무로 만들 거야. 쓸 만한 나무가 많아."

프레드는 풀에 맺힌 이슬을 손으로 쓸어서 얼굴에 문질렀다.

"어떻게 만드는지 알아?"

"책에서 봤어."

책 속 탐험가들은 뗏목을 타고 강을 따라가며 '휘이!' 하고 소리쳤다. 〈타임스〉라는 잡지에서 뗏목을 타고 다니며 물고기만 먹고 몇 달을 살았던 크리스토퍼 매클래런이라는 남자에 대한 기사를 읽은 적도 있다. 물론 말이야 쉬운 거지만 말이다.

"뗏목이 왜 필요해?"

콘이 물었다.

"뗏목을 타고 여기서 나가야지."

"영국으로?"

"마나우스로. 그곳에 가면 우리를 집으로 데려다줄 사람들이 있을 거야."

"뗏목을 타고 마나우스까지 간다고?"

콘의 목소리에 또다시 불신이 가득했다.

"뗏목을 타고 대서양을 건넌 사람들도 있어."

"어른들이잖아."

"어른들만 뗏목을 타라는 법은 없지. 면허증이 필요한 것도 아니잖아."

프레드의 목소리에 짜증이 묻어났다.

"프레드 말이 맞아. 시도해 봐야 해. 내 생각에, 좋은 아이디어인 것 같아."

릴라가 말했다.

"네가 그렇게 말할 줄 알았어. 프레드의 의견에 동의할 줄 알았다고!"

"집에 가고 싶지 않아? 엄마를 보고 싶지 않은 거야?"

릴라가 의아하게 물었다.

"당연히 그러고 싶지."

콘이 퉁명스럽게 대답했다.

프레드는 땅을 내려다보았다. 간밤에 콘이 우는 소리를 들었다. 콘은 살려 달라고 말하고 있었다.

"여기서 가만히 있으면 그냥 기다리기만 하다가 죽을 때가 될걸."

"사람들이 우리를 찾으러 올 거야. 우리를 발견할 때까지 그냥 기다리기만 하면 된다고."

릴라는 고개를 저었다.

"정글은 끝도 없이 펼쳐져 있고, 우리는 너무 작아."

"난 작지 않아."

맥스가 얼른 덧붙였다.

"1000킬로미터가 넘는 아마존 숲에 비하면 작단다."

"도움을 요청하는 신호를 보내면 어때? 우리한테 불도 있잖아.

한번 해 보자."

콘이 말했다.

"그 정도로 높이 보내려면 정글 절반은 태워야 해."

릴라가 말했다.

"그리고 자칫 잘못하다간 구조되기 전에 우리가 먼저 불에 타 버릴 거야."

프레드가 이어 말했다.

콘의 얼굴이 붉게 달아올랐다.

"어쨌든 난 반대야. 알았어? 누군가 좋은 아이디어라고 생각한다고 해서 절대로 내 목숨을 뗏목 따위에 걸지 않을 거야."

"좋은 아이디어가 아닐 수는 있지만, 우리가 할 수 있는 유일한 길이야."

릴라가 말했다.

프레드는 피부가 화끈거리고 배가 아프기 시작했다. 누군가와 언쟁하면 언제나 그랬다. 프레드는 결국 자리를 털고 일어섰다.

"난 뗏목을 만들러 갈게. 원하지 않으면 돕지 않아도 돼."

뗏목을 만드는 일은 프레드가 예상했던 것보다 시간이 더 많이 걸렸고, 손에 물집을 더 많이 남겼다. 하지만 갈비뼈 안에 도사리고 있던 공포를 조금은 잊게 해 주었다.

"뜨지 않을걸. 그리고 먹을 게 벌레밖에 없을 때에는 체력을 남겨 놓아야 돼."

콘은 팔짱을 어찌나 단단히 꼈던지 손가락이 등 가장자리에 닿을 듯했다. 콘의 어깨에 난 상처는 아직도 아물지 않은 상태였다.

프레드는 아무 말 없이 나무에서 커다란 가지를 잡아당겼다. 쓸 만한 가지들은 대부분 나무에 단단히 붙어서 떼어 내기 힘들었다. 하지만 온몸의 힘을 실어 나뭇가지에 매달린 뒤 다리를 앞뒤로 흔들면 어떤 나뭇가지에는 금이 가곤 했다. 프레드가 나무를 모으는 속도가 점점 빨라졌다. 나뭇잎과 벌레들은 가차 없이 털어 버렸다.

나뭇가지가 허리 높이만큼 쌓이자, 릴라는 나뭇가지를 하나씩 불 위에 올렸다. 긴 나뭇가지는 가운데가 타서 릴라의 키만 한 두 토막으로 나누어졌다.

"탄 부분은 떼어 낼게. 그래야 좀 깔끔해 보이지."

릴라는 검게 그을린 부분을 날카로운 돌로 다듬었다.

"나도 돕고 싶어!"

맥스는 덩굴을 잡아당겨 바닥에 쌓고는 의기양양하게 공터를 돌아다녔다.

"난 돕는 거 정말 잘해."

맥스는 자리에 앉아서 나뭇잎들끼리 인사를 시켰다.

몇 시간 뒤, 콘은 분노가 조금 누그러졌다. 콘은 조용히 맥스 옆에

다가가 돌칼로 덩굴 껍질을 벗겼다. 밧줄 굵기로 구부러뜨릴 수 있을 때까지 계속했다. 콘은 일하는 동안 머리카락을 얼굴 앞으로 축 늘어뜨려 다른 사람과 눈을 마주치지 않았다.

프레드는 콘을 슬쩍 곁눈질했다. 일할 때는 마치 다른 사람 같았다. 방어적인 표정으로 자신을 건들지 말라는 듯이 신경질을 내던 콘이었지만, 지금은 덩굴을 손질하는 데 몰입해서 숨소리도 내지 않았다.

프레드는 뗏목을 만드는 자신이 무척 자랑스러웠다. 만드는 동안은 배고픔도, 두려움도 잊을 수 있었다. 프레드가 다듬은 나무를 물가로 끌고 가서 강과 공터 사이에 길게 늘어놓는데, 콘이 다가왔다.

"여기. 밧줄로 사용해. 잘 모르지만."

덩굴로 만든 밧줄이었다.

"물에 담가서 부드럽게 해 보자."

릴라가 말했다.

"고마워. 통나무를 엮기 딱 좋을 것 같아."

콘은 무표정하게 고개를 끄덕였다.

프레드는 덩굴 밧줄을 강물에 담가서 부드러워질 때까지 주먹으로 두들겼다. 손에 뾰족한 나뭇조각이 박혔지만 그냥 뽑아 버렸다. 얼굴에서 땀이 비 오듯 떨어졌다.

점심으로는 코코아 열매를 익히지 않고 날것으로 먹었다. 전혀 맛 있지 않았다.

"이걸 먹는 건 초콜릿에 대한 예의가 아닌 것 같아."

콘이 말했다.

아이들은 배를 채우기 위해 코코아 껍질 안의 하얀 살까지 꼭꼭 씹 어 먹었다. 연필 끝에 달린 지우개 맛이 났다.

"이건 음식 아니야."

맥스의 뺨과 입술이 일그러졌다.

"하지만 먹어야 해, 맥스. 다른 게 없어."

릴라가 말했다.

"맛이 나빠. 집에 가고 싶어."

맥스가 주먹으로 눈가를 문질렀다.

"알아, 나도 집에 가고 싶어."

프레드는 팬케이크를 만들어 먹은 이후로 벌레를 더 먹고 싶지 않 았기 때문에 애벌레를 한쪽으로 치웠다. 그리고 나무가 쌓인 곳으로 돌아가서 다시 돌칼을 들었다.

"끝까지 해 봐야지."

해가 질 때까지 프레드와 릴라와 콘은 울고 있는 맥스를 두고 음식 을 찾아다녔다. 콘은 아래로 길게 내려온 나뭇가지에서 보라색 열매를 찾았다.

"아사이베리(아마존 열대 우림에서 자라는 아사이 야자나무의 열매로, 보라색에 둥글둥글한 모양)야! 그냥 먹기도 하고, 차로 우려서 먹기도 해."

프레드는 아사이베리를 먹어 보았다.

무언가를 씹는다는 것 자체가 조금은 위안을 주었다.

"블랙베리(이름 그대로 검정 열매로, 라즈베리와 같은 부류에 속하는 과실)랑 비슷한데 좀 더 톡 쏘는 맛이네."

콘은 하나를 집어 먹고는 한숨을 내쉬었다.

"학교 급식이 그리워."

"구워 먹으면 좀 나을까?"

릴라가 물었다.

구워 봐도 맛이 나아지지는 않았지만 어쨌든 아이들은 아사이베리를 다 먹어 치웠다. 프레드는 불가에 앉아 아사이베리를 한 움큼 집어서 입에 쑤셔 넣었다. 위장 어딘가에 블랙홀이 들어가 있는 것 같았다.

그날 밤, 프레드는 극심한 복통을 느끼며 일어나 화장실 나무로 뛰어갔다. 몇 분 후, 릴라도 같은 문제로 일어났다. 그다음은 콘의 차례였고, 마지막으로 맥스가 울면서 발을 동동거렸다.

고통스러운 밤이었다. 프레드는 밤새도록 악몽에 시달리고는 아침에 일어나자마자 누군가에게 한 방 얻어맞은 듯 다시 배가 아팠다.

끙끙거리며 돌아눕자 전날 벽에 걸어 놓은 덩굴 밧줄이 보였다. 프레드는 바로 일어나 앉았다. 오늘 안으로 뗏목을 완성할 수 있을 것 같았다.

다른 아이들은 움막의 따뜻한 자리에서 엎드려 자고 있었다. 프레드는 움막을 기어 나와 나무를 쌓아 놓았던 곳으로 달려갔다. 태양은 뜨거웠고 하늘은 맑았다. 햇빛에 얼굴이 벌겋게 달아올랐지만 나뭇더미 옆에 무릎을 꿇고 앉아 일에 몰두하느라 얼굴이 익는지도 몰랐다.

프레드는 잔가지들을 다듬은 커다란 나뭇가지를 여덟 개씩 모아 덩굴 밧줄로 엮은 뒤 빈틈없이 칭칭 감았다. 재빠르게 작업을 해 나갔지만, 엄지손가락에 가시가 박혔을 때에는 손목을 물고 욕이 나오려는 것을 삼켜야 했다.

드디어 가로세로 180센티미터의 나무 판 네 개가 완성되었다. 프레드는 나무 판을 두 겹씩 쌓고 이어 붙였다. 그러고는 덩굴 밧줄로 단단하게 매듭을 지어 묶은 뒤 이로 끊었다.

"웩!"

입에서 딱정벌레가 나왔다. 프레드는 한 걸음 뒤로 물러나 뗏목을 바라보았다. 가장자리가 엉성하고 불에 그을렸지만, 두 겹으로 만든 단단한 뗏목이 눈앞에 있었다. 크기는 무려 가로가 180센티미터에 세로가 360센티미터나 됐다.

프레드는 뗏목을 강가로 끌고 갔다. 땀이 코를 타고 흘러 입속으로 들어갔다. 순간, 사진이라도 한 장 찍고 싶다는 터무니없는 생각이 들었다. 아버지가 본다면 놀라움과 기쁨에 눈을 크게 뜰 것이 분명했다. 하지만 프레드는 그냥 공터로 돌아갈 수밖에 없었다.

첫 항해

릴라가 팔로 무릎을 감싸고 움막 밖에 앉아 있었다. 눈은 분노로 이글거렸다.

"너, 죽은 줄 알았잖아!"

"강가에 다녀왔어."

"다음부터는 땅에 메모라도 남겨 둬."

"그렇게 할게, 미안."

하지만 프레드는 릴라의 말이 들리지 않았다.

"뗏목이 완성됐어. 가서 볼래?"

"먼저 맥스 이부터 닦이고. 입 냄새가 지독하거든. 파리 떼가 놀라서 다 도망갔을 정도야."

릴라는 작은 나뭇가지를 네 개 집어서 손톱으로 끝을 갈라 붓처럼 만들었다.

"여기, 우리 이가 썩어서 다 빠져 버린다면 모든 일이 더 힘들어질 거야."

릴라가 나무 칫솔 하나를 프레드에게 건넸다.

프레드는 양치하고 기분이 나아진 것은 인정했다. 하지만 뗏목을 빨리 보여 주고 싶은 초조한 마음에 나무 칫솔을 바닥에 던져 버리고 말았다.

"서둘러!"

프레드는 콘이 입을 헹구자마자 외쳤다.

프레드가 아이들을 강으로 이끌었다. 아이들은 덩굴이 있던 자리에 두 겹으로 튼튼하게 지어진 뗏목이 있는 것을 보고 아무 말도 하지 못했다. 뗏목 가장자리에는 남은 나뭇가지들이 빼곡하게 묶여 있었다.

"세상에……. 우린 뭘 하면 좋을까? 박수라도 쳐야겠어."

프레드는 마음속으로 박수를 바랐지만 그냥 빙긋 웃었다.

"아냐, 그냥 타기만 하면 돼."

프레드는 뗏목을 강기슭으로 내려보냈다. 뗏목은 진흙 위를 미끄러지다가 오른쪽으로 기울었다. 그리고 철썩하며 물에 수평으로 떴다. 프레드는 안도의 숨을 내쉬었다. 뗏목이 전함처럼 위풍당당한 자태를 뽐내며 물결에 살랑살랑 흔들렸다. 프레드는 자신이 만든 뗏목이 호화로운 요트보다도 더 아름답다고 생각하며 오른손으로 덩굴 밧줄을 꼭 붙잡고 있었다.

"물에 떴어!"

맥스가 소리쳤다.

"당연하지, 나무잖아."

콘이 말했다.

프레드는 물속으로 들어가서 손가락을 겹쳐 행운을 빌고는 뗏목에 올라탔다. 뗏목은 프레드의 무게 때문에 살짝 기울어져서 돌아갔다가 다시 물살에 잔잔하게 흔들리며 균형을 찾았다. 프레드는 장대로 노를 저어 강기슭 가까이 갔다.

"올라와!"

맥스가 제일 먼저 내려갔다.

"맥스, 기다려!"

릴라가 불렀지만, 누가 말릴 새도 없었다. 그러나 질퍽질퍽한 진흙이 나오자 프레드에게 올려 달라고 소리쳤다. 프레드가 맥스의 겨드랑이에 손을 넣어 들어 올렸다. 릴라와 콘은 물에 피라냐가 있는지 살피며 조심스럽게 다가왔다. 프레드가 손을 내밀었다. 릴라는 손을 잡았고, 콘은 잡지 않았다. 아이들이 자리를 잡는 동안 뗏목이 흔들렸지만 곧 모두 무사히 뗏목 위에 앉았다. 뗏목이 물살에 둥실둥실 흔들렸다.

"간다!"

맥스가 외쳤다.

"뭐, 지금은."

콘이 시큰둥하게 말했다.

"강을 따라 내려가 보자."

프레드가 말했다.

"왜? 뗏목을 타면 저절로 가는 걸 알면서. 그게 네가 원하는 거고 말이야."

"멀리 가지 않아. 시험 삼아서 운행해 보려는 것뿐이야."

물가는 유속이 느렸지만, 강 가운데는 물이 빠르게 흐르며 물보라가 일었다. 프레드는 뗏목을 물에 제대로 띄워 보고 싶어서 몸이 움찔거렸다.

"해 보자. 마나우스까지 뗏목으로 가려면 우선 시험 운행을 해 봐야 해."

릴라는 뗏목을 꽉 잡고 있느라 손가락이 하얗게 될 지경이었지만 눈은 호기심으로 반짝였다.

프레드는 자기 키의 두 배쯤 되는 장대를 잡고, 돌칼로 뗏목을 묶었던 줄을 끊었다. 뗏목이 걷잡을 수 없이 흔들렸다. 프레드의 심장도 함께 뛰었다.

"조심해! 너무 빨리 가지 마. 우린 다시 돌아와야 해."

콘의 얼굴과 입술이 하얗게 질렸다. 하지만 물살 때문에 뗏목이 돌아갔다. 뗏목은 잠시 멈췄다가 강을 따라 빠르게 내려갔다. 아이들은 물에 조금 잠겼지만 똑바로 앉아 있었다. 나무에서 드리워진 나뭇가지가 눈앞에 불쑥 나타나 프레드는 움찔 놀랐다.

"저거 카이만이야?"

콘이 저 멀리 강가를 가리켰다.

맥스의 눈이 커졌다.

"저리 가라고 해!"

"아냐, 그냥 통나무야."

릴라가 맥스의 손목을 붙잡았다. 하지만 콘과 눈이 마주치자, 맥스 머리 위로 입을 뻐끔거렸다.

"아마도."

프레드는 뗏목을 강기슭 가까이 붙였다. 심장이 요동쳤다. 나무가 아이들 양옆으로 드리워져 마치 강을 배경으로 한 연극 무대에 있는 것 같았다. 배가 노란 새 두 마리가 머리 위로 퍼덕이며 날아갔다.

"청금강앵무야! 반려동물로 키우게 해 달라고 그렇게 졸랐는데, 엄마는 맥스 하나만으로도 충분히 시끄럽다고 하셨어."

"재미있다. 전에는 새에 대해서 진지하게 생각해 본 적이 없어. 시커먼 정장을 입은 것 같은 영국 새들에 비하면 이곳에 있는 새들은 정말 화려해."

뜨거운 태양이 아이들 눈에 찬란한 빛을 드리웠다. 프레드는 흐르는 강물에 뗏목을 내맡겼다. 그런데 곧 강이 두 갈래로 갈라지는 지점이 나타났다.

"우리가 어느 방향으로 가고 있는지 누군가 기억해 주면 좋겠어. 그렇지 않으면 길을 잃고 말 거야."

순간 정적이 흘렀으나, 잠시 후 콘이 말했다.

"괜찮다면 내가 기억해 둘게."

프레드는 콘이 불평 없이 자원하자 놀라서 두리번거렸다.

"사실 난 상황을 사진처럼 기억할 수 있어."

"정말? 그러면 모든 일을 사진 보듯이 기억하는 거야, 아니면 특정한 상황에만 그렇게 하는 거야?"

릴라가 신기해했다.

"대체로 지도나 공식이나 도면 같은 걸 잘 기억해. 학교 점심시간에 기억했던 것들을 다시 되뇌어 보곤 했어. 머릿속에서 말이야. 다른 아이들은 내가 이상하다고 생각했을 거야."

"그랬다면 그 애들이 멍청한 거야. 나도 너처럼 그런 능력이 있으면 좋겠다."

릴라가 얼른 대답했다.

프레드는 힘겹게 장대를 움직여 굽이를 돌았다.

"지금 왼쪽으로 가고 있으니까 나중에는 오른쪽으로 오면 돼."

릴라가 말했다.

"오른쪽의 오른쪽."

콘이 미소 지었다. 콘은 마치 다른 사람 같았다. 볼이 장밋빛으로 발그레했고, 눈은 가늘고 완만한 곡선을 그렸다. 입꼬리가 시원하게 올라가 신경질적이던 표정이 사라졌다.

"방향을 바꿀 때마다 크게 외쳐 주면 내가 기억할게."

프레드는 계속 장대로 배를 밀고 갔다. 손바닥에 물집이 생겼지만 속도는 늦추지 않았다. 급격한 굽이에서는 장대를 이용해 물살을 탔다. 그 바람에 맥스의 콧물이 얼굴 위로 튀었다. 태양은 뜨거웠고, 공기는 전에 마서 보지 못한 새로운 것이었다.

"더 빨리!"

맥스 몸이 앞뒤로 흔들렸다.

잠시 후 또 다른 갈림길이 나왔다. 한쪽 길에는 잡초가 무성하게 나 있어서 프레드는 다른 쪽을 골랐다.

"왼쪽!"

릴라가 소리쳤다.

"왼쪽."

콘이 고개를 끄덕이며 반복했다.

왼쪽 방향으로 들어서니 강폭이 좁아지며 빽빽한 나무 사이로 완만하게 구불거렸다. 프레드가 장대를 뽑자 뗏목이 물살을 따라 천천히 움직였다.

물고기 떼가 뗏목 아래에서 나선형으로 헤엄쳤다. 맥스는 뗏목 가장자리에 몸을 바짝 기대고 손가락을 물에 담갔다.

갑자기 콘이 펄쩍 뛰었다. 팔의 털이 새하얗게 서 있었다.

"저거 뭐야?"

"뭐가?"

"저 아래, 은색의 뭔가가 있어. 피라냐인가 봐!"

콘이 날이 선 목소리로 소리쳤다.

"맥스, 얼른 물에서 손 빼!"

아이들은 물속을 자세히 들여다봤다. 수초 사이에 작고 빛나는 것이 있었다.

"움직이지 않는데."

프레드가 말했다.

"뭐지?"

콘이 물었다.

"내 생각에, 살아 있는 건 아닌 것 같아."

릴라가 말했다.

"피라냐 시체인가?"

"은색 상자가 아닐까? 잘 모르겠어. 빛이 반사돼서 그렇게 보이는지도 몰라."

"내가 내려가서 얼른 살펴보고 올게."

프레드가 말했다.

"안 돼."

콘이 말했다.

릴라는 부드럽게 프레드의 손목을 잡았다.

"그러지 마. 좋은 생각이 아닌 것 같아."

"하지만 칼일 수도 있잖아. 만들어진 물건인 것 같아. 부탁이야, 뗏목을 가까이 붙여 줘. 가서 봐야겠어. 들어갔다가 바로 나올 거야. 간단하지?"

"프레드!"

콘이 소리쳤다.

프레드는 셔츠를 벗고 발목을 붙잡으려는 맥스를 피해 강으로 뛰어들었다.

차가운 물이 피부를 감쌌다. 물살은 급류 없이 잔잔했다. 프레드는 아래쪽으로 깊이 들어갔다. 들어갈수록 발목에 수초가 감기고 폐가 조여 왔지만 은색의 물건이 점점 눈앞에 가까워졌다. 프레드는 손으로 수초를 헤치고, 다리를 힘껏 차서 물건을 손에 움켜쥐었다. 날카로운 감촉이었다.

프레드가 물 위로 박차고 올라왔다.

"찾았어!"

프레드는 고개를 내민 채 주먹을 위로 올렸다. 하지만 릴라와 콘은 프레드를 보고 있지 않았다. 둘은 뗏목에서 몇 미터 떨어진 지점을 보고 있었다.

"저게 뭐지?"

릴라가 속삭였다.

프레드는 아래를 내려다보았다. 거무튀튀한 물체가 물속에서 출렁이며 다가왔다. 프레드는 놀라서 물을 먹고 캑캑거렸다.

"뱀장어다!"

맥스가 밝게 말했다.

"전기뱀장어야!"

릴라가 소리쳤다.

"헤엄쳐!"

콘이 장대를 물속에 찔러 넣어 프레드 쪽으로 뗏목을 움직이려고 했다. 릴라는 뗏목 밖으로 손을 뻗었다.

프레드는 뗏목을 향해 그 어느 때보다도 빨리 헤엄쳤다. 뗏목 위로 몸을 힘겹게 올리자, 뗏목이 미친 듯이 휘청거렸다. 콘이 반대쪽으로 몸을 던져 출렁임을 조금이나마 막으려고 했고, 릴라는 프레드의 손을 붙잡았다. 여자아이들은 작았지만 놀랍도록 강했다.

프레드는 숨을 헐떡이며 물속을 바라보았다. 수초를 둘둘 감고 있는 전기뱀장어는 몸집이 어마어마했다. 진회색 뱀같이 생겼고, 남자 어른 키만큼 길었다.

릴라는 숨을 들이마셨다. 그 바람에 머리카락도 입에 들어갔다.

"와……."

목소리에 두려움과 함께 어딘지 모를 감탄이 묻어났다.

"전기뱀장어가 위험해?"

콘이 물었다.

"나도 잘 모르겠어. 하지만 누군가를 전기뱀장어라고 부르는 건 칭찬이 아니잖아. 그러니까 아마도 위험하지 않을까?"

프레드가 대답하고는 기침하며 헐떡거렸다. 심장이 입 밖으로 튀어 나올 것 같아 애써 숨을 골랐다.

"위험해, 아주. 전류를 흘려서 충격을 준 다음에 잡아먹어. 키가 프레드 정도로 큰 사람은 죽지 않겠지만 맥스 정도라면 얘기가 달라져."

릴라는 몸을 부르르 떨었다. 그리고 전기뱀장어를 건드리지 않도록 조심스럽게 장대를 들어올려 방향을 틀었다.

"밑에 뭐가 있었어?"

콘이 물었다.

"여기."

프레드가 손을 폈다. 직사각형에 파란색 글씨가 쓰여 있는 녹슨 캔이었다.

"빈 정어리 통조림이잖아. 그게 다야?"

콘의 목소리는 실망감으로 가득했다.

프레드는 깡통에 슬어 있는 녹을 문지른 후 울퉁불퉁한 테두리에 손가락을 갖다 댔다. 지구상에서 가장 깊고 넓은 야생에서 발견된 정어리 통조림이었다.

"응, 그게 다야."

파인애플

강을 거슬러 되돌아오는 데에는 시간이 더 걸렸다. 릴라는 뗏목을 강기슭 가까이 가져다 댔다. 장대가 모자랄 때에는 길게 드리워진 나뭇가지를 붙잡아 가며 방향을 조정했다. 아이들은 낮게 드리운 나뭇가지 때문에 온몸에 개미와 거미줄을 뒤집어썼다. 손바닥에는 새로운 상처들이 가득했다.

"여기 이런 데가 있었네. 덩굴 밧줄로 장대를 감아 두는 게 좋을 것 같아."

콘이 말했다.

뗏목을 정박하기에 최적의 장소였다. 나무는 아마존의 검은 토양 위에 알맞은 각도로 자라 있었다. 프레드는 뗏목 위에서 불안정하게 일어섰다.

"조심해!"

콘이 말했다.

나뭇가지가 프레드의 머리 위를 지나갔다. 나뭇가지에는 길게 뻗은 덩굴이 햇빛 아래에서 초록으로 빛나고 있었다. 프레드는 덩굴 끝부분을 움켜잡고 가지 위로 던져 올렸다.

"좋아! 우리 뗏목을 잡아 주는 고리로 쓸 수 있겠다."

릴라가 말했다.

"그래, 완벽하지. 왜냐하면 누군가가 만든 거니까."

프레드가 잡고 있던 나뭇가지를 올려다보며 말했다. 순간, 적막이 흘렀다.

"무슨 말이야?"

콘이 나지막하게 물었다.

프레드는 말없이 나뭇가지를 앞뒤로 흔들었다. 나뭇가지에 덩굴이 8 자 모양으로 반복해서 묶여 있었다.

"여기서 자란 게 아니야. 누가 묶어 놨어."

프레드의 말에 맥스가 입을 벌리고 섰다.

"누가 묶었어? 형이 했어?"

"아니야, 맥스. 프레드가 아니라 다른 사람이야."

릴라가 조용히 설명했다.

프레드는 뒤돌아보았다. 바람이 불어와 낙엽 더미를 휘저었다. 뒷목에 소름이 돋았다. 나무는 비밀을 지켜 주지 않는다는 사실을 다시 깨닫게 되었다.

아이들은 줄지어 공터로 돌아왔다. 덤불이 바스락거리며 따라오는 것 같았다. 프레드는 그냥 바람일 뿐이라고 스스로를 타일렀다. 바람은 용기를 작게 만드는 사기꾼이었다.

불씨가 희미했다. 프레드는 배를 깔고 엎드려서 불 가까이에 얼굴을 대고 후후 불었다. 연기 때문에 눈이 빨개졌지만 결국 불씨를 살렸다. 살아난 불을 보자 아픔이 눈 녹듯 사라졌다. 불은 아이들이 가질 수 있는 가장 큰 무기였고, 안전함을 느끼게 하는 소중한 온기였다.

릴라가 젖은 신발을 모아 불 주변에 늘어놓으며 물었다.

"물속에서 발견한 물건 좀 봐도 될까?"

프레드는 깡통을 건넸다. 거의 다 녹슬어 있었지만 아래쪽에 쓰인 몇 단어는 읽을 수 있었다.

"아래를 봐. 플리머스에서 생산됐다고 적혀 있어."

릴라는 잘 모르겠다는 표정이었다.

"플리머스는 영국에 있어. 남부 해안가에."

"영국에도 물고기가 있네?"

맥스가 말했다.

"당연하지. 그럼 영국인들이 뭘 먹고 살겠니?"

콘이 물었다.

"크럼핏(위에 작은 구멍들이 있는 동글납작한 빵으로, 주로 버터와 함께 먹는 영국 전통 팬케이크)이랑 시가."

"만약 그 통조림이 영국에서 온 거라면……."

릴라가 말을 이었다.

"그렇다면 움막을 지은 누군가가 가져온 게 아닐까? 탐험가라든지."

프레드가 말했다.

"누가 정어리 통조림을 가지고 탐험해?"

콘이 말했다.

"사람들은 여러 가지 물건을 가지고 아마존으로 오곤 해. 심지어 피아노나 도자기도 가져와. 정어리 통조림은 평범하지."

프레드 가슴속에서 뜨거운 무언가가 올라왔다. 움막을 만든 사람이 영국인이라면, 프레드가 신문에서 읽은 탐험가 중 한 사람일 가능성이 컸다. 퍼시 포셋, 사이먼 머피, 크리스토퍼 매클래런 등 탐험을 갔다가 돌아오지 않은 사람 중 하나일 것이다.

"전에 하이럼 빙엄이라는 사람에 대한 책을 읽었어. 산을 등반하다가 잉카 제국이 지은 도시를 발견하게 됐대. 물론 페루 사람들 중 일부가 이 도시에 대해 이미 알고 있었기 때문에 발견이라는 말이 적합한 건 아니지만, 어쨌든 하이럼 빙엄이 오기 전까지는 이 도시가 외부에 알려지지 않았대. 대단하지 않아? 마치 갑자기 버밍엄(영국 제2의 도시)이 발견된 것과 같아."

릴라가 가까이 다가왔다. 릴라는 눈 사이가 멀어서 한 번에 많은 것을 볼 수 있는 것 같았다. 그런 릴라의 눈이 호기심으로 반짝였다.

"나도 들은 적이 있어. 마추픽추."

"맞아. 도시 이름이 마추픽추야. 하지만 마추픽추를 찾아간 사람들은 대부분 실종됐대."

"우리처럼?"

맥스가 물었다.

"그런 셈이지. 하지만 마추픽추에 간 사람들은 대부분 죽었기 때문에 돌아오지 못한 거야. 우린 살아 있잖아."

"그래, 아직까지는."

콘이 냉소적으로 대답했다.

프레드는 콘을 무시하고 말을 이어 나갔다.

"그리고 퍼시 포셋이라는 사람이 있어. 그 사람은 정글에 숨겨진 도시가 있을 거라고 믿고 '잃어버린 도시 Z'라는 이름을 붙였어. 그러다가 1925년인가에 갑자기 사라졌지. 그래서 크리스토퍼 매클래런이라는 탐험가가 퍼시 포셋의 꿈이 진짜였는지를 밝히기 위해 탐험을 떠났어. 내가 제일 좋아하는 탐험가야. 어느 날, 눈을 떠 보니 팔꿈치 갈라진 틈에서 구더기가 꿈틀거리며 자라고 있었대. 그는 그 일을 편지로 전해 왔지."

"참 아름다운 광경이었겠네. 구더기가 그 사람을 잡아먹었대?"

콘이 말했다.

"아무도 모르지. 편지를 보낸 뒤에 갑자기 사라졌으니까. 편지 내용은⋯⋯."

프레드가 잠시 머뭇거렸다.

"뭐였어?"

릴라가 물었다.

프레드는 헛기침한 뒤 말을 이었다.

"'건강히 잘 지내고 있으며 앞으로 연락이 되지 않을 것이다. 위험이 있긴 하지만 탐험을 성공적으로 마칠 것이다.'라고 적혀 있었대. 그게 변두리 작은 도시에서 보낸 마지막 편지였어."

"재밌다."

콘이 양 눈썹을 올렸다.

"언론에서는 사람들이 너처럼 받아들이길 바랄걸. 그냥 재미있는 이야기쯤으로. 하지만 나는 그가 고작 그런 재미있고 가벼운 일을 했다고는 생각하지 않아. 또 어떤 사람들은 그가 인류 역사상 가장 무모하고 용감한 사람이라 하기도 해. 물론 나도."

"그런데 너는 왜 이런 걸 다 알고 있는 거야?"

프레드는 불씨를 한 번 더 불었다. 덕분에 프레드 얼굴이 빨개진 것을 아무도 눈치채지 못했다.

"나는 우리가 아직 알지 못하는 미지의 세계에 대한 이야기를 좋아해. 학교는 매일 똑같잖아. 우리가 살고 있는 세계보다 더 큰 야생의 무모한 세계를 믿는 일도 괜찮은 것 같아."

뗏목을 탄 덕분에 아이들은 아침까지 푹 잤다. 하지만 아직 무더운 정글의 긴 오후가 남아 있었다.

"나무가 더 필요해."

프레드가 말했다.

태울 만한 것들은 이미 모두 태웠다. 프레드는 많은 것이 필요하다고 생각했다. 음식, 계획, 지도, 혹은 지나가는 배. 하지만 어디서 찾아야 하는지는 알 수 없었다. 눈앞이 어지러웠다. 온몸에서 힘이 빠지고, 혈관에 피가 부족한 느낌이 들었다.

프레드는 빠르게 움직였다. 고개를 숙이고 나무에 X 표시를 하면서 나무뿌리들과 떨어진 잔가지들에 걸려 넘어지지 않도록 조심했다. 하지만 곧 느려지기 시작했다. 살펴봐야 할 것이 너무 많았고, 신기한 것도 너무 많았다. 숲은 새로운 것이 끝도 없었다.

숲에서는 어떤 냄새가 났다. 이전에는 강한 냄새라고만 생각했는데, 여러 겹이 있었다. 녹음은 마치 다른 색이 들어오지 못하게 담을 친 것 같았다. 라임, 에메랄드, 옥색, 진초록…… 가까이에서 들여다보면 다 같은 초록이 아니었다. 검정에 가까운 짙은 초록색은 침몰된 선박에서 본 듯했다.

어떤 큰 나무는 무성한 나뭇잎이 거의 바닥까지 늘어져 있었다. 프레드는 거의 욕조만 한 흰개미집이 있는 걸 보고 그냥 지나쳤다. 이런 것들에는 거리를 두는 편이 나았다.

걸어갈수록 숲이 더욱 울창했다. 어두웠지만 아직도 한낮임을 알 수 있었다. 햇빛에 하늘을 뒤덮은 무성한 나뭇잎이 진초록으로 빛났기 때문이다.

순간, 발치에 있는 덤불에서 무언가 움직이는 소리가 났다.

"누구세요?"

프레드는 뒤로 물러났다. 날카로운 것이 팔을 스쳤다. 프레드는 펄쩍 뛰었다. 두려움이 엄습하고 목구멍에서 쓴맛이 느껴졌다. 뱀이나 거미는 아니었다.

"바보같이."

그냥 덤불이었다. 아니, 그냥 덤불이 아닌 것 같았다. 프레드는 가까이 다가가 보았다.

"파인애플?"

프레드는 엄청난 발견에 손끝이 저릿저릿했다. 콜럼버스도 이런 느낌이었을 것 같았다.

"아야!"

프레드는 파인애플을 따려고 손을 뻗었다가 도로 움츠렸다. 엄지손가락에 톱니 모양으로 상처가 나고 피가 흘렀다. 마음을 다잡고 가장 큰 파인애플을 비틀어 한 번에 땄다. 프레드는 올 때보다 두 배는 빠르게 X 표시를 따라서 달렸다.

"여기!"

프레드가 외쳤다.

릴라가 한 손으로 맥스를 업고 다른 손으로 소리가 나는 방향을 가리켰다. 콘은 그 뒤에서 주먹을 들었다.

"파인애플을 구해 왔어. ……나를 죽이려고 한 거야?"

프레드가 헐떡이며 빙그레 웃었다.

"우린 네가 야생 동물인 줄 알았어. 다음부터는 제대로 소리쳐 줘."

콘의 얼굴이 붉어졌다.

"나, 나, 나!"

맥스는 프레드 팔에서 파인애플을 발견하고는 기쁨의 비명을 질렀다. 벌써 침이 턱까지 흘러내렸다.

프레드는 내놓은 파인애플을 어떻게 먹을지 고민했다. 먼저 한쪽을 조심스럽게 베어 물어 보았다. 가시가 코와 잇몸을 찔렀지만, 태어나서 먹어 본 음식 중에 가장 짜릿했다. 달고 따뜻했으며 혀에서 불꽃이 일었다.

"전기를 먹는 것 같아!"

콘도 한 입 베어 물었다.

"괜찮은 걸 넘어서 전쟁을 일으키는 것 같은 맛이야."

프레드는 손톱으로 껍질을 벗기고 속살을 파내 맥스에게 건넸다.

"자, 맛있을 거야."

릴라는 자신이 먹을 파인애플에 고개를 푹 숙이고 있었다. 땋은 머리가 무릎까지 닿았다. 릴라는 곧 고개를 들고 환한 웃음을 지었다.

"돌칼로 자르면 어때?"

릴라는 뾰족하게 다듬어진 돌칼로 파인애플을 쪼개고 주먹만 한 속살을 파내어 늘어놓았다.

"먹기 더 편하겠다."

"이건 아침으로 먹자."

릴라가 마지막 남은 파인애플 하나를 네 조각으로 자르며 말했다.

콘은 귀에 파인애플을 묻힌 프레드를 보고 웃었다. 아이들이 들어가고, 움막 밖에는 커다란 잎에 싸인 파인애플이 놓여 있었다.

작은 동물

다음 날 아침, 프레드가 잠에서 깨 보니 손에 풀과 이끼가 가득했다. 눈을 깜빡이며 주위를 둘러보니 움막 안이 아니라 공터의 물웅덩이 근처였다.

악몽이 점점 심해졌다. 아버지가 울고 있는 꿈을 꿨다. 말도 안 되는 꿈이었다. 프레드는 아버지가 우는 것을 한 번도 본 적이 없었다. 집으로 달려가는 꿈도 꿨다. 그 탓에 자면서 공터로 나왔을 것이다. 프레드 주변은 풀이 듬성듬성 뽑혀 있었다.

프레드는 얼굴에서 진흙을 닦아 내고 불가로 돌아갔다. 릴라와 콘은 움막 안에서 자고 있었다. 하지만 무언가 허전했다. 프레드는 상황을 파악하는 데 시간이 걸렸다. 잠시 후, 프레드가 황급히 주변을 둘러보았다.

'제발. 안 돼, 안 돼, 안 돼!'

맥스가 파인애플과 함께 사라졌다. 주위에 뼈나 핏자국은 없었다.

재규어에게 잡힌 건 아닌 듯했다.

프레드는 릴라를 흔들어 깨웠다.

"맥스가 없어."

"뭘 원한다고? ……졸려."

릴라는 세운 무릎에 고개를 묻으며 중얼거렸다.

"맥스가 사라졌다고!"

"뭐?"

릴라가 벌떡 일어났다. 눈에 졸음이 가득했지만 눈빛이 사나웠다.

"맥스, 맥스! 어디 있는 거야?"

릴라는 공터 이곳저곳에서 펄펄 뛰며 소리를 질렀다. 가시가 피부 여기저기를 찔렀다.

콘이 깜짝 놀라 일어나서 움막 밖으로 뛰어나왔다.

"무슨 일이야? 괜찮아? 맥스, 이 바보 멍청이! 만약 뭔가가 맥스를……."

"그만해, 말하기만 해 봐! 맥스, 맥스!"

릴라의 목소리가 한층 크게 울려 퍼졌다.

"강가에 갔을까?"

프레드가 말했다.

"흩어져서 찾아 보자. 내가 강가로 가고, 너는 비행기 쪽으로 돌아가 볼래?"

릴라가 충격에 빠져 비틀거렸다.

그때 나무 하나에서 낄낄 웃는 소리가 들려왔다.

"짠!"

맥스가 공터 끝의 삼나무 뒤에서 혀를 내밀고 팔다리를 흔들며 나왔다.

"몇 시간이나 혼자 있었어. 심심해."

"맥스!"

릴라의 눈이 분노로 차올랐다.

"이 못된 녀석! 한 번만 더 이런 짓을 하면, 집에 가서 아빠에게 다 일러 줄 거야. 신발로 맞게 될걸!"

맥스 얼굴이 일그러졌다.

"아냐! 아빠는 나를 때린 적 없어."

"네가 지금 한 짓을 말하면 아빠가 너를 가만두지 않으실 거야. 대체 어디 갔었어?"

릴라가 눈을 가늘게 뜨고 맥스에게 다가갔다.

"비밀이야."

"파인애플도 네가 다 먹었어?"

"비밀이야."

맥스는 죄책감에 얼굴을 가렸다.

"맥스! 정말 네가 파인애플을 전부 먹은 거라면, 엄마가 뭐라고 하든 신경 안 쓰고 세게 때려 줄 거야."

맥스는 입술을 꼭 다물고는 고개를 흔들었다.

"안아 줘, 누나."

"말해. 어디 갔었어?"

"안아 줘! 안아 주면 다 얘기할게."

맥스는 그렁그렁한 눈을 하고 발을 동동거렸다.

릴라가 분노의 한숨을 내쉬고는 맥스를 안아 주었다. 맥스는 흐느끼다 곧 안정을 되찾았다.

"운다고 봐줄 줄 알아?"

콘이 굳은 얼굴로 말했다.

맥스는 릴라의 품에서 눈물에 흠뻑 젖은 얼굴로 슬며시 웃었다.

"이제 말해 봐. 아침에 어디 갔었어? 파인애플은 어디 있고? 훔쳐 먹은 거야? 네가 다 먹었어?"

릴라가 맥스의 얼굴을 붙잡고 물었다.

"아냐! 동물들이랑 조금 나눠 먹고 싶었을 뿐이야."

"어떤 동물?"

"원숭이 같은……."

"어디에서?"

"화장실 나무에서. 나는 잘못 안 했어. 원숭이가 배고팠고 나는 파인애플을 조금 줬을 뿐이야."

맥스가 입을 삐쭉 내밀었다.

릴라는 맥스를 땅에 내려놓았다. 맥스는 울음을 터뜨렸다가 릴라의 얼굴을 보고 바로 그쳤다.

"보러 갈래. 못 믿겠어."

릴라는 맥스를 붙잡고 달리기 시작했다. 프레드와 콘도 릴라를 따라 화장실 나무 쪽으로 내려갔다. 릴라가 너무 빨리 달리는 바람에 맥스의 팔이 여러 번 당겨졌고, 속도를 맞추느라 두 배는 빨리 뛰어야 했다.

"천천히 가!"

아이들은 빽빽한 화장실 나무를 지나 밝은 하늘 아래로 들어섰다. 맥스가 걸음을 멈췄다.

"저기! 나 거짓말 안 했지?"

맥스는 낮게 뻗은 나뭇가지를 가리켰다.

흰 꽃이 흐드러지게 핀 커다란 나무였다. 거기에 작은 동물이 매달려 있었다. 한 번도 본 적 없는 동물이었다. 작은 동물은 큰 눈으로 자기 위에 있는 콘도르를 보고 있었고, 바닥에는 먹지 않은 파인애플 세 조각이 뒹굴고 있었다. 다른 콘도르 두 마리는 작은 동물의 어미로 보이는 사체 앞에 거리를 두고 앉아 있었다.

"저리 가! 썩 꺼져 버려!"

릴라가 소리치며 달려갔다.

바닥에 앉아 있던 콘도르 두 마리가 깜짝 놀라 날아갔다. 하지만 나무에 앉은 콘도르는 날개만 푸드덕거리고 꿈쩍하지 않았다. 몸집이 래브라도 레트리버만큼 거대했으며 매섭고 탐욕스러운 눈으로 작은 동물을 바라보고 있었다.

작은 동물은 손안에 쏙 들어갈 만큼 작았고 고양이 비슷한 소리를 냈다. 회갈색 몸에 흰 얼굴, 강아지처럼 튀어 나온 주둥이, 그리고 눈은 크고 검었다. 팔은 길고 말랐으며 손끝에 구부러진 손톱이 달려 있었다.

릴라는 곧장 나무로 달려가서 가장 아래에 드리워진 가지를 붙잡고 매달렸다. 나무가 흔들리자 겨우 콘도르가 날아갔다. 릴라는 녀석이 앉아 있던 나뭇가지에 올라가 앞으로 조금씩 나아갔다. 무릎이 덜덜 떨렸고, 평소와 달리 숨이 거칠게 나왔다. 떨리는 손으로 나뭇가지에서 연약한 팔다리를 떼 내 팔에 두르자, 작은 동물이 가냘프게 울었다.

릴라는 다시 나뭇가지를 타고 조심스럽게 내려오기 시작했다. 입술에서는 나지막한 기도가 흘러나왔다. 한순간 땅에 발을 헛디뎌 넘어질 뻔했지만 팔을 높이 들어 작은 동물이 다치지 않게 했다.

"뭐야? 보여 줘!"

맥스가 뛰어왔다.

"나무늘보야. 아기 나무늘보."

릴라가 조심스러운 목소리로 속삭였다.

프레드도 다가왔다. 살면서 본 중 가장 놀라운 장면이었다. 나무늘보는 정말 못생기고도 정말 귀여웠다. 아직 솜털이 보송보송했다.

"안아 볼래!"

맥스가 릴라의 팔을 붙잡았다.

"안 돼, 만지지 마! 나무늘보가 다칠 수도 있어."

릴라는 나무늘보를 품으로 숨겼다. 남매는 서로를 노려보았다.

"안 그럴게. 조심조심 대할게."

"맥스, 안 돼. 지금 겁에 질려 있어. 보호해 줄 엄마를 잃었잖아. 봐, 떨고 있지?"

"하지만 난 나무늘보가 좋단 말이야!"

맥스의 눈에서 눈물이 떨어지기 직전이었다.

"맥스, 나무늘보는 지금 너의 관심이 필요한 게 아냐. 안심할 수 있을 때까지 기다려 줘야 해. 파인애플이나 다시 가져가자. 파인애플 집어 와."

릴라가 속삭였다.

릴라는 공터로 돌아와 나무늘보에게 푹신한 침대를 만들어 주고, 파인애플도 주었다.

"나도 만져 보고 싶어."

맥스가 말했다.

"안 된다고 했지. 나무늘보에게 숨 돌릴 시간을 줘."

나무늘보가 몸을 떨면 릴라도 어쩔 줄 몰라 함께 떨었다. 프레드는 그냥 내버려 두는 것이 낫겠다고 생각했다. 갑자기 지나친 관심을 보이면 물거나 울 수 있기 때문이었다.

나무늘보가 느릿느릿 침대에서 나와 릴라의 신발을 기어오르기 시작했다. 어찌나 느린지 근육이 늘어났다가 다시 수축하는 소리가 들릴 지경이었다. 녀석은 특이하면서도 우아하게 릴라의 무릎 위에 놓인 파인애플을 손톱으로 움켜쥐었다.

릴라는 숨을 죽였다. 릴라 몸에서 마치 빛이 나오는 듯했다.

나무늘보는 파인애플을 베어 물기 위해 고군분투했지만 릴라는 그저 가만히 앉아서 녀석이 여러 자세로 시도하는 것을 바라보기만 했다. 나무늘보는 마치 기름을 치지 않은 회전목마 같았다.

"실제로 본 건 처음이야. 사람들은 나무늘보가 느리다고 하지만 내 생각에, 그 말은 틀린 것 같아. 발레를 하는 것처럼 우아한 것뿐이야. 자, 봐. 심장은 빨리 뛰고 있어. 움직임과 전혀 다른 속도야."

릴라가 손가락 하나를 아주 조심스럽게 나무늘보 가슴 위에 가져다 대며 말했다.

파인애플을 다 먹은 나무늘보가 릴라의 팔로 기어올라 가서는 어깨 근처에 매달렸다. 그리고 릴라의 오른쪽 귀 가까이 머리를 기대고 그르렁거렸다. 릴라의 머리가 약간 헝클어졌다.

"이름을 지어 주자."

콘이 말했다.

"난 이름을 지어 본 적이 없어."

릴라가 나무늘보를 보기 위해 고개를 한껏 돌리며 말했다. 나무늘보는 아주 천천히 릴라의 귓불을 먹으려 하고 있었다.

"동물을 키워 본 적이 없어?"

프레드가 물었다. 늘 동물과 함께 자랐던 프레드에게는 신기한 일이었다.

"엄마, 아빠한테 허락 받은 적이 없어. 수없이 졸랐지만 일 때문에 이사를 자주 다녀야 해서 동물에게 좋지 않다고 하셨어."

릴라는 나무늘보를 바라보며 눈을 가늘게 떴다. 어떤 말을 내뱉으려는 눈치였다.

"생각한 이름을 말해 줘. 비밀로 하지 말고."

맥스가 말했다.

"아바카시."

"그래, 그게 좋겠다."

맥스가 짐짓 진지하게 말했다.

"뭐라고?"

콘이 물었다.

"아바카시. 포르투갈어로 파인애플이라는 뜻이야. 줄여서는 바카라고 해."

원숭이와 개미와 벌

프레드는 정글에 갈림길과 구덩이가 수없이 많다는 사실을 깨달았다. 갈림길과 구덩이는 저마다 비밀을 품고 있었다. 하지만 비밀은 늘 가장 예기치 못한 방법으로 드러나는 법이다. 원숭이와 개미와 벌의 도움이 없었더라면, 모든 것을 한순간에 바꾸어 버린 종이를 발견하지 못했을 것이다.

오후에 맥스가 원숭이와 개미와 벌을 처음으로 발견했다. 릴라와 콘과 프레드가 불가에 앉아서 앞으로의 계획을 이야기하는 동안, 맥스는 땅에 등을 대고 하늘을 보며 누워 있었다. 아이들은 맥스가 끊임없이 탐험하려는 다섯 살짜리 어린아이라는 걸 잊어서는 안 됐다.

"마나우스에 도착할 때까지 뗏목이 버틸 확률이 어느 정도일까?"

릴라가 물었다.

프레드는 고민에 빠졌다. 일단 뗏목은 넓고 튼튼했다. 그리고 눈에 띄지 않으려고 덩굴 밧줄로 촘촘하게 묶어 놓은 탓에 갈색보다는 초록색에 가까웠다. 또 마치 직사각형의 크리켓 구장이 물에 떠 있는 것처럼 보였다. 하지만 뗏목을 모르는 사람이라면 뗏목에 대해 더 정확하게 알아야 했다.

"절반 정도. 아니, 절반 이상. 걸어간다면 몇 주나 걸릴 거야. 마나우스가 아마존에 있다는 거 알지? 뗏목을 타고 강을 따라 내려가면 마나우스에 닿을 수 있을 거야."

프레드가 콘의 눈치를 보며 말했다.

"누나!"

맥스가 릴라의 발치에 앉아 양말을 잡아당기고 콧물을 닦아 풀에 문질렀다.

"하지만 마나우스가 강 위쪽인지 아래쪽인지 모르잖아. 그건 죽을 확률이 50퍼센트나 된다는 뜻이지."

콘이 비웃었다.

"누나! 내 말 좀 들어 줘."

"하지만 살 가능성도 50퍼센트 있는 거잖아."

프레드는 맥스의 콧물을 콘의 얼굴에 묻히고 싶은 충동을 간신히 참았다.

"네가 무슨 말을 하는지 알기나 해? 아주 미친 소리로 들린다고."

"누나! 봤어? 원숭이가 벌이랑 어떻게 싸우는지 봤냐고?"

맥스는 릴라의 양말을 더 세게 잡아당겼다.

"맥스, 도대체 무슨 말이야?"

드디어 릴라가 물었다. 프레드는 릴라의 한쪽 어깨에 매달린 바카가 아버지의 오래된 군복에 붙은 어깨 장식 같다고 생각했다.

"원숭이들이 이겼어! 내가 쫓아가서 봤거든."

맥스가 말했다.

"그러니까 무슨 소리냐고? 밖에 나갔다 왔어? 얘기했지. 자꾸 그러면 밧줄로 묶어 놓을 수밖에 없다고."

릴라가 맥스의 얼굴을 붙잡고 매섭게 노려보았다.

"멀리 안 갔어. 벌이 무서워서 피했을 뿐이야."

맥스는 뿌루퉁해졌다.

"맥스, 거짓말하지 마. 여기는 벌 없어. 날아다니는 곤충들은 다 봤지만 개미랑 딱정벌레랑 모기뿐이야. 벌은 없어."

"저기 있어! 위쪽에."

맥스가 울창한 고무나무 쪽을 가리켰다.

"꿈꾼 거 아니야?"

릴라는 눈썹을 위로 치켜세웠다.

"진짜야."

"믿을 수 없어."

"진짜야! 원숭이들이 개미로 손을 씻더니 벌들이랑 싸웠단 말이야."

맥스는 화가 나 씩씩거렸다.

"무슨 말인지 도저히 모르겠다. 하지만 꽤 무서운 이야기인걸."

콘이 말했다.

"아야!"

맥스가 으르렁거리며 일어나 쿵쾅거리다가 콘의 손을 밟고 말았다. 콘은 소리를 지르며 맥스의 발목을 찰싹 때렸다.

"우리 맥스 때리지 마!"

릴라가 말했다.

"아무도 내 말 안 들어. 어느 누구도! 제발 내 말 좀 들어 줘."

맥스는 의기소침하면서도 화난 듯 보였다.

"맥스, 듣고 있잖아."

"아니야! 따라와 봐."

맥스가 작은 발로 단호하게 땅을 밟으며 콘을 나무로 이끌었다. 콘은 깜짝 놀랐지만 말없이 따라갔다. 맥스와 잡은 손에서 무언가 끈적한 것이 느껴졌지만 거기에 대해서도 아무 말 하지 않았다. 프레드와 릴라도 뒤따랐다.

"저기, 저기에 있었어!"

맥스는 나무 등걸에 지어진 개미집을 가리켰다. 나무에 거대한 타원형 집이 뱃살처럼 툭 튀어나와 있었다. 하지만 원숭이는 보이지 않았다.

"여기 있었어. 정말로! 곧 다시 올 거야."

프레드는 별 기대 없이 자리에 앉았다. 맥스는 릴라의 다리에 앉았고, 바카는 릴라의 셔츠에 매달렸다. 할 일 없이 앉아만 있는 것은 쉬운 일이 아니었다. 프레드는 절대로 생각하지 않으려고 했던 아버지 얼굴과 엄마 목소리가 저절로 떠올랐다. 그리고 네 아이들이 모두 굶어 죽거나, 끝내 발견되지 않는다는 어두운 생각들이 스멀스멀 밀려들었다. 생각을 떨치기 위해 휘파람을 불어 보았지만 삑 하는 소리만 조금 날 뿐이었다.

"프레드, 원숭이들이 무서워할 거야."

릴라가 속삭였다.

바로 그때 갑자기 원숭이 세 마리가 나타났다. 고동색 털로 뒤덮인 단단한 몸에 부드러운 표정을 짓고 있었다.

프레드는 원숭이들이 나무 위에서 자유롭게 돌아다니는 모습을 놀라서 쳐다보았다. 원숭이들은 꼬리를 휙휙 흔들며 나무 주위를 끊임없이 이동했다. 가장 큰 원숭이 목에는 새끼 원숭이가 매달려 있었다. 원숭이들은 개미집에 손톱을 넣고 개미 떼가 올라와 팔을 까맣게 뒤덮을 때까지 가만히 기다렸다가, 잽싸게 손을 비볐다.

콘이 프레드의 팔을 쳤다.

"지금 개미를 죽이고 있는 거야?"

원숭이들이 손톱에 코를 대고 냄새를 맡았다.

"향수 같은 걸까? 아니면 마약?"

프레드가 물었다.

갑자기 서로 신호라도 보낸 듯 원숭이 세 마리가 뒤돌아서 나무 사이를 가로질러 가기 시작했다.

"따라가 보자!"

릴라가 말했다.

하지만 여러 날 동안 잘 먹지 못한 상태에서 원숭이들을 따라잡기는 무리였다. 네 아이들은 모두 약해져 있었고, 특히 릴라는 손까지 떨 정도였다. 콘은 사라져 가는 원숭이들을 쫓다가 얼굴이 창백해지고 말았다.

다행히 원숭이들이 커다란 고무나무 가지에서 멈춰 섰다.

"벌! 내가 말했지?"

맥스가 확신에 찬 목소리로 말했다.

정말 저 멀리 벌집이 보였다. 거대한 잿빛 벌집에서 윙윙거리는 소리가 요란했다. 벌꿀이 나무를 타고 줄줄 흘렀다.

"벌들이 바카를 공격하지는 않겠지?"

릴라가 커진 눈으로 바카를 꽉 끌어안았다.

제일 큰 원숭이가 벌집을 한 겹 벗기고는 손을 안으로 집어넣었다. 그러고는 벌집 한 조각을 떼 내 입으로 가져갔다. 새끼 원숭이 머리 위로 벌꿀이 떨어졌다. 벌 떼가 사납게 달려들었지만 그뿐이었다.

릴라의 눈이 한층 더 커졌다.

"내 생각에, 손에 묻은 개미 냄새가 벌들을 막아 주는 것 같아. 벌들이 싫어하는 냄새인가 봐."

"우리도 해 보자!"

프레드가 개미집 쪽으로 몸을 틀었다.

"하지만 원숭이에게만 효과가 있으면 어떡해?"

콘이 물었다.

"그걸 알아내는 방법은 하나뿐이야. 꿀을 먹고 싶지 않아?"

프레드는 저녁으로 먹은 파인애플과 코코아 반죽을 떠올렸다.

"그래도 시도하기 전에 먼저 생각해 보자."

하지만 프레드는 이미 달려가고 있었다. 프레드는 개미집 앞에서 숨을 헐떡이며 기다렸다가, 아이들이 오자마자 개미집에 손을 집어넣었다. 개미 떼가 손가락을 타고 손목까지 올라왔다. 마치 검은 장갑을 낀 것 같았다.

"간지러워."

작은 개미들이 빈틈없이 들어찼다.

"이제 손을 비벼! 원숭이들처럼 빨리빨리 해야 해."

맥스가 소리쳤다.

개미 몇 마리가 프레드의 얼굴까지 올라오기도 했지만 물지 않아서 그냥 내버려 두었다. 프레드는 손을 비비며 개미에게 미안했다.

생각보다 강한 냄새에 재채기가 나올 것 같았다.

"양호실에서 상처 나면 닦아 주는 거, 그 냄새야."

"소독약 말이야?"

프레드는 원숭이가 그랬던 것처럼 개미를 얼굴과 팔에도 문질렀다. 그러고는 조금 망설이다가 다리와 발목에도 문질렀다. 만일을 위해서였다.

콘은 프레드의 손을 끌어당겨 냄새를 맡아 보았다.

"암모니아 냄새가 나! 이모 집에 있는 오래된 소금처럼 말이야."

아이들은 다시 나무로 갔다. 프레드는 아이들이 평소보다 좀 떨어져 있다는 생각이 들었다.

"으, 냄새! 화학 약 같아."

맥스가 말했다.

나무 위에 달린 벌집은 구름 가까이 있는 것처럼 높아 보였다.

"그만둬도 괜찮아. 나중에 해도 되잖아."

콘이 말했다.

"괜찮아."

프레드는 언제나 나무에 오르는 것이 좋았다. 미지의 공간을 탐험하는 기분이었다.

아이들이 밑에서 프레드를 지켜보았다. 릴라는 기대에 찬 눈빛이었고, 콘은 한쪽 눈썹과 윗입술이 살짝 올라간 채였다. 맥스는 코를 후

벴다.

프레드가 낮은 나뭇가지를 붙잡고 몸을 옮기기 시작했다. 맥스가 응원했다. 프레드는 다리로 디딜 것을 찾다가 껍질에 난 옹이를 딛고 위로 올라갔다. 집에서 타던 것과는 아주 달랐다. 약해진 근육은 말을 듣지 않았고, 팔다리는 생각보다 덜 구부러지고 덜 펴졌다. 나무에 썩은 부분이 있다는 걸 알았을 때에는 기절할 뻔했다. 발을 디뎠던 나뭇가지가 굉음을 내며 아래로 떨어졌다.

"젠장."

프레드가 나지막이 읊조리며 다음 가지를 붙잡고 또 다음 가지를 붙잡았다. 이번엔 나무껍질과 함께 신발이 미끄러졌다.

"맙소사, 저러다 죽을 것 같아."

콘이 말했다.

"괜찮을 거야. 정말로."

릴라가 말했다.

"안 괜찮으면? 우리 셋만 여기에 남게 되면? 프레드, 제발 내려와!"

하지만 프레드는 콘의 말을 무시하고 더 빠르게 위로 올라갔다. 그러고는 또다시 잡을 만한 가지를 찾으려 위를 올려다보았다.

그때 밟고 있던 가지가 부러졌다. 프레드는 나무에 대롱대롱 매달렸다. 가지를 잡고 손으로만 이동하려 했지만 가지를 잡지 못했다. 프레드는 그대로 공중에서 버둥거렸다.

한참 만에 가지를 찾아 디딘 프레드는 다시 위로 올라가기 위해서 손을 뻗었지만, 팔에 지푸라기 하나 들 힘도 남아 있지 않았다. 프레드는 가만히 서서 아들이 나무 위에 올라가다가 죽었다는 말을 들은 아버지 표정을 떠올리지 않으려고 애썼다.

"저기 봐. 꼼짝 못 하고 있어."

콘이 말했다.

"괜찮아?"

릴라가 물었다.

"괜찮을 리 있어? 쟤가 죽는 걸 여기서 지켜볼 수만은 없어."

콘이 나무 밑에서부터 발을 딛기 시작했다. 긴장한 어깨가 바싹 솟았다. 팔다리가 달달 떨렸지만, 권투 선수처럼 입을 앙다물고 차분하게 올라갔다. 곧 프레드와 콘이 나뭇가지 몇 개를 사이에 두고 가까워졌다. 콘의 발목은 여전히 달달 떨리고 있었다.

"뭐 하는 거야?"

프레드가 이를 악물고 물었다.

"내려오라고 말하려고."

"싫어. 계속 올라갈 거야."

"그럼, 나도 갈래."

"왜?"

"네가 혼자서는 꼼짝 못 하는 것 같아서."

"아니야!"

거짓말이었다. 팔에 감각이 하나도 없었다. 콘을 내려다보니, 핏기 하나 없는 얼굴에 의지만이 확고했다.

프레드는 문득 궁금해졌다.

"내가 꼼짝 못 한다고 쳐도, 어떻게 나를 도울 건데?"

"내가 먼저 올라갈 거야. 나뭇가지가 괜찮나 먼저 잡아 보는 거지. 네가 한 번만 더 두려움을 느낀다면, 그땐 정말 떨어져서 죽고 말걸."

"두렵지 않아."

프레드 입에서 생각할 세도 없이 말이 먼저 튀어나왔다.

"아냐, 두려워했어. 그리고 나도 두려워. 그러니까 그만해."

콘이 앞서 올라갔다. 프레드가 움직였던 것보다 훨씬 느리고 얼굴에는 분노가 가득했지만, 계속해서 올라갔다. 발로 가지를 디뎌 보고, 잡기 전에는 손을 치마에 닦았다.

마침내 프레드도 가지에서 한 손을 뗐다. 아우성치는 공포는 잠시 뒤로 보내고 콘을 따랐다. 프레드는 점점 리듬을 되찾았고, 호흡도 정상으로 돌아왔다.

마침내 벌집이 보였다. 벌집 주위로는 벌 수천 마리가 날아다니고 있었다.

"벌들은 서로 용기를 주지 못하지? 빨리 하고 내려가자."

콘의 목소리가 평소보다 한층 높았다.

"잠깐만."

프레드는 떨리는 다리로 쭈그려 앉았다. 그러고는 벌이 들어오지 못하도록 콧구멍에 나뭇잎을 뭉쳐 넣었다.

"너무 가까이 오지 마. 너는 쏘일 수 있으니까."

"할 수 있어!"

저 아래에서 릴라가 응원했다.

"만약에 둘 다 떨어져서 우리가 형이랑 누나를 먹으면 화낼 거야?"

맥스도 조심스럽게 외쳤다.

프레드는 벌집에 뚫린 주먹만 한 구멍에 팔 하나를 집어넣었다. 원숭이가 낸 구멍이었다. 윙윙거리는 소리가 거세졌다. 프레드는 마음을 가다듬었다. 벌 떼가 사납게 달려들었지만, 프레드는 전혀 쏘이지 않았다. 프레드는 그대로 꿀통을 뜯어냈다.

"효과가 있어!"

벌 한 마리가 프레드의 입속으로 들어갔다. 프레드는 욕과 함께 침을 내뱉고 고개를 홱 돌렸다. 그 바람에 딛고 있던 나뭇가지가 흔들렸다.

"어디다 놓지?"

콘이 물었다.

"릴라에게 던지자. 앗, 잠깐. 그러다 나뭇가지에 걸릴 수도 있겠다."

"이 모든 게 수포로 돌아가면……."

"아니야, 나한테 생각이 있어."

프레드가 심호흡을 하고는 셔츠를 아주 조심스럽게 바지 속에 넣었다. 그리고 셔츠 안에 꿀통을 넣었다. 프레드는 손가락을 핥았다.

"아!"

손은 나무껍질과 개미 사체로 뒤덮여 있었지만, 꿀맛은 황홀했다. 온몸이 녹아내리는 것 같았다.

"나도 좀 먹어 봐도 돼?"

"빨리 내려가고 싶어 하는 줄 알았는데."

콘이 펄쩍 뛰었다. 나뭇가지가 흔들렸지만, 콘은 도전적으로 고개를 들어 보였다.

"네가 할 수 있는 건, 나도 할 수 있어."

프레드가 콘에게 다가가는데, 나뭇가지에 무언가 보였다. 사과 크기의 붉은 물건이었다. 프레드는 숨이 멎을 것 같았지만, 자세히 보기 위해 뒤로 몸을 기울였다.

"프레드, 하지 마!"

"괜찮아, 저것 좀 봐 봐."

"뭐야? 나뭇잎에 가려서 안 보여."

콘이 눈을 가늘게 뜨고 위를 쳐다보았다.

"가죽인 것 같아."

"가방?"

"아니, 다른 것 같은데."

프레드는 조금씩 움직여서 위로 올라갔다. 그리고 떨리는 손으로 나뭇가지에서 재빨리 물건을 낚아챘다. 끈이 달린 붉은 가죽 주머니였다. 프레드는 밟고 있던 가지에 그대로 앉아 다리를 까딱거렸다. 콘도 떨리는 팔로 나무를 안고 프레드 옆에 앉았다.

"열지 마, 멍청아! 땅에 내려갈 때까지 기다려."

"잠깐만 열어 볼게."

가죽 주머니는 제법 묵직했고, 아래쪽에 금색으로 글씨가 새겨져 있었다. 열어 보니 금속 덩어리가 나왔다.

"담배 케이스야."

녹슬어 있었지만 정어리 통조림보다는 덜했다.

"……콜리어의 고급 담배, 런던 피커딜리."

콘이 테두리에 적힌 글씨를 소리 내어 읽었다.

"다른 것도 있어."

그 물건도 역시 녹슬어 있었다.

"펜나이프(깃펜을 깎는 데 쓰는 작은 칼)!"

"그게 다야?"

"그런 것 같아."

프레드는 손을 저어 벌을 쫓고는 가죽 주머니를 손바닥에 털었다. 종이 한 장이 떨어졌다.

"뭐야? 편지?"

콘이 물었다.

책의 빈 페이지를 찢은 종이였다. 잉크로 선이 여러 개 그려져 있고 깔끔한 대문자가 표시되어 있었다. 귀퉁이에는 나침반 모양도 보였다.

"지도야."

팔에 소름이 돋았다. 프레드는 지도가 가진 힘을 잘 알고 있었다. 지도는 숨겨진 것들을 알려 준다. 세계의 비밀이 선으로 표시되어 있는 것이다. 프레드는 더 자세히 지도를 들여다보았다. 지도는 종이 끝으로 갈수록 흐려졌다. 얇은 선으로는 강을, 두꺼운 선으로는 아마존을 표시한 것 같았다. 그리고 오른쪽 상단에는 X 표시가 있었다. 그 부분은 펜으로 여러 번 문질렀는지 구멍이 나 있었다.

"어떻게 생각해? X가 나타내는 게 뭘까?"

콘의 눈이 커졌다. 땅에서 30미터나 올라와 있다는 사실은 잊은 듯 보였다.

"모르겠어."

프레드는 위를 올려다보았다. 프레드와 콘이 앉아 있는 나무는 주위 나무보다도 키가 컸다. 나무는 꼭대기로 갈수록 뾰족하게 좁아졌고, 가장 위쪽에는 나뭇잎이 지붕처럼 드리워져 있었다.

"더 올라가 봐야겠어. 지도가 의미하는 걸 볼 수 있을 거야."

"안 돼, 미친 짓이야! 아까 무서워한 게 창피해 일부러 그러는 거지?"

프레드 귀가 새빨개졌다.

"난 올라갈 거야. 너는 먼저 내려갈 거야, 나랑 같이 올라갈 거야?"

"당연히 나도 가야지!"

콘이 빙그레 웃었다.

위쪽 나뭇가지는 포크 손잡이만큼 가늘었고, 쉽게 구부러졌다. 프레드와 콘은 발로 가지를 하나하나 확인해 가며 천천히 올라갔다. 프레드 머리가 잎이 무성한 가지에 부딪혔다. 밑에서 본 나뭇잎 지붕이었다. 아래를 내려다보자 햇빛에 반짝이는 짙은 남색 강물이 보였다. 프레드는 숨을 고르게 쉬기 위해 노력했다. 프레드가 도서관 구석 자리에서 꿈꾸던 바로 그 순간이었다.

"봐!"

"보고 있어!"

하지만 콘은 프레드 바로 아래에서 눈을 꼭 감고 있었다.

굽이쳐 흐르는 강줄기는 산 가까이에서 점차 희미해졌다. 프레드 앞으로 원숭이 한 마리가 꼬리로 나뭇가지를 감으며 내려갔다.

"콘, 눈 떠 봐. 봐야 해."

콘이 눈을 살짝 떴다가 더 크게 떴다.

"몰랐어! 정말 환상적이다."

마치 이 세계가 자연 그대로 초록색으로 살아 있기를 바라는 사람이 의도적으로 그려 놓은 듯한 광경이었다. 프레드는 아주 천천히 한 손을 놓았다. 두려움이 목까지 차올랐지만, 조심스럽게 주머니에 손을 넣어 지도를 꺼냈다.

지도의 복잡한 곡선은 보이는 광경과 정확하게 일치했다. 작은 초록의 기적이었다. 누군가 이곳 어딘가에서 지도를 그린 것 같았다.

"여기가 이 지점이야."

프레드가 지도를 보며 속삭였다.

"그럼 여기 구부러진 데가 우리 움막이 있는 곳이겠네. X는 어디야?"

프레드는 손으로 해를 가렸다.

"저기. 하지만 아무것도 안 보여."

수평선이 초록으로 흐려지는 곳이었다. 강이 굽이치는 것 말고는 아무것도 보이지 않았다.

"일단, 여기를 지도에 표시하자. '현 위치'라고."

콘이 말했다.

프레드는 손을 내려다보았다. 비행기 사고로 생긴 손마디의 상처가 어느새 아물고 있었다. 프레드는 딱지 하나를 물어뜯어 피 한 방울을 지도에 떨어뜨렸다.

"으, 토할 것 같아. 하지만 좋은 생각이었어."

"내려가자. 점심으로 먹을 꿀이 있잖아."

프레드는 빙그레 웃고는 잽싸게 나무를 타고 내려갔다. 손과 다리가 나무에 쓸렸고, 나뭇가지에 눈을 찔리기도 했다. 반면에 콘은 갈 길을 되뇌며 더욱 천천히 내려갔다. 프레드는 마지막 1미터를 남기고 땅으로 풀쩍 뛰어내렸다. 벌꿀이 셔츠에서 새어 나오고 심장이 쿵쾅거렸다.

"살아 있네! 형과 누나를 먹을 수밖에 없다고 생각했어."

맥스가 팔을 벌려 프레드의 다리를 끌어안고 무릎을 깨물려고 했다. 축하의 의미였다.

"너무 실망하지 마."

프레드가 환하게 웃었다. 콘도 가장 낮은 나뭇가지에 다다라, 뛰어내릴지를 망설였다. 릴라가 손을 내밀었다. 하지만 콘은 바닥으로 그냥 뛰어내렸다.

"새로운 걸 발견했어."

콘이 당당하게 말했다.

"정말? 먹을 거야?"

릴라가 눈을 반짝거렸다.

"기다려 봐. 우선 공터로 가자."

콘은 갑자기 나사가 풀린 것처럼 웃다가 급기야 기침까지 했다. 절반은 기쁨의 웃음이었고, 절반은 승리의 웃음이었다.

"사실, 난 한 번도 나무를 타 본 적이 없어."

"한 번도? 근데 정말 대단하다!"

릴라가 말했다.

"맞아. 나도 그렇게 생각해."

프레드는 공터에 도착하자마자 넓적한 나뭇잎에 꿀을 긁어 담았다. 그 뒤, 물웅덩이에 가서 셔츠에 들러붙은 나뭇가지며 먼지를 씻어 냈다. 하지만 꿀이 어찌나 끈적이는지 지독히도 떨어지지 않았다.

"형, 빨리."

맥스가 재촉했다.

프레드는 셔츠를 포기하고 공터로 돌아왔다. 릴라가 조심스럽게 가죽 주머니를 뒤집고 있었다. 바카는 목걸이라도 되는 것처럼 릴라에게 매달려 쇄골에 코를 박았다.

"빨간색이네? 담배 주머니는 보통 갈색인데."

릴라가 말했다.

"그게 왜?"

콘이 물었다.

"벌은 빨간색을 몰라. 그냥 검은색처럼 보일걸. 누군가 벌이 그 주머니를 지켜 주기를 바란 게 아닐까? 벌들은 주머니가 나무인지 아닌지도 몰랐을 테니 전혀 의심하지 않았겠지."

"벌이 의심을 한다고?"

콘이 의심스럽게 물었다.

"그냥 내 생각이야. 하지만 엄마는 정글에서 빨간색은 위험한 색이니까 피해야 한다고 하셨어. 주머니를 숨긴 사람도 그 점을 노렸을 거야. 아무도 가져가지 않게 하려고 말이야. 이걸 다시 찾으러 올 게 분명해."

프레드는 온몸에 전율이 흘렀다.

"아직 더 있어. 봐 봐."

"지도네? 이 X는 뭐지?"

릴라가 평평한 돌 위에 지도를 펼쳤다.

"확인하지 못했어. 너무 멀어서."

콘이 대답했다.

"보물일까? 아니면 비밀의 부족?"

릴라가 말했다.

"식인종!"

맥스가 말했다.

"하지 마."

콘이 진저리 쳤다.

"이걸 그린 사람도 뭔지 모를 수 있어. 가고자 하는 방향일 수도 있고. 그는 과연 무엇을……"

맥스가 작은 손바닥으로 프레드의 입을 막았다.

"배고파! 꿀부터 먹으면 안 될까?"

꿀은 지친 아이들에게 약이 되어 주었다. 릴라는 몸을 똑바로 세우고 앉았다. 콘의 얼굴에 혈색이 돌았다. 달곰쏩쓸한 꿀맛은 실로 놀랍고 강렬했다. 프레드는 백 텀블링을 하고 싶을 지경이었다. 꿀맛은 30분 동안 지도를 잊게 했다.

콘

다음 날은 수요일이었다. 학교에 있었다면 두 시간 동안 지리학 수업을 받으면서 하루를 시작했을 것이다. 수요일에 가장 신나는 수업은 늙은 마틴 선생님의 생물 수업이었다. 선생님은 늘 예고 없이 방귀를 뀌었기 때문이었다.

하지만 프레드는 폭풍우가 내리치는 정글에서 눈을 떴다. 움막 천장에서 떨어진 빗방울이 귓속으로 들어왔다. 릴라와 콘은 일찍부터 머리를 맞대고 지도를 뚫어져라 보고 있었다. 맥스는 머리와 눈썹에 진흙을 묻힌 채로 물웅덩이 옆에서 코를 골았고, 바카는 비를 쫄딱 맞아 털이 축 처져 있었다.

릴라가 엄지손가락으로 X를 가리켰다.

"마나우스보다 훨씬 더 가까워. 프레드, 뗏목을 타고 X까지 갈 수 있을까?"

릴라는 고개를 돌려 프레드가 일어난 것을 확인하고는 말했다.

프레드도 일어나 지도를 살펴보았다. 몸속의 근육들이 삐걱거리는 것 같았다. 춥진 않았지만 습기 때문에 몸이 으슬으슬했다. 릴라와 콘도 몸을 떨고 있었다.

"여기, 수초들을 헤치고 가야 해. 그리고 이 표시를 봐."

"뱀처럼 보여."

"응. 어쨌든 할 수 있다고 생각해야지."

프레드는 강물과 회색빛 하늘을 바라보며 말했다.

"정말 우리가 갈 수 있을까? 나무에서 봤잖아. 몇 킬로미터나 돼!"

콘은 자기가 원하는 대답을 기대하는 것 같았다.

"여기서 영원히 살 수는 없어."

프레드는 뗏목을 강에 띄워 X를 찾는 것 외에는 아무것도 하고 싶지 않았다. 프레드는 탐험가가 되는 것이 무엇을 의미하는지 알고 싶었다. 음식으로는 채워지지 않는 또 다른 결핍. 바로 희망과 뒤섞인 두려움과 가능성이었다.

"농담하는 거지?"

콘이 릴라와 프레드를 쳐다보았다.

"이제 우리는 지도가 있잖아. 어디를 가는지 정확하게 알 수 있어."

릴라가 부드럽게 말했다.

"하지만 그 끝에 뭐가 있을지 어떻게 알아?"

콘의 얼굴이 붉으락푸르락했다.

"뭔진 몰라도 무언가 분명 있을 거야. 그렇지 않으면 지도에 표시했을 리 없어."

프레드가 말했다.

"하지만 X가 절대 금지를 의미하는 거면? 어둠 속에서 다가오는 무언가가 있다거나."

"다른 방법이 이곳에 머무는 것뿐이라면, 가고 싶지 않아?"

프레드가 물었다.

"나도 가고 싶어! 여긴 정말 싫어. 모기도 싫고, 개미도 싫고, 물리는 것도 지긋지긋해. 게다가 끝도 없이 배가 고파서 미칠 것 같아. 하지만 불확실한 곳을 향해 가고 싶진 않아. 난 집에 가고 싶다고."

맥스가 벌떡 일어나서 릴라의 소매를 붙잡고 울기 시작했다. 릴라가 맥스를 떼어 냈다.

"나도 집에 가고 싶어! 상황은 어느 누구에게나 다 나빠."

릴라의 눈썹이 사납게 올라갔다.

"아니, 그렇지 않아. 너는 이해 못 해. 너는 이 나라 출신이니까 여기서 지내는 데 익숙하잖아."

릴라의 눈이 커졌다.

"난 도시에서 자랐어. 우리 집은 식당이 따로 있고, 식탁에는 은촛대가 있어. 정글에서 살지 않았다고."

릴라의 목소리가 충격으로 가늘어졌다.

"어쨌거나 늘 구역질이 나진 않잖아. 나는 매일 아침 토할 것 같아."

콘이 입을 앙다물고 젖은 땅에 발을 굴렀다. 진흙이 허리까지 튀어 올랐다.

"나도 마찬가지야! 나도……."

"너무 싫어서 숨을 쉴 수 없을 정도야."

"우리 중 누가 이곳을 좋아한다고 생각해?"

"하지만 넌 혼자가 아니잖아. 동생과 함께 있어."

"바로 그거야, 바로 그거라고! 맥스는 늘 울어. 그리고 얘가 죽으면 그건 내 탓이 될 거야!"

맥스가 오열하기 시작했다. 온몸이 사시나무처럼 떨렸다. 프레드는 맥스가 달려가지 못하게 손목을 꽉 붙잡았다.

"만약 네가 죽으면, 돌봐 달라고 괴롭히던 사람은 남겠네!"

콘이 고함을 질렀다.

"자꾸 그런 못된 소리를 하다 아무도 널 신경 쓰지 않게 돼도 난 몰라. 넌 모르겠지만……."

"그만해! 제발 그만하란 말이야!"

맥스가 소리를 지르며 달려가 릴라와 콘을 발로 찼다. 둘의 다리에 진흙이 묻었다.

"울지 마. 울면 모두가 피곤해져."

릴라는 입을 꼭 다물고 맥스를 안아 올려 등을 토닥여 주었다. 맥스는 몹시 지쳐 보였다.

콘의 얼굴에도 눈물이 쉴 새 없이 흘렀다. 프레드는 움막 벽에서 나뭇잎을 하나 떼어 콘에게 건넸다. 콘은 나뭇잎으로 얼굴을 닦았다. 잘 닦이지는 않았다.

"그냥 좀 피곤해. 배가 고프고. 그리고…… 몸이 아파."

"내가 한 말은 모두 진심이 아니었어."

릴라는 손을 내려다보았다.

침묵이 흘렀다. 빗물이 지붕을 뚫고 아이들 머리 위로 떨어졌다.

"악몽을 꿨어. 엄마가 나를 찾으러 왔는데, 나는 나무에 매달려서 소리를 지를 수가 없었어. 그래서 엄마가 나를 찾지 못했어. ……너희도 엄마, 아빠 꿈을 꿔?"

릴라가 조금 망설이다 물었다.

프레드는 아버지 외에 다른 꿈은 꾸지 않았다. 프레드는 늘 가까이 있는 아버지를 건드리려고 안간힘을 썼다. 프레드는 어정쩡하게 고개를 끄덕였다.

콘은 무언가를 말하려다가 입을 다물었다.

"나는 아니야. 난 이모할머니랑 살았어."

"부모님은?"

릴라가 물었다.

"돌아가셨어. 엄마는 세 살 때, 아빠는 전쟁에서. 그리고 나서 입양

됐어."

혹시라도 동정심을 살까 봐 콘은 입을 앙다물었다.

"그럼 양부모님은……."

"그 사람들은 아기를 낳고 나를 버렸어. 그래서 이모할머니랑 사는 거야. 이모할머니도 나를 키우고 싶어 하지 않았지만, 다른 방법이 없었거든."

콘은 아무렇지 않은 척 어깨를 으쓱했다.

"너를 왜 버렸는데?"

"내가 아기를 괴롭혔대. 하지만 나는 괴롭히지 않았어. 딱 한 번, 아기가 울음을 그치지 않아서 살짝 때린 게 다야."

"아."

릴라의 얼굴이 굳어졌다.

"딱 한 번이었어. 진심이야. 그런데 내가 만날 아기에게 소리를 질렀대. 그런데 어차피 아기는 알아듣지도 못하잖아. 무슨 상관이야?"

콘이 말을 삼키고는 엄지손톱을 잘근잘근 씹었다. 프레드가 고개를 끄덕였다.

"이모할머니는 여름마다 나를 수녀원에 보내서."

"수녀원?"

"수녀원에서 하는 학교. 그래서 브라질에 있었던 거야. 작년에는 인도에 있었어. 이모할머니 말씀이, 여행하면 내 성격이 좀 나아질 거래. 하지만 나는 여행이 싫어."

"성격이 나아지는 게 싫어?"

릴라는 자기 말이 부정적으로 들리지 않도록 조심하는 눈치였다.

콘이 미소를 지으려고 했다.

"아니, 하지만 이모할머니는 여자아이는 무조건 조용하고 얌전해야 한다고 생각해서. 내가 너무 무례하대. 일부러 그러는 건 아니야. 나는 나름 착하게 지내려고 했는데, 이모할머니는 전혀 눈치채지 못하셨어. 아니면 그냥 관심이 없으셨을지도 몰라. 그래서 나는 주로…… 모르겠어. 신경 쓰지 마."

콘은 손가락으로 코를 닦았다.

"그리고 내 생각에는…… 이모할머니가 나를 찾으려고 사람들을 보낼 것 같지 않아. 형편이 넉넉하지 않으시거든. 물론 수녀원 학교에서 이곳까지 오는 뱃삯은 내주셨어. 전쟁 고아를 위한 장학금으로. ……자선 단체에서 주는."

콘은 얼굴을 찡그리고 씁쓸하게 내뱉었다.

"그러면 전에 말했던 비행기는……."

"거짓말이야."

"너희 이모할머니, 정말 끔찍하다."

릴라가 말했다.

"맞아."

프레드는 학교에서 남자아이들끼리 하듯 콘의 팔을 툭 쳐도 괜찮을지 잠시 생각했다. 하지만 이 경우에는 맞지 않는 것 같았다.

"이모할머니는 나이가 많을 뿐이야. 정말로."

콘이 가슴속의 무게를 밖으로 덜어 내려는 듯 깊은 한숨을 쉬었다. 그리고 머리카락으로 눈을 닦았다.

"지금까지 한 번도 말한 적 없어. 양부모님에 대해서 말이야. 그러니까 아무에게도 말하지 말아 줘."

"우리가 누구한테 말하겠어?"

프레드는 주위에 펼쳐진 초록색 정글을 둘러보며 말했다.

"자, 바카가 귀를 먹으려고 할 수도 있어. 하지만 자기 딴에는 친근감의 표시야."

릴라가 목에 매달린 바카를 콘의 어깨에 둘러 주었다. 콘의 눈에서 눈물이 떨어졌다. 바카가 눈물을 핥아 주었다.

프레드는 콘을 바라보았다. 누구를 안아 준 적이 한 번도 없었다. 아버지는 포옹을 믿지 않았다. 포옹이 주제넘고 비위생적이라고 생각했다. 하지만 프레드는 콘이 무척 앙상해 보였다. 주먹을 쥐고 콘의 어깨를 부드럽게 두드렸다. 콘은 프레드가 생각한 것보다 더 오래 가만히 있었다. 그러다 결국 반쯤 웃으며 프레드의 팔을 내렸다.

"알았어, 너희가 이겼어. 지도를 따라가자."

콘의 목소리가 떨렸다.

프레드는 배 속에서 뜨거운 것이 솟아오르는 것을 느꼈다.

"오늘 하루 동안 애벌레와 나무 열매를 모으면 내일 출발할 수 있을 거야."

릴라가 콘의 굳은 얼굴을 바라보며 덧붙였다.

"내일이야."

콘이 허리를 굽혔다. 그리고 고개를 크게 끄덕였다.

연기

새벽부터 찌는 듯이 더웠다. 네 아이들은 땀범벅이 되어 깨어났다. 날파리가 피부에 달라붙어 끈적한 땀을 훑었다.

아침은 콘이 발견한 바나나 나무로 해결했다. 익지도 않은 바나나를 어찌나 게걸스럽게 먹었는지, 맥스는 신발에 토하기까지 했다. 아이들은 맥스의 점퍼로 배낭을 만들어 바나나를 가득 채웠다.

바람이 불기 시작했다. 이전에 아이들을 죽일 뻔했던 바람과 비슷했다. 프레드는 뗏목의 모든 매듭을 두 번씩 점검했다. 그리고 릴라와 뗏목에 쪼그리고 앉아 두 명의 무게로 뗏목이 어떻게 나아가는지 체크하고, 덩굴 밧줄을 다시 감았다. 콘과 맥스는 비상식량으로 나무 열매를 모았다.

바카는 릴라의 주머니에서 몸을 반쯤 빼내고 휘몰아치는 바람을 맞았다. 갑자기 바카가 작은 소리를 냈다. 프레드는 등골이 오싹해졌다.

"이상한 냄새가 나니?"

바카가 릴라의 옷을 씹기 시작했다. 무척 초조해 보였다. 릴라는 공터 쪽을 바라보았다. 태양 빛이 나무 사이사이로 들어와야 할 공간에 회색의 소용돌이만 가득했다.

"먼지일까?"

"연기인 것 같은데."

프레드는 다시 코를 킁킁거렸다.

"불이야!"

순간 프레드와 릴라는 밀려든 회색 연기에 멍해졌다. 곧 릴라가 소리쳤다. 뗏목 전체가 흔들리는 것 같았다.

"맥스! 맥스, 어디로 갔어?"

"강기슭 위에 있었어. 콘이랑 같이."

연기가 홍수처럼 나무를 뒤덮었다. 눈이 따가웠다.

그때 쿵쾅거리는 소리가 들렸다. 콘이 머리카락을 등 뒤로 휘날리며 덤불에서 뛰어나왔다. 그러고는 강물에 뛰어들어 미친 듯이 헤엄쳤다.

"공터에 불이 났어. 정말 끔찍해."

콘이 뗏목을 겨우 붙잡고 울다가 붉게 달아오른 눈으로 주위를 둘러보며 물었다.

"맥스는 어디 있어?"

"너랑 같이 있는 줄 알았는데?"

릴라의 얼굴이 하얗게 질렸다.

"뭐? 안 돼! 너한테 간다고 했단 말이야. 바카랑 놀고 싶다고."

"말도 안 돼. 맥스……."

릴라가 뗏목에서 일어섰다.

"맥스!"

프레드도 소리쳤다.

"나 여기 있어!"

그때 겁에 질린 작은 목소리가 들려왔다.

맥스는 강가에 늘어진 나무 위에서 소리칠 힘도 없이 훌쩍이고 있었다. 충격과 공포에 젖은 듯했다.

"거기 어떻게 올라갔어? 이렇게 높은데."

콘이 물었다.

"맥스, 뛰어내려. 물속으로 뛰어!"

릴라가 소리쳤다.

"못 해."

"맥스! 명령이야. 누나 말 들어."

릴라의 목소리가 가늘게 떨렸다.

맥스가 소리 내어 울기 시작했다.

"으앙, 못 하겠어."

프레드가 신발을 벗기 시작했지만, 이미 릴라가 바카를 콘에게 맡기고 물속으로 들어갔다. 사람이 그렇게 빨리 헤엄치는 모습은 처음 봤다. 릴라는 강기슭을 딛고 나무 위로 올라가기 시작했다. 발로 디딜 가지가 없을 때에는 팔로만 매달려서 올라갔다.

"맥스! 거기 가만 있어."

프레드와 콘은 뗏목에 앉았다. 바카를 두 손으로 안은 콘이 사방에 휩싸인 연기에 콜록거렸다.

맥스는 나무늘보처럼 팔과 다리로 나뭇가지를 감고 매달려 있었다. 프레드는 눈을 가늘게 뜨고 릴라가 나무를 타고, 맥스를 구슬리고, 팔을 풀어 보려 애쓰는 것을 보았다. 맥스는 어느새 울음을 그치고 무표정한 얼굴이었다. 그게 소리치는 것보다 더 무서웠다.

공터에서 불길이 꿈틀대며 나왔다. 열기가 릴라의 몸과 맥스의 발을 집어삼킬 듯했다. 무언가 폭발했다. 굉음이 들리고, 불길이 치솟으며 나무껍질이 탁탁 터졌다.

"뛰어! 강으로 뛰어들면 우리가 구해 줄게."

프레드가 다급히 소리쳤다.

연기 때문에 릴라의 목소리만 들려왔다. 맥스를 필사적으로 달래고 있었다.

"뛰어, 제발! 어서!"

콘도 소리쳤다.

바로 그때 풍덩 소리가 들렸다. 강 가운데는 물살이 매우 빨랐다. 릴라와 맥스는 소용돌이치는 물살에 휩쓸렸다. 프레드는 연기를 헤치고 남매를 찾기 위해 안간힘을 썼다. 하지만 둘의 머리는 보이지 않았다.

"갖고 있어."

프레드가 콘에게 장대를 넘기고 숨을 깊이 들이마셨다.

"혹시 우리가 죽으면, 우리 아버지에게 죄송하다고 전해 줘."

프레드는 강물에 뛰어들어 급류 쪽으로 헤엄쳤다. 눈을 떴지만 물거품밖에 보이지 않았다. 그때 누군가와 부딪혔다. 맥스였다. 프레드는 물에 빠진 사람을 구할 때 어떻게 해야 하는지 책에서 본 내용을 기억하려고 애썼다. 손으로 볼을 부드럽게 감싸라는 대목이 또렷하게 떠올랐다. 하지만 물살이 너무 세서 손을 모으기도 벅찼다.

프레드는 뒤로 가서 맥스를 자기 배에 눕혔다. 그래야 맥스가 숨을 쉴 수 있을 것 같았다. 숨을 쉬고 있는지는 확인하지 못했지만, 한 팔로 물을 저어 강기슭으로 향했다. 하지만 몸이 자꾸 급류에 휩쓸렸다. 눈앞에는 연기로 뒤덮인 강물뿐이었다. 강물이 끊임없이 얼굴로 밀려왔다.

"침착하자. 패닉에 빠지기에는 상황이 좋지 않아."

프레드는 스스로를 달랬다.

불타는 나뭇가지가 바로 옆으로 떨어졌다. 맥스는 기침하며 물방

개를 뱉어 냈다. 불살이 덮쳐 옴짝달싹할 수 없을 때 연기 속에서 무언가 보였다. 콘이었다.

"프레드, 맥스! 여기야! 뗏목으로 돌아와!"

불길과 물길을 뚫고 콘이 고함을 질렀다.

"불가능해. 물살 때문에."

움직일 수 없는 것은 몹시 괴로운 일이었다. 게다가 프레드는 다리에 쥐가 나기 시작했고, 맥스의 머리는 자꾸 물속으로 가라앉으려고 했다. 프레드는 몹시 두려웠다.

콘이 회색 잿더미를 잔뜩 뒤집어쓴 채 양손으로 열심히 노를 저으며 프레드와 맥스를 불러 댔다. 뗏목에 가까워지면서 거센 물살이 프레드를 덮쳤다. 뗏목이 귀에 부딪혀 귓속에서 큰 소리가 났다. 콘의 비명이 이어졌다. 프레드는 힘겹게 몸을 움직여 뗏목에 올라가, 물을 울컥 토했다. 맥스도 물과 나뭇잎, 파인애플 등을 토해 냈다.

"릴라는?"

콘이 높은 목소리로 소리쳤다.

"못 봤어."

프레드는 뗏목 가장자리로 기어갔다. 다시 물속으로 뛰어들기 위해 열심히 심호흡했지만, 숨을 쉴 때마다 기침이 쏟아졌다.

그런데 뗏목 가장자리가 기울어져 휘청이더니 손 두 개가 불쑥 올라왔다. 릴라였다.

"릴라!"

프레드가 고함인지 함성인지 모를 소리를 내며 릴라를 끌어 올렸다. 릴라는 겨우 뗏목 위로 올라와 헐떡였다. 콧잔등에 상처가 났고 입과 뺨에서 피가 흘렀다. 어쨌든 릴라는 살아 있었다.

"매, 맥스."

릴라가 겨우 말을 내뱉었다.

"너부터 숨 쉬어! 맥스는 괜찮아. 맹세할게."

콘은 릴라를 안심시키고는 뗏목을 강가로 이끌었다. 강가는 물살이 그다지 빠르지 않았고, 불길에서도 떨어져 있었다. 마침내 연기가 걷히고 불길이 저 멀리서 타닥거리며 잦아졌다. 콘은 계속해서 물살이 잔잔한 곳으로 장대를 밀었다.

파란색 나비 떼가 아이들 옆에서 환하게 움직였다. 맥스의 머리에는 물풀이 마치 왕관처럼 올라가 있었다. 릴라는 맥스를 끌어안았다. 맥스는 바카를 안았고, 바카는 맥스의 엄지손가락을 잡았다. 긴 시간 동안, 아무도 입을 열지 않았다.

"이제 어떡하지? 되돌아갈까?"

"모르겠어. 모든 것이 불타 버렸어."

콘은 충격에 몸이 떨렸다. 햇볕에 머리는 모두 말랐지만, 팔에 난 털은 삐죽 솟아 있었다.

"그걸 봤어."

"움막? 아니면 벌 떼?"

"불타는 공터 전체를."

콘이 얼굴에서 재를 닦아 냈다. 이제는 판다처럼 보였다.

"우리 불 때문이야. 누군가 남아서 불을 지켰어야 했어. 불씨가 남아 있었나 봐."

"그런데 우리 지금, 지도를 따라가고 있는 거야?"

프레드가 조용히 물었다.

"지도는 네가 갖고 있지 않아?"

릴라가 물었다.

"어, 안 돼!"

프레드는 머리가 새하얘졌다. 지도는 꺼내 살펴보자, 잉크가 심하게 번져 있었다. 지도는 힘없이 두 조각으로 갈라졌다.

"미안해."

프레드가 말을 삼켰다.

"미안해하지 마."

릴라가 곧 울 것 같은 표정으로 말했다.

한동안 아이들에게서 목을 가다듬는 소리나 기침처럼 짜증스러운 소리가 흘러나왔다.

"너희 둘 다 패배주의자야."

콘이 주머니에서 부싯돌을 꺼냈다. 아이들은 모두 콘을 바라보았다. 콘은 뗏목에서 널따랗게 나무껍질을 벗겨, 부싯돌로 무언가를 그리기 시작했다.

"여기에 곡선이 있었고, 여기서 강이 구부러졌지."

"사진을 잘 찍는 기억력!"

맥스가 외쳤다.

"사진처럼 정확한 기억력이겠지. 여기, 뭐가 있었던 것 같아? 이거 맞아?"

콘이 지도를 그려 나가며 물었다.

프레드가 콘이 그린 지도를 살펴보았다.

"거의 정확해."

"거의가 아니라 그냥 정확한 거야. 방금은 예의상 한번 물어본 거고. 이게 맞는다는 걸 난 알아."

콘이 날카롭게 말했다.

프레드는 강기슭을 한번 쳐다보고 릴라와 콘, 맥스를 바라보았다.

"지도에 그려진 게 뭐든 공터로 돌아가는 것보다는 나을 거야. 어떻게 생각해?"

공포와 희망, 그리고 아버지가 지독한 고집을 부린다며 혀를 찼던 무언가가 마음속에서 소용돌이쳤다.

콘이 입술을 깨물었다. 그리고 아무 말 없이 장대를 붙잡고는 뗏목을 강기슭에서 밀어냈다. 하늘에서 햇빛이 무성한 나뭇잎을 뚫고 얼룩덜룩 내려왔다.

"다음 갈림길에서 왼쪽?"

"다음 갈림길에서 왼쪽."

릴라가 대답했다.

네 아이들은 종일 뗏목을 타고 내려갔다. 어느 곳은 강폭이 불과 2,3미터밖에 되지 않았다. 그곳은 하늘이 무성한 나뭇가지로 뒤덮여 한밤중처럼 어두웠다. 반면에 강폭이 넓은 곳은 지나치게 밝아서 반대편을 똑바로 쳐다보기도 힘들 정도였다.

하늘이 분홍색으로 물들 때쯤, 프레드는 먼 기슭에서 몸집이 대형견보다 큰 카이만을 발견했다. 카이만은 진흙 위에 누워서 눈을 반쯤 감고 정면을 응시하고 있었다. 심장이 쿵쾅거렸다.

"어떻게 해야 해?"

콘이 잔뜩 경직된 얼굴로 날카롭게 물었다.

"그냥 있어도 돼."

릴라가 말했다.

프레드는 장대를 창처럼 붙잡았다. 하지만 뗏목이 지나갈 때까지 카이만은 미동도 하지 않았다.

태양이 머리 위에서 낮게 기울었다. 빛이 점점 약해지며 하늘이 보랏빛으로 변해 갔다. 더 이상 강 위가 보이지 않았다.

"우리 안전하지 않은 것 같아."

콘이 말했다.

"맞아. 하지만 안전한 척하자."

프레드가 대답했다.

릴라는 바카의 팔을 자기 팔에 단단하게 두르며 말했다.

"강이 우리 편이고, 정글이 우리를 도와준다고 생각하자."

이윽고 별빛이 어두운 밤하늘을 수놓기 시작했다.

"강이 누구의 편도 들지 않으면 어떡해?"

"그렇다 하더라도."

이동

한밤중이 되어서야 아이들은 겨우 배를 댈 곳을 찾았다. 너무 높지 않고 완만하면서 나무가 빽빽하지 않은 곳이었다. 릴라가 뗏목을 강기슭 가까이 대자, 프레드가 폴짝 뛰어내렸다.

"카이만의 흔적이 있나 살펴볼게."

"나도 갈게."

콘이 뒤따랐다.

"안 돼! 나랑 여기에 있어."

맥스가 콘의 발목을 붙잡았다. 콘은 웃음을 참고 뗏목에 남았다.

프레드는 나무 사이를 걸어갔다. 심장이 밖으로 튀어나올 것 같았지만 나뭇가지 하나로 잔가지들을 헤치며 앞으로 나아갔다. 그리고 죽은 지 얼마 되지 않은 동물 냄새가 나지는 않는지 살폈다. 다행히 식물 냄새뿐이었다.

"괜찮아. 안전해."

프레드의 갈라진 목소리가 나무에 부딪혀 울렸다. 나머지 아이들도 뗏목에서 내려와 걸었다. 프레드는 서로가 서로를 믿지 못하는 일은 아직 없다고 생각했다. 그렇지 않으면 정글을 헤쳐 나갈 수 없을 것이다. 모두 한 팀의 작은 탐험가들이었다.

그날 밤, 아이들은 서로 등을 붙이고 풀 위에서 잠을 잤다. 낮에는 타는 듯이 더웠지만 밤에는 안개가 끼고 추웠다. 프레드는 굽힌 무릎을 셔츠 안에 넣고 잤다. 맥스의 발이 코 옆에 있어서 이상하게 안심이 됐다. 악몽에 시달릴 때에는 다른 아이들의 숨소리를 듣는 게 도움이 되었다.

다음 날도 아이들은 은빛 강물을 타고 내려갔다. 아무도 말을 많이 하지 않았다. 아이들은 반대편 강기슭을 살피고, 기다리고, 또 경계했다.

셋째 날 아침은 비 때문에 출발하기가 어려웠다. 맥스는 뗏목에 가만히 앉아 빗방울이 강물에 튀는 것을 보고 있다가 갑자기 소리를 질렀다.

"누나, 상어!"

"어디? 내 손을 꼭 잡고 움직이지 마."

프레드는 주위를 둘러보았다. 빗방울과 강물뿐이었다.

"아마존에 상어는 없어. 걱정하지 않아도 돼."

하지만 말이 끝나기도 전에 물 밖으로 뾰족한 지느러미가 솟아올랐다. 콘이 소리를 질렀다. 릴라는 헉 소리를 냈다. 프레드는 얼어붙은 입으로 겨우 소리를 냈다.

"맥스, 뗏목에서 물러나."

그때 지느러미가 물속으로 사라졌다가 다시 물 밖으로 솟구쳤다. 빗속에서 유선형 몸통이 보였다. 분홍빛이 감도는 회색이었다.

"돌고래야!"

릴라의 표정이 환하게 바뀌었다.

'돌고래가 분홍색이라니.'

프레드는 눈을 비비고 다시 강물을 바라보았다. 믿을 수 없었다.

분홍색 돌고래는 계속 물 밖으로 튀어올라 반원을 그렸다. 그러고는 숨구멍에서 물을 뿜으며 점점 가까이 다가왔다.

"물속에 들어가서 함께 수영해도 괜찮을까?"

프레드가 물었다.

"안 돼! 피라냐가 있을지 모르잖아."

돌고래 떼가 뗏목을 에워쌌다. 모두 다섯 마리였다. 돌고래와 아이들 사이의 거리는 불과 1미터밖에 되지 않았다.

"꺅!"

맥스가 박수를 치며 소리를 질렀다.

"쉿, 조용히 해 줘야 해. 우리를 믿어도 좋은지 고민하고 있어."

릴라가 손가락을 입에 댔다.

정말 그런 것 같았다. 돌고래들은 우아한 움직임으로 가까이 다가 왔다가 두 배로 물러났다. 그리고 다시 다가오기를 반복했다. 빗방울 은 더욱 거세졌다. 프레드의 심장이 요동쳤다. 그냥 가 버리게 둘 수 는 없었다. 프레드는 강으로 들어가서 돌고래들을 쫓아 헤엄쳤다.

프레드가 가까이 다가가자, 돌고래 네 마리가 속도를 높여 물속으 로 깊이 들어갔다. 하지만 한 마리는 방향을 틀었다. 프레드는 다리 를 힘껏 차고 손을 앞으로 뻗었다. 그러고는 최대한 가만히 있었다. 돌고래가 프레드 쪽으로 다가왔다. 물 표면으로 매끈한 곡선이 보였 다. 프레드는 숨이 턱 막혀서 하마터면 물을 마실 뻔했다. 돌고래는 뾰족한 이빨을 가졌지만 눈빛은 침착하고 부드러웠다. 그리고 등에 깊은 상처가 나 있었다.

프레드는 호흡을 가라앉히려고 노력했다. 이 상황을 믿을 수 없었 다. 돌고래는 마치 상처 입은 강물의 신 같았다. 프레드가 다시 손을 내밀었다.

"안녕? 나는 프레드야."

아이들이 뗏목 위에서 손을 흔들며 응원했다.

돌고래가 프레드 손에 코를 댔다. 피부가 생각보다 거칠어 놀랐다. 돌고래는 다시 손에 코를 들이밀고는 무언가 실망했다는 듯이 숨을 내쉬고는 강물 깊이 들어가 버렸다. 프레드는 멀어지는 돌고래를 가 만히 바라만 보고 있었다. 하지만 프레드가 돌아가려 하자, 돌고래가 다시 나타났다. 돌고래는 높이 뛰어올라 프레드 머리에 물보라를 뿌리고는 이내 사라져 버렸다.

아이들은 프레드의 팔을 붙잡고 간신히 뗏목 위로 끌어올렸다.

프레드는 아무 말도 하고 싶지 않았다. 돌고래의 거친 촉감을 마음속에 영원히 간직하고 싶었다. 만약 이 일을 아버지에게 말한다면 어떤 표정을 지으실까, 심장이 쿵쾅거렸다. 하지만 아이들이 프레드에게 말을 퍼부어 댔다.

"너를 믿는 것 같았어."

콘이 말했다.

"아니면 먹이를 준다고 생각했던 것 같아."

릴라가 말했다.

"누군가 돌고래에게 정어리 통조림을 줬던 게 아닐까?"

프레드가 말했다.

그날 오후, 아이들의 머릿속에는 배고픔만이 가득했다. 다행히 릴라가 물가에서 무화과 나무를 발견했다. 프레드가 나무 위에 올라가서 가지를 흔들자 무화과가 뗏목 위로 떨어졌다. 아이들은 프레드의 크리켓 점퍼 소매와 깃을 묶고 속을 무화과로 가득 채웠다.

"120개야!"

숫자를 센 맥스가 자랑스럽게 외쳤다. 하지만 그 뒤에서 릴라가 뼈끔거렸다.

"53개."

"학교 다닐 땐 무화과가 진짜 싫었는데. 코를 먹는 기분이었어. 물론 지금은 최고의 맛이야."

콘이 말했다.

맥스는 가방에서 무화과를 한 손 가득 꺼내 주머니에 넣으며 당당하게 말했다.

"이건 내 거야. 나눠 먹는 거 안 좋아해."

릴라는 무화과 하나를 바카에게 주었다. 바카는 열매를 허겁지겁먹고는 30분쯤 지나자, 릴라 무릎에 똥을 누었다.

"나무늘보는 일주일에 한 번만 대변을 눠. 이것도 며칠 된 걸 거야. 그리고 대변 한 번에 몸무게 절반 정도가 빠지지."

릴라가 웃으며 치마를 강물에 담갔다. 바카는 평소보다 더 마르고 눈이 퀭했다.

"힘들겠다."

콘이 말했다.

뗏목 위로 강물이 계속해서 올라왔다. 릴라는 치마를 말리기 위해 어깨에 걸치고 허수아비처럼 앉아 있었다. 프레드의 신발과 바지는 흠뻑 젖었지만 셔츠는 바싹 말라 있었다.

태양은 지난 이틀을 합친 것보다 더 뜨거웠다. 콘의 두 뺨과 이마가 햇빛에 벌겋게 달아올랐다. 릴라는 해초와 나뭇잎을 엮어 콘의 얼굴에 올려 주었다. 마치 초록색 괴물 같아 보였지만 화상을 입는 것보다는 나았다.

그날 밤, 아이들은 바닥에 떨어진 나뭇잎을 모으고 그 위에 누웠다. 바카는 릴라의 어깨에서 목으로 자리를 옮겼다가 프레드에게 갔다. 바카가 프레드 무릎에 팔과 다리를 감고 바지를 씹어 댔다. 나무늘보는 원래가 야행성이지만 특히 바카는 밤에 부산스러웠다.

프레드는 별빛을 보며 누워서 다리를 움직이지 않으려고 애썼다. 가끔씩 별똥별이 빠르게 밤하늘을 가로질렀고, 어떤 곳은 마치 흰 나비 떼가 수놓은 것 같았다.

"프레드? 안 자?"

릴라가 나지막이 속삭였다.

"응."

"달이 정말 크다. 모자로 써도 되겠어."

반쯤 잠에 빠진 목소리였다.

프레드는 어둠 속에서 고개만 끄덕이고 답은 하지 않았다.

"집에서는 하늘이 잘 안 보이지? 높은 건물이랑 뾰족한 교회 지붕 사이에 가려서 말이야."

"그래, 이런 하늘은 처음이야."

"프레드? 우리 괜찮을까?"

릴라의 목소리가 점점 작아졌다.

프레드는 여전히 하늘만 바라보며 말했다.

"모르겠어."

콘이 몸을 돌려 둘에게 속삭였다.

"무서워?"

"응."

프레드가 대답했다. 살면서 이처럼 공포에 질려 본 적이 없다. 하지만, 어찌 됐든 살아 있었다. 그 생각을 마음에 새기려고 애썼다.

"나도 무서워. 하지만 맥스에게는 말하지 말아 줘."

릴라가 말했다.

"나도. 하지만 나는 너희처럼 두려움을 잘 숨기지 못해."

콘이 넌더리를 치며 말했다.

"이 여정은 언제 끝날까? 우리 나중에 만나기로 약속해."

릴라가 말했다.

"어디에서?"

콘이 물었다.

"런던에서 가장 유명한 식당이 어디야?"

"리츠 호텔?"

프레드가 대답했다.

"그럼 거기서 만나. 거기에 있는 모든 케이크를 한 조각씩 다 먹는 거야. 지금 있던 일은 꿈결 같겠지."

릴라가 말했다.

"핫초콜릿도."

갑자기 맥스가 중얼거렸다. 4분의 3 정도는 잠에 빠져 있는 목소리였다.

"맥스, 어서 자."

릴라는 맥스 이마를 쓰다듬으려 몸을 돌렸다.

프레드는 다른 아이들의 모습을 훔쳐보았다. 콘은 눈을 감고 눈썹을 찡그린 채였다. 하지만 입술 끝에는 미소가 번지고 있었다.

넷째 날, 강이 점점 달라지기 시작했다. 주위 나무들은 더욱 무성하게 굽어졌고, 물속은 수초로 가득했다. 더 이상 신선한 냄새가 나지 않았다.

"피라냐일까?"

콘이 갈대 사이로 지나다니는 물고기 떼를 보며 물었다.

릴라가 가장자리에서 물속을 들여다보고는 입을 굳게 다문 채 고개를 끄덕였다. 그리고 목에 매달린 바카를 토닥이다 털에 얼굴을 묻었다. 릴라는 떨리듯 숨을 쉬었다.

아침나절이었지만 울창해진 나무 때문에 주위가 어두웠다.

"갑자기 강물이 우리 편이 아닌 것 같다는 생각이 드는 사람은 나뿐이야?"

콘이 물었다.

"나도야."

프레드의 이마와 인중에 식은땀이 송글송글 배어 나왔다. 하지만 한편으로는 콘이 그린 지도 덕분에 마음이 한결 든든했다. 지도는 배 속에서 올라오는 의심을 몰아내 주었다.

물살은 적당했지만, 무성하게 자란 수초를 헤치고 뗏목을 움직이기란 쉽지 않았다. 팔과 허리가 아프고 손바닥 살갗이 벗겨졌다.

"조심해!"

릴라가 소리쳤다.

프레드는 무언가에 얼굴을 부딪힐 뻔하고는 움찔 놀랐다. 나무에서 뱀 한 마리가 내려왔다가 다시 나뭇잎 속에 몸을 숨겼다. 맥스조차 얼어붙어 움직이지 않았다.

"위험한 녀석은 아닌 것 같아."

프레드가 아이들을 안심시키려 했지만, 프레드의 목소리는 필사적인 거짓말 혹은 사경을 헤매는 불쌍한 여인 사이 그 어디쯤인 것 같았다.

프레드는 수초를 다 지날 때까지 속도를 높이는 데만 집중했다. 그리고 어두운 숲속을 지날 때에는 속도를 다시 늦췄다.

"거의 다 왔어. 지도상에서 이 강은 호수랑 연결돼. 내 생각에, 세

시간에서 네 시간 정도 걸릴 것 같지만 정확하게 예측하기는 어려워. 이다음엔 검은색 네모랑 짧은 선이 있어. 뭔진 모르지만 그다음에는 길 혹은 강이 나올 거야. 구불구불한 선이 그려져 있거든. 그리고 그다음이 X야."

콘이 넙적한 막대를 물에 넣고 노를 젓기 시작했다.

"빨리 도착해야 최악이 뭔지 알게 되지."

뗏목은 강을 따라 흘러갔다. 프레드는 다음 모퉁이에서 무엇이 나올지 궁금해서 장대를 힘차게 저었다. 도중에 물 위로 쓰러진 나무를 피해 가느라 5분을 더 허비했다. 다음에 나온 것은 호수였다.

호수는 구름 한 점 없는 하늘 아래에서 아름답게 빛나고 있었지만, 네 아이들은 입을 쩍 벌리고 깨끗한 하늘만 바라보았다.

긴 침묵이 이어졌다. 마침내 릴라가 입을 열었다.

"내가 고소 공포증이 있다고 얘기했나?"

절벽

거대한 절벽이었다. 회색 바위로 이루어진 절벽은 프레드 키의 50배는 되어 보였고, 초록색 나뭇잎과 덩굴로 뒤덮여 마치 흙에서 자라는 거대한 생명체 같았다.

"검정색 네모가 가리키는 게 이거였구나."

프레드가 숨을 내쉬었다.

"싫어. 난 정말 올라가고 싶지 않아."

콘이 말했다.

"프레드? 너는 올라갈 수 있어?"

릴라가 어깨에 매달린 바카를 꼭 잡고 떨며 말했다.

프레드는 마른침을 삼켰다.

"물론이지."

거짓말이었다. 프레드는 거대한 절벽을 바라보았다. 초록색 성당 벽을 등산하는 거라고 생각하면 괜찮을 것 같았다.

"우리 모두 할 수 있어. 손으로 잡을 수 있는 곳이 많아서 사다리를 오르는 거나 마찬가지일걸."

"맥스는 사다리를 못 타."

릴라가 말했다.

"힘들다고 봐."

콘이 덧붙였다.

하지만 프레드는 절벽 위에 무엇이 있는지 꼭 확인하고 싶었다.

"여기서 돌아서면 어디로 가겠어?"

릴라가 땋은 머리를 잘근잘근 씹었다. 공포로 얼굴이 굳어져 있었지만 눈빛은 여전했다.

"그래, ……시도는 해 봐야겠지? 위에 우리를 집으로 데려다줄 누군가 있을지 모르니까."

아이들은 뗏목을 잘 묶어 두고 절벽으로 이어진 길로 향했다. 길은 나무가 빽빽해서 사이를 밀고 들어가야 했다. 게다가 맥스를 데리고 거대한 나무뿌리들을 건너고, 가시가 난 나뭇가지들을 헤치고 가야 했기 때문에 200미터 정도 지나는 데 한 시간 반이나 걸렸다.

프레드가 절벽에 손을 대 보았다. 바위는 따뜻하고 울퉁불퉁했으며 덩굴이 단단히 얽혀 있어, 잡아당겨도 떨어지지 않았다.

"봤지? 체육 시간에 밧줄을 잡고 올라가는 것과 비슷해. 간단한 거야."

"난 밧줄 타기 정말 싫어해. 전혀 간단하지 않아."

콘이 말했다.

"그럼 내가 먼저 올라가서 위에 뭐가 있는지 보고 소리칠게."

프레드 말에 릴라가 핼쑥해진 얼굴로 고개를 저었다.

"낯선 곳에서 헤어질 수는 없어. 우리도 함께 올라갈게."

릴라는 바카를 목 뒤로 옮기고, 땋은 머리로 단단히 묶었다.

"하지만 맥스는 데려갈 수 없어. 우리 둘 다 죽고 말 거야."

"내가 업고 갈게."

프레드는 자신 없는 마음을 최대한 숨기며 대답했다.

"맥스가 선택하면 안 되는 거야? 맥스는 안 된대."

맥스가 말했다.

"안 돼. 선택의 여지가 없어. 집에서는 네가 하고 싶지 않으면 억지로 하지 않아도 됐지만 여기서는 해야만 해."

릴라의 단호한 얼굴이 더 단호해졌다.

"싫어!"

"해야 돼. 프레드 등에 밧줄로 묶어 줄게. 그러면 떨어지지 않을 거야. 울고 싶으면 울어도 좋아. 하지만 달라지는 건 없어."

맥스가 울먹거리자 릴라가 덧붙였다.

프레드는 맥스를 업는 바람에 절벽에 오르기가 더욱 힘들었다. 맥스는 등에서 계속 움직였고, 귀에 숨을 거세게 쉬는가 하면 머리에

침을 내뿜기까지 했다. 무게도 상당했다. 프레드는 맥스의 발이 갈비뼈를 차는 것을 참으며 평소보다 천천히 행동해야 했고, 절반도 채 올라가기 전에 온몸이 아파 왔다.

프레드가 앞장서서 잡을 만한 곳을 찾고, 그 뒤를 릴라와 콘이 따랐다. 프레드는 두 번이나 길을 잘못 들어서 큰 소리로 사과하고 아래쪽이나 옆쪽으로 몸을 옮겼다.

"아래는 쳐다보지 마!"

"이미 그러고 있어. 우리, 별로 좋은 생각이 아니었던 것 같아."

콘의 목소리는 긴장감에 거의 죽어 가고 있었다.

프레드는 고개를 흔들어 눈에 붙은 딱정벌레를 쫓아내고 다시 덩굴을 붙잡았다. 천천히 몸을 위로 올리자, 나무뿌리가 붙은 바위가 눈에 들어왔다. 그 바위 끝에는 덤불이 기울어져 자라고 있었고 평평한 땅이 펼쳐져 있었다. 프레드는 승리의 환호성을 내질렀다.

릴라도 따라 올라왔다. 콘은 겨우 기어올라 와 쓴침과 함께 공포를 내뱉었다.

"우리가 해냈다는 게 믿기지 않아."

콘이 안도의 한숨을 내쉬었다.

릴라는 여전히 떨리는 몸으로 맥스를 풀고 팔로 꽉 안았다.

"해냈어, 맥스! 엄마, 아빠가 얼마나 자랑스러워하실까?"

릴라가 맥스 귀에 속삭였다.

"엄마, 아빠한테 말해도 돼?"

"그럼! 집에 도착하자마자 얘기하자."

릴라와 맥스는 머리를 맞대고 이야기했다. 프레드는 남매를 처음 봤을 때 얼마나 닮았는지, 눈과 입이 얼마나 비슷한지 생각했던 기억을 떠올렸다.

"이제 거의 다 왔어. 이게 구불구불한 선인 것 같아."

아이들 앞에 길처럼 보이는 것이 있었다. 동물이 지나간 흔적이거나 혹은 그냥 환상일 수도 있었다. 아이들은 나뭇잎을 헤치며 앞으로 나아갔다. 무릎 높이까지 자란 가시덤불 때문에 쉽지는 않았다. 프레드의 무릎이 금방 피로 얼룩졌다. 바닥은 늪처럼 축축했고 작은 날벌레들이 달려들어 입과 콧구멍에 들어갔다.

"대체 얼마나 먼 거야? 내가 언제까지 버틸 수 있을까?"

콘이 양손을 내저으며 말처럼 콧김을 내뿜었다.

길은 여전히 계속 됐다. 이제는 미끌미끌한 이끼가 가득했다. 콘은 미처 걸음을 멈추지 못해 엉덩방아를 찧고 돌과 나무뿌리에 부딪혔다. 프레드도 휘청거리다가 넘어지지 않기 위해 나무를 붙잡아야 했다. 뒤따라오던 릴라와 맥스도 미끄러졌다. 맥스는 뒤로 넘어진 충격으로 아무 말도 하지 못했다.

결국 아이들 모두 바닥에 나뒹굴었다. 프레드의 뺨은 누군가의 발목에 닿아 있었다. 발목을 치우고 얼굴에 뒤집어쓴 나뭇잎을 치웠다. 릴라는 바카를 재빨리 들어올려 맥스 팔꿈치에 매달아 주었다.

아이들 앞에 거대한 광장이 펼쳐졌다. 광장은 직사각형 모양으로 길게 늘어져 있었고, 바닥에는 황금빛 돌이 깔려 있었다. 돌은 거칠었지만 수천 명의 사람들이 지나다닌 흔적으로 표면이 평평했다. 광장은 조금 아래에 지어져 있어서 주위 땅이 자연스럽게 벽이 되었다. 커다란 석상 앞에는 나무가 두 줄로 자라고 있어, 그 사이는 마치 도로처럼 보였다. 대여섯 군데에 쌓인 돌무더기는 작은 집들이 줄지어 있던 곳 같았다.

"세상에."

릴라가 감탄을 내뱉었다.

프레드는 한 발짝 앞으로 나갔다. 나무 사이로 형태가 반쯤 남은 석상이 보였다. 몇몇은 허리 높이였고, 몇몇은 프레드 키보다 컸다. 그리고 머리 위로는 짙은 초록색 덩굴로 엮인 지붕이 마당까지 드리워져 있었다.

"저기 봐!"

프레드가 말했다.

멀리 거대한 돌벽이 보였다. 반은 부서졌고 반은 패션프루트(젤리 형태의 새콤달콤한 과육을 가진 열대 과일) 줄기로 뒤덮여 있었다. 네 귀퉁이에는 나무와 돌로 만든 조각상이 세워져 있었는데, 성인 남자의 두 배쯤 돼 보였다. 온전하진 않았지만 무엇인지는 알 수 있었다. 원숭이, 흑표범, 여자와 남자였다.

"도시야."

릴라가 나직이 말했다.

그때 갑자기 발소리가 들려왔다. 프레드는 던질 것을 찾기 위해 반사적으로 몸을 굽혔다. 어느새 몸에 밴 습관이었다.

한 남자가 돌기둥 뒤에서 모습을 드러냈다. 남자는 아이들에게 칼을 겨누며 말했다.

"무얼 하려는지 몰라도 그만두라고 충고한다."

탐험가

남자는 칼을 가슴 높이쯤 들었다. 키가 컸고, 팔과 손은 상처로 뒤덮여 있었다. 오래된 상흔 위에 생긴 지 얼마 안 돼 보이는 붉은 상처가 있었다.

"미노타우로스(그리스 신화에 나오는 사람의 몸에 소의 머리를 한 괴물)같아."

콘이 속삭였다.

남자의 발 옆에는 붉은 머리에 부리가 구부러진 콘도르 한 마리가 뒤뚱뒤뚱 걷고 있었다. 콘도르는 키가 남자의 무릎보다도 컸다.

"신기하나? 소개하자면 침울한 정장을 입은 작은 사람이다."

남자가 콧구멍을 벌름거리며 말했다. 깊은 목소리였다. 억양은 부드러웠지만 말이 무척 빨랐다.

"그런데 저 아이는 왜 우는 거지?"

남자가 물었지만 침묵이 흘렀다. 여전히 맥스만 흐느꼈다.

"말하지 않는다면."

남자는 손가락으로 칼을 빙글빙글 돌렸다. 엄지손가락 끝은 잘려 있었다.

"얘가 울어요."

프레드가 말했다.

"그러니까 왜냐고? 마치 죽어 가면서 꽥 소리를 지르는 올빼미처럼 우는군."

프레드의 심장이 뜨거워지면서 쿵쾅거렸다.

"얘는 아직 다섯 살이에요."

"그건 핑계가 되지 않아."

"지금 애 머리에 칼을 겨누고 있잖아요."

릴라가 말했다.

"그것도 좋은 핑계가 아니지."

하지만 남자는 칼을 좀 낮춰 들었다.

남자가 아이들 쪽으로 좀 더 가까이 다가왔다. 남자는 꽤 좋은 옷을 입고 있었지만 냄새가 코를 찔렀다. 흰 셔츠의 떨어진 팔꿈치 부분에는 얇게 저민 코코넛 껍질을 덧댔고, 어깨에 걸친 털 재킷에는 카이만의 이빨로 만든 단추가 달려 있었다. 카키색 바지는 무릎이 해졌지만 깨끗했다. 이게 남자가 가진 유일한 정상적인 물건인 듯했다. 신발은 악어가죽에 얇은 덩굴을 꿰어 만든 것이었다. 남자는 가죽 팔찌를 양팔에 차고, 글자가 새겨진 반지를 끼고 있었다.

"우리를 죽이지 않을 사람으로 보이는 건 나뿐이야?"

콘이 숨을 들이마시고는 속삭였다. 그리고 눈을 크게 뜨고 남자를 바라보았다.

온몸이 경직된 프레드는 머리를 살짝 끄덕이려고 애쓰면서 겨우 내뱉었다.

"너뿐이 아니야."

남자가 다시 한 발짝 다가왔다. 그런데 남자의 오른쪽 다리가 살짝 흔들렸다. 프레드는 아주 얇은 판자 세 조각이 남자의 오른 다리를 감싸고 있는 것을 발견했다. 남자가 걸친 옷은 표범 가죽인 것 같았다. 턱이 단단하고 재빠르게 움직이는 표범을 잡기에는 어색한 모습이었지만 말이다.

"너희는 누구냐?"

남자가 물었다.

아이들은 서로를 바라보기만 했다. 아무도 나서고 싶어 하지 않았다.

"이곳에 어떻게 왔지?"

남자가 답을 기다리지 못하고 재차 물었다.

프레드가 심호흡했다.

"비행기 사고가 났어요. 조종사가 죽었고요. 그리고 우리는 지도를 따라왔어요."

프레드는 태연한 척하며 손을 주머니에 넣었다. 그러고는 만일의 사태가 닥쳤을 경우, 상대를 위협할 만한 것을 찾아 보았다. 하지만 손에 닿는 것이라고는 으깨진 아사이베리뿐이었다.

"보여 줘."

프레드는 꾸물거리며 뒷주머니에서 나무껍질을 꺼내 건넸다.

"누가 그렸지?"

콘이 조용히 손을 들었다.

"뭘 보고 그린 거야?"

콘이 고개를 젓자 머리카락이 얼굴을 부드럽게 감싸며 내려왔다.

"뭐냐고?"

"나무 위에서 지도를 찾았어요. 지도가 젖어서 콘이 다시 그린 거고요."

프레드가 설명하자, 남자는 나무껍질 지도를 구겨 버렸다.

"제발 화내지 마세요. 우린 집에 가고 싶을 뿐이에요."

릴라가 말했다.

"그래서 나보고 어쩌라는 거지?"

남자는 의견을 묻듯이 콘도르를 내려다보며 말했다.

"그냥 우리를 이곳에 잠시만 머물게 해 주세요. 시끄럽게 하지 않을 게요."

릴라가 말했다.

"저 애는 시끄럽게 할 것 같은데."

남자가 맥스를 쳐다보자, 맥스는 다시 울기 시작했다. 남자는 불평 섞인 한숨을 내쉬었다.

"죄송해요. 얘는 다섯 살밖에 안 됐어요."

릴라가 맥스를 안으며 기어들어 가는 목소리로 말했다. 바카가 릴라에게서 두려움을 감지하고 울기 시작했다.

"그게 뭐라도 되는 듯이 반복해서 말하는군. 어리다고 해서 내가 저 아이를 꼭 좋아해야 하나? 난 설익은 음식을 싫어해. 애는 설익은 어른이나 마찬가지야."

콘의 입술이 파르르 떨렸다. 프레드는 놀라서 콘을 바라보고는 발로 콘의 신발을 살짝 건드렸다.

남자는 긴장과 기대로 가득 차 있는 아이들을 바라보고 다시 한숨을 내쉬었다.

"목이 마르나?"

"네."

프레드가 대답했다.

"많이요."

릴라가 대답했다.

"정말 많이요."

맥스는 코를 훌쩍 삼키고는 손목으로 슥 닦아 냈다.

"여기서 기다려. 콘도르는 만지지 마. 불안하면 무니까. 소심한 동물이라 쉽게 불안해하지."

남자가 맥스를 노려보며 말하고는, 광장을 성큼성큼 가로질러 갔다. 남자는 우물만 한 나무 앞에서 걸음을 멈추고 위에 덮인 납작한 돌을 치웠다. 프레드는 눈을 가늘게 뜨고 바라보았다. 나무는 속이 텅 비어 있었고, 안에 물이 가득했다. 남자가 커다란 초록색 그릇에 물을 채워 아이들에게 다가왔다.

"여기."

남자가 프레드에게 그릇을 건넸다. 덕분에 반지가 잘 보였다. 금은 아니었다. 동물의 뼈를 깎아 내고 그 위에 뱀 가죽을 덧댄 것 같았다.

프레드는 남자가 건넨 그릇을 살펴보았다. 탐험가들이 쓰는 모자로 만든 것이었다. 모자의 테두리는 안으로 구부러져 있었다. 프레드가 냄새를 맡자, 남자의 눈썹이 위로 치켜 올라갔다.

"장담하는데, 이 물은 완벽히 깨끗해."

프레드는 한 모금 마셔 보았다. 다행히 천 맛은 느껴지지 않고 나무와 풀 냄새만 약간 풍겼다. 프레드는 물을 벌컥벌컥 마신 뒤 릴라에게 건넸다. 릴라도 목을 축이고 맥스에게 그릇을 건넸다. 맥스는 머리를 그릇 안에 넣어 버릴 기세로 물을 마셨다.

남자는 네 아이들이 물을 다 마실 때까지 기다렸다. 그리고 남은 물은 콘도르에게 주었다. 남자는 콘도르가 물을 마시는 동안 엄지로 머리를 쓰다듬어 주었다.

"그래서 원하는 게 뭐야?"

남자가 경직된 얼굴로 물었다.

아이들은 서로를 바라보았다.

"우리가 집에 갈 수 있게 도와주세요."

릴라가 아주 작은 목소리로 말했다.

"왜 너희를 도와야 하지?"

"더 이상 동생을 돌보기가 힘들어요. 맥스는 알레르기가 있고 악몽도 많이 꿔요. 옷에 계속 구멍을 내서 뭘 입혀야 할지도 모르겠고요. 제발 도와주세요."

릴라가 말하는 사이, 콘도르가 딸꾹질하며 훌쩍이는 맥스 쪽으로 뒤뚱뒤뚱 걸어갔다. 콘도르는 길게 늘어진 콧물을 쪼아 보고는, 맥스 신발에 난 구멍에 부리를 넣고 숨을 들이마셨다.

"뭐 하는 거예요?"

맥스가 겁에 질려 눈을 크게 떴다. 하지만 용기를 내어 콘도르의 머리에 손을 내밀었다. 콘도르가 부리로 맥스의 손을 콕 쪼았다. 맥스는 움찔했지만 다시 콘도르의 머리를 쓰다듬었다. 콘도르는 기분이 좋은 듯 깍깍거렸다. 맥스는 남자를 올려다보고 빙그레 웃었다.

"얘는 이제 내 거예요."

남자는 맥스와 콘도르를 보다가 다시 프레드와 릴라와 콘을 바라보았다. 얼굴은 무표정했지만 눈빛은 그렇지 않았다.

"애한테서 맛있는 고기 냄새가 났겠지. 어쨌든 좋아, 날 따라와."

남자가 아이들을 광장으로 안내했다. 프레드의 머릿속에 수많은 질문이 맴돌았다. 남자가 누구인지, 이곳에 어떻게 오게 되었는지, 어떻게 우리를 도울 수 있는지. 하지만 왠지 묻기 어려웠다.

무성한 나뭇잎이 내리쬐는 햇볕을 막아 주었다. 남자는 삼면이 돌벽으로 둘러싸인 곳으로 아이들을 데려갔다. 돌벽 틈새에서는 푸른색 꽃들이 자라고 있었고, 꼭대기에서부터 드리워진 덩굴이 지붕처럼 덮여 있었다.

"자, 여기에서 자라."

"여긴 누가 만들었어요? 아저씨가 지었어요?"

"아니, 내가 만들지 않았어. 갈대로 잘 곳을 만들어 주마. 시간이 나면 말이야. 비가 오면 저쪽 덩굴에서 비를 피할 수 있을 거다. 그럭저럭."

남자가 돌바닥을 바라보며 말했다.

"감사합니다."

프레드가 대답했다. 콘은 여전히 아무 말도 하지 않았지만, 감사의 표시로 고개를 끄덕였다.

"하지만 돌기둥 뒤에, 덩굴이 드리워진 곳 말이다. 아까 봤지?"

남자가 가리키는 방향을 따라서 시선을 옮기자, 멀리 정방형 도시 끝에 돌기둥이 세워져 있었고 그 뒤에 덩굴이 무성하게 드리워진 벽이 보였다. 마치 거대한 극장의 커튼 같았다. 아이들은 고개를 끄덕였다.

"거긴 들어가면 안 돼. 알겠나? 내 집이야."

콘이 뭐라고 말하려다가 말았다.

"알겠어요."

릴라가 말했다.

"진심이다. 약속을 지켜라. 그렇지 않으면 너희 귀를 잘라서 모자로 쓰라고 콘도르에게 줘 버릴 거야."

"안 돼요! 아저씨 싫어!"

맥스가 손으로 귀를 가리며 울부짖었다.

"쉿! 진심은 아닐 거야."

릴라가 맥스를 달랬다.

프레드는 남자를 바라보았다. 릴라의 말이 맞을 수도 있지만, 카이만의 이빨을 단추로 쓰는 사람의 말을 농담으로 여기는 것은 위험한 듯했다.

"언제 밥 먹어요?"

맥스가 남자의 바지를 잡아당겼다.

"언제든 먹고 싶을 때."

당황한 남자가 맥스를 쳐다보았다.

"우리는 아저씨가 편할 때 먹을게요."

콘의 목소리는 갈라져 있었지만, 목소리가 나온다는 데에 안심한 듯 보였다.

"뭔가를 잡게 되면 요리해서 먹어라. 여기서는 그렇게 해야 해. 아무것도 잡지 못한 경우를 제외하고 말이야."

"하지만 아저씨는 어른인데요."

"그래 어른이지. 봐, 여기 나무 열매가 있지? 서쪽으로 가면 바나나 나무도 있고. 오늘 밤, 원숭이들이 다 먹어 버리지 않는다면 얻을 수 있겠지. 그리고 사냥을 해도 돼."

"하지만 아저씨는 어른이라니까요. 어른들은 아이들에게 음식을 줘요. 일반적으로 그래요. 다들 그렇게 한다고요!"

콘의 목소리가 완전히 돌아왔다.

"어이구."

남자는 인내심이 한계에 다다른 것 같았다. 남자가 콘 앞에 쭈그리고 앉았다. 지나치게 가까웠다. 남자가 돌기둥, 가죽 신발, 콘도르를 차례로 가리켰다.

"이 중 뭘 보고 내가 일반적인 걸 신경 쓴다고 생각하나?"

"하지만 현실 세계에서는 그렇지 않아요."

"이게 현실이야. 현실이라는 건 본인이 가장 현실적이라 느끼는 곳을 말하지."

남자가 손등으로 돌바닥을 똑똑 두드리며 말했다.

"하지만 누가……."

프레드가 말했다.

"하지만 제발……."

릴라가 말했다.

"하지만 아저씨는……."

콘이 말했다.

셋은 남자를 붙잡기라도 하려는 듯이 동시에 외쳤다.

"맙소사. 잠잘 곳을 줬더니 밥까지 내놓으라 하는군. 너희는 손이 여섯 개나 있어. 아니, 여덟 개인가? 저기 벌레를 먹으려는 작은 아이까지 친다면 말이야."

"맥스! 그만해."

"칼을 가지고 있나?"

남자가 물었다.

"하나 있어요. 정글에서 주웠어요."

키가 크고, 햇빛에 그을리고, 이상한 옷을 입은 남자에게 칼을 가진 이유를 설명하기에 적당한 순간은 아니었다. 남자가 칼을 요구하면 줘야 할 것이 분명해 보였기 때문이었다.

남자는 한숨을 내쉬었다.

"돌칼을 하나씩 주마. 그러면 사냥할 수 있을 거다."

남자는 그루터기 위에 덮인 납작한 바위를 들어내고 무언가를 꺼냈다.

"여기, 날카롭게 다듬은 돌이다."

남자가 커다란 화살촉만 한 크기로 정교하게 다듬어진 돌을 하나씩 건넸다. 프레드는 엄지손가락으로 끝을 만져 보았다. 금세 피가 한 방울 흘러나왔다. 남자는 눈썹을 치켜세웠다.

"바나나잎으로 상처를 감을 수 있어. 만일 완전히 잘리면 콘도르에게 주고."

남자가 말하며 맥스에게도 돌칼을 건넸다.

"여기 있다, 독불장군. 가장 날카로운 돌이야."

"맥스는 칼을 쓰기에 너무 어려요."

릴라가 칼을 가져가려 하자, 맥스가 등 뒤로 숨겼다.

"그래? 어떻게 알아?"

남자가 흥미로운 듯 물었다.

"그냥, 그래야 하니까요. 사람들은 어린애에게는 칼을 주지 않아요."

"나는 어릴 때 칼을 가지고 있던 기억이 있는데. 그리고 이렇게 잘 컸잖니."

프레드가 남자의 재킷 단추를 바라보았다. 단추가 햇빛을 받아 반짝거렸다.

남자는 한숨을 쉬었다.

"늦었군, 오늘은 내가 먹을 걸 주지. 하지만 오늘뿐이야. 매일 줄 거라고 생각하지 마. 스스로 사냥해서 먹어야 해."

네 아이들은 안도의 한숨을 쉬었다. 남자가 다른 그루터기로 걸어갔다. 그루터기에 쌓인 돌들은 직사각형 모양으로 차곡차곡 정리되어 있었다. 남자는 돌 두 개를 치우고 죽은 새를 꺼냈다. 털은 손질되어 있었지만, 내장은 제거되지 않은 상태였다.

"카라카라(중앙아메리카와 남아메리카에서 서식하는 매의 일종)야. 여기서는 쥐만큼 흔하지."

남자가 새고기 한 조각을 프레드에게 주었다. 차갑고 축축했다.

"감사합니다. 어떻게 먹어야 하는지 알려 주세요."

프레드가 망설이며 말했다.

"이봐, 돌칼을 써야지."

"하지만 어떻게 먹어야 가장 좋을까요, 선생님?"

프레드가 조심스럽게 덧붙였다.

"최초의 인간이 요리하는 법을 배울 때 요리책 없이 어떻게 했을까? 알아낸 거지. 한번 알아내 봐."

네 아이들은 남자를 멀뚱히 쳐다보기만 했다. 남자는 또 한숨을 쉬었다.

"배를 가르고, 안에 든 걸 빼내. 그리고 나머지를 익혀. 내장을 제거할 때, 색깔이 한 가지 이상이면 먹지 마. 신장은 괜찮아. 온통 검붉은 색이니. 쓸데없는 용기가 생기지 않는 한, 창자는 안 돼."

"하지만 어떻게 익혀요?"

릴라가 물었다.

"불로. 아니면 저기 눈빛이 살벌한 금발한테 계속 쏘아보라고 해."

남자가 희미한 미소를 지었다.

"잠깐만요! 아저씨는 누구예요? 뭐라고 부르면 되나요? 여기는 어떤 곳이에요? 어떻게 왔어요? 여기서 살고 있나요? 우리를 도와줄 건가요? 우리는 알고 싶어요."

남자가 돌아가기 전에 프레드는 마지막으로 용기를 냈다. 그동안 책에서 읽은 탐험가들이 떠올랐다. 수많은 사람들이 정글로 떠났다가 돌아오지 않았다. 퍼시 포셋과 그의 아들 잭, 잭의 친구 롤리 리멜, 크리스토퍼 매클래런. 프레드는 신문에서 본 사진을 떠올리려고 애썼다.

남자가 프레드와 얼굴을 마주했다. 남자의 얼굴이 짜증스러웠다가 점점 예측할 수 없이 어두워졌다.

"나는 탐험가가 아니고 조종사야. 작은 마을에서 마나우스로 화물 비행기를 운행하곤 했지. 언젠가 이곳에 불시착했고."

"비행기는 어떻게 됐어요?"

"너희 비행기는?"

"타 버렸어요."

남자가 고개를 끄덕였다.

"이름은요? 저는 프레드예요. 이쪽은 릴라, 콘, 맥스예요."

남자가 얼굴을 살짝 찡그렸다.

"나는 이름에 관심 없어. 여기는 런던 팰맬 거리에 있는 트레블러즈 클럽이 아니라 아마존 정글이야."

"그러면 뭐라고 해야 해요? 만약 아저씨를 부르고 싶으면요."

콘이 물었다.

남자의 눈이 한껏 치켜 올라갔다.

"부르지 마."

남자는 그대로 광장을 가로질러 성큼성큼 걸어가 덩굴 장막으로 향했다. 그리고 이내 나뭇가지를 몇 번 들어 올리더니 사라져 버렸다. 다리를 저는데도 불구하고 남자의 발걸음은 놀랍도록 조용했다.

"누나가 무섭게 말해서 아저씨가 가 버렸잖아!"

맥스가 콘을 탓했다.

"나 때문이 아니야! 우리 모두 그런 거지. 그리고 정확히 말하면 귀찮게 한 거지, 무섭게 한 게 아냐."

"난 모르겠어. 이름을 묻는 게 그렇게 화날 일인지."

릴라가 말했다.

"난 그 사람을 뭐라고 불러야 하는지 알아. 탐험가라고 부르자."

맥스가 자랑스럽게 쳐다보았다.

"그 사람이 탐험가가 아니라고 했잖아. 못 들었어?"

콘이 짜증을 냈다.

"하지만 탐험가 모자를 가지고 있었어. 콘도르도. 그리고 고대 도시에서 살고."

비밀

아이들이 방 밖에 쪼그리고 앉아 카라카라를 꼬치에 꿰어 굽고 있을 때, 남자가 돌아왔다. 한 손에는 망고를, 다른 한 손에는 물이 담긴 박을 들고 있었다. 콘은 남자가 가까이 다가올 때까지 인기척을 느끼지 못했기 때문에 놀라서 펄쩍 뛰었다. 그 탓에 들고 있던 고기가 잿더미에 떨어졌다.

"너희는 자라는 중이지. 특히 저기 어린아이. 새 한 마리로는 충분하지 않을 거다."

남자는 누구와도 눈을 마주치지 않은 채 얼굴을 붉히며 말했다. 그리고 맥스 무릎에 망고를 올려놓고는 발걸음을 돌렸다.

프레드가 벌떡 일어났다.

"잠깐만요! 우리는 알고 싶어요. 여기는 대체 뭐 하는 데예요? 다른 사람들도 여기를 알아요? 아저씨는 여기에 혼자 사는 건가요?"

"왜? 가든파티(넓은 정원에서 여는 파티)라도 열게?"

"제 말은, 다른 사람들이 온 적이 있냐는 거예요."

"사람들이 지나쳐 가기도 하니까, 그렇다고 말할 수 있지."

남자가 쪼그리고 앉아 불이 붙은 맥스의 고기를 흔들어 불을 끄고는 다시 불 위에 올렸다.

"어느 누구도 오래 머무르진 않았지만, 뭐 사람들이 온 적이 있긴 해. 먼 거리를 여행하는 사람들, 부족 사람들, 선조가 이곳에 살았던 사람들. 그런 사람들은 며칠 정도 있는 편이지."

남자가 고기를 뒤집었다. 고기에서 육즙이 흘러나와 불속으로 떨어졌다.

콘과 릴라가 기쁨의 눈빛을 교환했다. 나무늘보치고 에너지가 넘치는 바카는 한 손을 허공에 흔들었다.

"그 사람들이 우리를 도와줄까요? 우리를 마나우스로 데려가 줄 수 있을까요?"

릴라가 물었다.

"아마 그럴 거다, 기꺼이. 누구냐에 따라 다르지만."

"얼마나 자주 와요?"

프레드가 물었다.

"몇 년에 한 번씩. 자, 다 됐다."

남자가 고기를 후후 불어서 맥스에게 건넸다.

릴라와 콘의 얼굴이 축 처졌다. 순간 더 지쳐 보이고, 몇 살은 더 들어 보였다.

"몇 년이라고요? 우리 엄마, 아빠는 그렇게 오래 기다리실 수 없을 텐데."

릴라가 말한다.

"아니, 그렇지 않을 거야."

남자가 말했다.

"하지만 아저씨가 우리를……."

바로 그때 돌기둥 뒤에서 콘도르가 날아와 콘의 고기를 노려보았기 때문에 콘은 말을 멈추고 고기를 잽싸게 가져왔다.

릴라가 콘의 말을 이었다.

"우리를 도와줄 수도 있지 않나요? 집에 갈 수 있게요."

남자는 예리한 눈초리로 아이들을 바라보았다.

"아마도."

"아마도라고요?"

릴라가 물었다.

"마나우스로 가는 길 정도는 알려 줄 수 있어. 걸어서는 한 달이 걸리고, 카누를 타고는 열흘 정도 걸려. 식량도 주고 지도도 줄 수 있어. 지름길로 같이 갈 수도 있어. 지켜봐야 하니까."

릴라의 눈이 빛났다.

"다행이에요."

"하지만……"

"하지만?"

프레드가 숨을 죽였다.

"먼저 이곳을 비밀에 부치겠다고 맹세해야 해. 정글에서 도시를 봤다고 절대로 말하면 안 돼. 맹세 정도가 아니라 증명해야 해."

"네? 이곳에 대해서요?"

프레드가 남자를 쳐다보았다. 그리고 울창한 정글 속, 황금빛 돌로 지어진 광장으로 시선을 돌렸다.

"또, 나에 대해서도 절대 말하면 안 돼. 너희 모두, 저 꼬마까지 말이야."

"하지만 아버지가 그동안 어디에 있었는지 물어보실 거예요."

프레드는 혹시 남자가 농담하는 것은 아닌지 표정을 살피며 말했다. 이미 아버지와 나눌 대화를 상상해 왔다. 아버지에게 이 네모난 도시 구조를 어떻게 설명할지, 그러기 위해 어떻게 이 도시의 거리를 재고 기억할지, 아버지가 어떤 식으로 자신의 어깨를 잡고 정말 대단한 일을 해냈다고 자랑스러워할지에 대해서 말이다. 게다가 아버지가 〈타임스〉지에서 일하는 옥스퍼드 동문 친구들에게 전화를 거는 장면도 상상했다. 프레드는 벌써 아버지의 목소리가 귓가에 들리는 듯했다.

"팀? 내 아들이 정말 대단한 일을 해냈다네."

남자가 냉정한 얼굴로 프레드를 바라보았다.

"당연히 그러겠지. 넌 아버지에게 거짓말해야 해."

"안 돼요! 발견한 것을 사람들에게 말하는 게 탐험에서 가장 중요한 일이에요. 그게 탐험가들이 하는 일이고요."

"맞아. 하지만 난 탐험가가 아니야. 그냥 이곳에 오게 된 사람이지."

"하지만 탐험가들은 이런 곳을 수백 년 동안 이야기해 왔어요. 이 도시를 알려서 탐험가들이 정신병자가 아니라는 사실을, 그 사람들이 옳았다는 것을 모두가 알게 해야 해요."

"내가 왜 그래야 하지?"

"왜냐하면 이곳은 그 사람들이 바보가 아니었다는 증거니까요. 그 사람들이 진정 가치 있는 일을 했단 뜻이니까요!"

프레드의 말은 탐험가를 꿈꾸는 일이 전혀 바보 같거나 미친 소리가 아니라는 뜻이기도 했다.

"영웅은 없어. 단지 멋진 수염을 달고 그럴듯한 말을 몇 마디 하는, 신문이 만들어 낸 허상에 불과해. 난 그 콧수염이 입 위에 달린 기괴한 눈썹 같다고 늘 생각해 왔어."

남자가 얼굴을 찡그렸다.

"그렇지 않아요! 어떤 사람들은 탐험하다 죽었어요. 이런 곳이 존재한다는 것을 증명하려다 죽었다고요."

"사람들은 여러 가지 이유로 죽어. 죽는 건 어려운 일이 아니야."

"아니요, 여긴 알 만한 가치가 있어요."

프레드는 머리가 활활 타오르는 것 같았다. 얼굴도 붉게 달아올랐을 터였다. 이 도시를 세상에 알린다면 자신의 이름이, 릴라와 콘과 맥스의 이름이 역사에 기록될 것이다. 그리고 위대한 발견의 반열에 오를 것이다.

"사람들에게 말하려 하고 있지?"

남자가 프레드의 생각을 읽었다는 듯 한쪽 입꼬리를 비죽 올렸다.

프레드는 고개를 휙 뒤로 젖혔다.

"그런 말이 아니에요."

남자는 경멸스럽다는 듯이 눈을 천천히 깜빡이며 물었다.

"그래서? 하겠다고, 안 하겠다고?"

프레드가 주먹을 꽉 쥐었다.

"말하지 않는 건 비겁한 일이에요."

"그래?"

프레드는 처음으로 다른 아이들이 자기 말에 동조해 주지 않는다는 것을 알아차렸다. 콘은 손을 내려다보며 앉아 있었고, 릴라는 유난히 세게 바카를 쓰다듬었다. 맥스는 손목을 빨고 있었다.

"프레드, 우리는 집에 가야 해."

릴라가 눈도 마주치지 않고 아주 조용한 목소리로 말했다.

"바보야, 일단 약속부터 해."

콘은 프레드에게 다가와서 귓속말했다.

"안 돼."

프레드가 콘에게 한 발짝 떨어졌다.

"일단 집에 가서 말하면 돼. 저 사람이 어떻게 알겠어? 여긴 신문도 오지 않는데!"

콘의 귓속말이 신경질적으로 변했다.

"안 돼. 난 아무것도 약속할 수 없어."

남자가 벌게진 얼굴로 일어났다. 불가의 빛이 팔꿈치와 손등에 난 상처를 비췄다.

"입만 다물라는 아주 쉬운 조건인데 그걸 거절하겠다는 거냐?"

"안 돼요! 원하는 건 무엇이든 할게요. 프레드, 제발. 약속해."

콘이 말했다.

"비밀로 할 수는 없어. 이건 우리만의 비밀이 아니야."

"저기요, 얘는 약속하지 않겠지만 우리는 약속할게요. 우리라도 도와주실 수는 없나요? 얘가 여기 남든 말든 알 바 아니에요."

이제 남자는 목까지 벌게졌고, 코와 입 주변은 창백했다. 남자는 온몸으로 분노하고 있었다.

"너, 명예에 목숨을 걸었구나."

남자가 프레드를 힐끗 보았다. 그리고 콘을 보았다.

"그리고 너는 친구를 버려서 아주 행복해 보이는군. 너는 나를 실망시켰어."

"얘는 제 친구가 아니에요. 지금부터는요."

"조용히 해! 너희 중 어느 누구도 도와야 할 이유를 모르겠다. 내가 왜 그래야 하지? 역시 아이들은 쓸모없는 존재야. 사람들이 아이들을 성가시게 생각하는 증거다."

분노를 조절하는 것은 탐험가의 덕목이 아닌 듯했다. 남자의 목소리가 점점 커졌다. 남자는 몸을 돌리다가 주머니에서 무언가를 꺼냈다.

"깜빡했군. 이게 내 마지막 도움이다. 내 요구에 대한 답은 바라지도 않아. 너희 누구도 도와줄 생각 없으니까."

남자는 뭔가를 땅에 떨어뜨리고 어둠 속을 성큼성큼 걸어갔다. 그리고 두 손과 한 다리만으로 재빨리 벽을 타고 올라갔다. 맥스는 무릎을 세우고 쪼그려 앉아 흐느꼈다.

"프레드, 이건 불공평해! 너 혼자 죽는 건 괜찮지만, 네가 우리의 모든 것을 망칠 권리는 없어."

콘이 쏘아붙였다. 맥스는 딸꾹질까지 하기 시작했다.

프레드는 남자가 떨어뜨린 물건을 집어 들었다. 부드러운 나뭇잎이 두꺼운 풀로 동여매어져 있었다. 열어 보니, 말린 풀을 부순 조각과 소금이 섞여 있었다.

"새고기에 뿌릴 양념이야."

"말 돌리지 마. 얼른 뛰어가서 마음을 바꿨다고 말해!"

콘이 소리쳤다.

"못 해."

"왜 못 해? 꼭 내가 말한 대로 안 해도 돼. 그냥 가서 말해!"

"정말 못 해."

프레드는 아버지를 생각했다. 그리고 학교를 생각했다. 엄마 없는 피터슨 씨의 아들이 아닌, 정글에서 새로운 세계를 발견한 아이가 되어 돌아가고 싶었다.

"제발, 프레드! 콘이 말한 대로 해. 아저씨를 따라가 봐. 우리 엄마, 아빠는 걱정하시다 죽어 버릴지도 몰라."

맥스의 눈이 커지자 릴라가 한숨을 내쉬었다.

"맥스, 그런 뜻이 아니야. 말이 그렇다는 거야."

"어쨌든 이미 너무 늦었어. 우리 중 아무도 돕지 않겠다고 했잖아. 화가 많이 났어."

"네가 화나게 했으니까!"

콘이 쏘아붙였다.

"너도야. 넌 네가 원하는 건 어떤 식으로든 다 하려 하지? 난 거짓으로는 맹세하지 않아. 알았어?"

"왜? 네가 너무 고상하고 도덕적이라고 생각해서?"

맥스가 두 손으로 귀를 막았다.

"아니, 거짓말할 수는 없으니까. 알겠어? 나에게 일어난 가장 중요한 일에 대해서 거짓말할 수 없으니까!"

"네가 세상에 알려도 그는 전혀 모를 거야. 네 이름만 신문에 실리면 되는 거 아냐?"

"아니, 알게 될 거야. 사람들이 몰려와서 사진을 찍고 발굴할 테니까."

"난 집에 돌아가기만 하면 무슨 일이 일어나도 상관없어. 이 모든 곳이 불타더라도!"

"그만해! 입 닥쳐. 둘 다."

릴라의 목소리가 마당에 울려 퍼졌다. 프레드와 콘이 놀라 돌아보았다.

"너희 둘 다 지긋지긋해. 이미 너무 늦은 일이라면 싸울 이유가 없어. 그리고 맥스를 또 울린다면 둘 다 한 대 쳐 버릴 거야."

릴라는 머리끝까지 화나 있었다. 맥스가 릴라의 무릎 위로 올라와서 바카 털에 얼굴을 묻었다. 프레드는 말을 삼키고는 진정하려고 노력했다. 그리고 양념을 들었다.

"조금 줄까? 좀 먹어도 될 것 같아."

"아니, 독이 들어 있을지도?"

콘이 말했다.

프레드가 불에서 고기를 꺼냈다. 껍질은 새까맣게 타 버린 채 김이 오르고 있었다. 손으로 껍질을 벗겨 냈다. 프레드는 너무 뜨거워서 얼굴을 찡그렸다. 그리고 소금과 뭔지 모를 마른 풀을 새고기 위에 약간 뿌렸다.

프레드는 콘의 따가운 눈길을 피해 한 입 베어 물었다. 고기가 입에 들어가자마자 온몸에 전율이 흘렀다. 뜨겁고, 진하고, 강렬했다.

"독 없어. 아주 맛있어."

"목에나 걸려 버려라."

곧 새까만 밤이 되었다. 하지만 모닥불이 아직 타고 있었고 하늘에는 달이 떠 있었다. 불빛은 도시 구석까지 어스름하게 비추었다. 구름에 달이 가려 그림자가 드리워지자, 콘은 몸을 떨었다. 릴라는 몸을 구부리고 더듬더듬 바카를 찾았다. 하지만 프레드와는 눈을 마주치지 않았다.

프레드는 광장 오른쪽 구석에 있는 덩굴 장막을 바라보았다.

"저 뒤에 뭐가 있을까? 우리에게 보여 주고 싶어 하지 않는 게 뭐라고 생각해?"

"몰라. 그리고 알고 싶지 않아."

콘이 머리카락을 얼굴 앞으로 쓸어내렸다.

"표범 같은 동물일 수도 있어. 〈정글북〉처럼 말이야."

릴라가 힐끗 쳐다보고는 고개를 돌렸다.

"음식 창고일 수도 있어. 도시에 사람이 살았을 때 음식을 보관하던 장소. 나라면 가장 숨겨진 장소에 음식을 둘 것 같거든."

프레드가 말했다.

"먹을 거?"

맥스가 일어나 앉았다.

"그 사람은 왜 저기에서 지낼까?"

릴라가 말했다.

"생각 중이야. 어쨌든 가서 확인해 봐야 할 것 같아."

프레드는 혹시라도 남자가 주변에 있는지 살피며 말했다.

"어머나, 참 좋은 생각이다. 너는 아까 그 남자를 화나게 해서 우리를 이곳에 썩게 만들었으면서, 그것도 모자라 음식을 훔치겠다? 아마 너를 때려죽이려고 할걸? 네가 딱히 그걸 걱정하지는 않겠지만."

"훔치지 않을 거야. 그냥 빌리는 것뿐이야. 어찌 됐든 우리가 꼭 해야만 하는……."

"해야 한다니, 무슨 말이야?"

콘이 말을 끊었다.

"그가 우리를 돕지 않는다면 다른 길을 찾아야지."

"어떻게?"

콘이 물었다.

"식량을 충분히 비축해서 마나우스로 떠나야지. 우리는 음식이 충분하지 않잖아."

프레드가 말했다.

"이게 다 네 탓인 건 알기나 하니? 지도를 따라가면 집에 갈 수 있다고 했잖아. 힘들게 여기 도착했는데 네가 다 망쳐 버렸어."

콘의 얼굴이 시뻘게졌다.

"망치지 않았어! 지도를 따라가면 고대 도시에서 살면서 콘도르를 데리고 다니는 미친 남자를 만날 거라고 나도 예상하지 못했어."

프레드의 얼굴과 목이 붉게 달아올랐다.

"넌 우리가 집에 갈 수 있을 거라고 장담했어."

"그렇게 될 거야."

하지만 프레드는 장담한 적이 없다고 생각했다. 자신은 무언가를 쉽게 약속하는 타입이 아니었다. 어쨌든 계속 말을 이어 나갔다.

"나는 저기에 음식이 있는지 알고 싶어. 넌 안 궁금해?"

"응."

콘은 몸을 홱 돌려 버렸다. 콘의 앙상한 어깨가 블라우스 위로 도드라졌다.

"남자는 절대로 모를 거야."

프레드가 설득했다. 남자가 어떤 경고를 했든 상관없었다. 음식만 찾으면 다시 뗏목을 타고 마나우스로 갈 수 있을 것이고, 콘의 분노와 릴라의 실망감도 사라질 것이다.

"하고 싶은 대로 해. 나는 안 가."

콘이 말했다.

"릴라? 많이 어두워졌어. 우리를 발견하지 못할 거야. 같이 가지 않을래?"

"모르겠어. 그 사람은 우리를 믿고 있어."

릴라는 굳어진 얼굴로 망설였다.

"그렇지 않아! 우리를 전혀 믿지 않는 게 분명해. 우리에게 이름도 말해 주지 않았잖아. 제발 부탁이야. 그냥 살펴만 보는 거야."

릴라가 어두운 광장을 조심스레 살폈다.

"좋아, 알겠어. 함께 갈게."

"고마워! 콘, 가기 싫은 거 확실해?"

프레드가 펄쩍 뛰어오를 만큼 기뻐하며 물었다.

"너무너무 확실해."

"그러면 맥스 좀 봐 줄래? 혼자서는 가만있지 않을 것 같아."

콘은 달갑지 않았지만 고개를 끄덕였다.

프레드와 릴라는 조심스럽게 어두운 광장을 가로질렀다. 길게 늘어선 나무 사이에 난 길은 매끈했다. 정글에 널린 이끼나 나뭇잎도 전혀 없었다. 하지만 길 바깥에는 돌무더기가 쌓여 있었고 곡물 창고로 보이는, 반쯤 허물어진 진흙 벽돌집들이 있었으며 풀이 듬성듬성 자라고 있었다.

"여기가 뭐였을 것 같아?"

프레드가 물었다.

"모르겠어. 하지만 이게 정말 도시였다면, 저 석상들은 고유의 상징이었을 거야. 혹은 신이거나."

"트래펄가 광장에 있는 사자상처럼?"

순간, 프레드는 집이 너무나 그리워졌다.

"바로 그거야. 아빠가 말해 주신 적 있어. 그리고 사람들은 중앙 광장 근처에 살거나 나무 위에 집을 짓고 살았을 거야. 이게 내가 생각한 거야."

"이곳을 비밀로 하라는 건 정말 미친 짓이야. 살면서 이렇게 멋진 곳을 본 적이 없어. 그는 혼자만 알려고 해."

프레드가 릴라를 곁눈질로 훔쳐보았다. 릴라는 대답하지 않고 앞만 볼 뿐이었다.

뒤에서 발소리가 들렸다. 프레드가 황급히 뒤돌아보았다. 콘이 맥스를 데리고 걸어오고 있었다.

"마음을 바꿨어. 하지만 너랑은 말 안 할 거야."

콘이 가쁜 숨을 내쉬었다.

"누나가 여기로 오자고 했어. 어떤 그림자가 뱀이라고 생각해서."

맥스가 말했다.

"안 그랬어. 이 작은 악마야."

릴라와 프레드는 눈빛을 교환했다.

"조용히 해야 해, 맥스."

"난 늘 조용해."

맥스가 엄숙하게 말하고는 릴라에게 혀를 내밀다가 그만 돌에 걸려 넘어졌다.

"내 발!"

비명 소리가 자는 새들을 깨울 정도로 컸다.

"쉿!"

나무가 바스락거리다 갑자기 조용해졌다. 콘이 불안한 듯 주위를 살폈다.

"돌아갈까?"

프레드가 고개를 저었다.

"너는 그렇게 해. 나는 가 봐야 해."

광장 끝에 이르자 구름이 달을 가렸다. 검은 그림자가 명암을 주어 석상이 살아 있는 것처럼 보였다.

석상 뒤의 돌벽은 아이들 키만큼 높고, 허물어진 왼쪽 벽 끝은 밝은 노란색 꽃으로 뒤덮여 있었다. 덩굴 장막은 오른쪽 벽 끝이었다. 남자가 경고했던 곳이었다.

프레드는 덩굴로 다가갔다. 바로 그때 덩굴이 바스락거리는 소리가 났다. 엉겁결에 물러선 프레드는 바람이거나 동물일 거라며 스스로를 다독였다. 프레드는 뱀이 아니길 바라며 덩굴을 살짝 옆으로 밀어 보았다. 릴라도 다가왔다. 덩굴 장막 뒤에는 또 다른 장막이 있었다. 마치 베틀로 짠 것처럼 촘촘했다. 프레드는 두 팔로 힘껏 밀었다가 다시 당겨 보았다. 초록 덩굴 너머로 무언가 휙 지나갔다. 그리고 장막이 다시 밀려났다.

"뭔가 봤어!"

프레드 목소리가 높아졌다.

"쉿!"

"뭔데?"

"모르겠어. 노란색의 무언가. 더 이상은 안 보여. 이 덩굴을 잘라야 할 것 같아."

프레드가 주머니에서 칼을 꺼냈다.

"안 돼, 좋은 생각이 아닌 것 같아."

콘이 말했다.

"그래. 정말 안 좋은 생각이지."

아이들 머리 위에서 목소리가 들려왔다.

프레드는 그대로 얼어붙었다. 곧 발소리가 나더니 남자가 벽을 뛰어넘어 프레드 앞에 착지했다. 아픈 다리를 만지는 남자의 얼굴이 분노로 경직되어 있었다.

"여기 오지 말라고 했지. 그게 그렇게 어렵나?"

남자가 차분히 말을 이었다. 두려움이 프레드를 엄습했다. 남자의 표정은 학교에서 매를 맞는 것보다 더 끔찍했다.

"정말 죄송해요. 저희는 단지……"

프레드는 입안이 바짝바짝 말랐다.

"네 생각이었겠지. 바보 같은 생각 하나를 그냥 지나치지 못할 정도로 자기 통제력이 부족한가?"

"죄송해요."

릴라가 말했다.

"당장 여기서 나가!"

남자의 얼굴이 분노로 이글거렸다.

프레드는 크게 절망했다. 맥스가 두려움으로 덜덜 떠는 것이 보였다. 프레드가 남자 앞에 섰다.

"아무것도 가져가려 하지 않았어요. 그, 그냥 안에 뭐가 있는지만……"

거짓말 때문에 얼굴이 화끈거리고 말이 더듬더듬 나왔다.

"나가라고 했지, 당장!"

"제 잘못이에요. 다 제 생각이에요. 얘네가 아니라."

"관심 없어."

남자가 허리춤에서 칼을 뽑아 들어 프레드 가슴팍에 겨누었다.

"가서 잠이나 자. 이곳 근처에서 한 번만 더 너를 발견하면, 자는 동안 손가락을 자른 뒤 바나나 기름을 발라 콘도르에게 줄 거야."

프레드는 수치심에 사로잡힌 채 몸을 돌렸다. 맥스조차 아무 소리
도 내지 않았다.

덫

아버지가 등을 돌렸다. 너무 놀라 숨이 턱 막혔다. 폐가 텅 비어 버릴 때까지 소리를 질렀다. 프레드는 돌과 흙으로 된 바닥에 코가 눌려 두 번이나 일어나야 했다.

"꿈이었구나. 상관없어, 진짜가 아니니까."

프레드가 중얼거렸다. 하지만 진짜 같았다. 깨어난 지금보다 더 생생했다. 프레드는 머리 위로 드리워진 덩굴을 바라보았다. 그리고 눈을 가늘게 뜨고 덩굴이 어떻게 지붕처럼 드리워져 있는지 기억하려 애썼다. 집에 도착하자마자 색깔까지 그대로 그려서 아버지에게 보여 드릴 것이다. 프레드는 초록색만 열두 가지 이상인, 커다란 색연필 세트를 건네는 아버지를 상상했다. 다시 눈을 감고 싶지 않았다. 다행히 해가 뜨자 두려움이 사라졌다. 프레드는 돌집에서 나와 햇살을 맞았다.

지난밤에 느꼈던 죄책감이 여전히 프레드를 짓눌렀다. 이전에 무언가를 훔쳐 본 적이 없었다. 생각조차 해 본 적 없었다. 프레드는 아침 햇살에 에메랄드빛으로 찬란하게 빛나는 덩굴을 바라보았다. 남자의 얼굴이 생각났다. 분노 그 이상이었다. 거기엔 알 수 없는 공포마저 깃들어 있었다.

사과해야겠다고 생각하자 수치심이 밀려들었다. 하지만 남자가 자신을 상습적인 좀도둑, 거짓말쟁이, 사기꾼이라고 생각하게 둘 수는 없었다. 남자가 사과를 받아 주지 않는다면 석상에 사과하는 것과 비슷한 일이 될 것이었다. 하지만 시도는 해야 할 것 같았다.

프레드는 부츠를 뒤집어서 안에 전갈이 있는지 살펴보았다. 읽었던 모든 책에서 전갈이 심각한 위험 요소로 등장했기 때문이다. 프레드는 평소보다 느릿느릿 신발을 신었다. 긴장감에 몸이 떨렸다.

햇빛 아래에서 보니 도시가 더 생기있게 보였다. 덩굴이 뒤덮인, 반쯤 무너진 벽이 도시를 에워싸고 있었고 덩굴이 치워진 곳에서는 바위가 갈라진 굴곡이 보였다. 프레드는 위를 바라보며 광장을 천천히 걸어갔다. 머리 위로 드리워진 덩굴 지붕은 정교하게 설계되어 벽을 따라 솟은 나뭇가지에 엮여 있었다. 마치 나무 꼭대기에 펼쳐진 거인의 초록색 식탁보 같았다.

덩굴 지붕 사이사이로 햇빛이 잘게 부서져 들어왔다. 석상 위 덩굴 지붕에는 큰 구멍이 나 있어서 돌들이 아마존의 강렬한 태양을 받아 노랗게 빛났다. 바로 밑에는 나뭇잎이 모두 말라 버린 나무 한 그루가 있었다. 강렬한 햇빛이나 작은 불로 타 버린 것 같았다.

프레드는 석상 가까이 다가갔다. 한 걸음씩 내디딜 때마다 긴장감에 배가 뒤틀리는 것 같았다. 석상은 프레드 키의 두 배 정도였고, 세월의 흔적으로 표면이 닳아 있었다. 그래서 남자와 여자 석상은 몸의 곡선을 통해서만 성별을 구분할 수 있었다. 하지만 석상이 얼마나 정교하게 조각되었는지는 충분히 알 수 있었다. 프레드는 손을 뻗어 흑표범의 발을 만져 보았다. 절반 정도만 남아 있었지만, 처음 조각되었을 때 이 노르스름한 돌은 반짝반짝 빛났을 것이다.

남자는 어디에도 보이지 않았다. 바로 그때 한숨 소리가 들리자 프레드는 급히 달아나려 했다.

석상 왼쪽에 있는 나무에, 덩굴로 엮인 해먹 위에서 남자가 잠을 자고 있었다. 남자는 해먹 대각선 방향으로 몸을 뉘어 침대에서처럼 거의 평평하게 누워 있었다. 프레드는 앞으로 해먹에서는 대각선 방향으로 누워야겠다고 생각했다.

해먹 아래에는 여러 물건들이 있었다. 작은 잉크 한 병, 콘도르 깃털로 만든 깃펜 한 자루, 메모가 적힌 나무껍질 한 장, 거대한 신발 한 짝. 프레드가 해먹 가까이 다가갔다. 잠든 남자는 훨씬 젊어 보였고, 온화했다.

"이봐, 키 큰 아이. 나를 깨운 그럴듯한 이유가 있어야 할 거다."

남자가 눈을 감은 채 말했다.

"죄송해요. 저는……."

프레드는 심장이 뜨거워졌다. 눈을 뜨지도 않고 누군지 어떻게 알았을까? 아마도 속눈썹 사이로 몰래 본 것이 틀림없다고 생각했다.

"네 냄새를 맡았지. 너희는 호흡이 다 달라. 영국 여자아이는 이 사이로 숨을 쉬고, 머리를 땋은 브라질 여자아이는 세상을 깨우는 것이 두려운 듯 조심스럽게 숨을 쉬지. 꼬마는 혁명적인 콧물 장벽을 뚫고 숨을 쉬어. 그리고 넌, 내가 다리에 칼을 던질까 봐 걱정하면서 숨을 쉬고 있지."

남자가 프레드의 생각을 엿보기라도 한 듯 말했다. 프레드는 놀라 움찔했지만, 남자는 이를 알아차리지 못한 듯 한숨을 쉬고 기지개를 켰다.

"안녕히 주무셨어요?"

"기분이 별로야. 깨 버렸잖아. 그리고 여긴 본머스(영국 잉글랜드 남부에 위치한 해안 도시)에 있는 하숙집이 아니야. 할머니처럼 말할 필요 없어."

남자는 앉아서 얼굴을 긁었다.

프레드는 머리가 뜨거워졌다.

"예의 바르게 행동하려는 거예요. 아버지는 '지나칠 정도로 예의를 차려야 한다. 가장 쉬운 길이기 때문이지.'라고 말씀하셨어요."

"현실적인 분이군."

남자는 벌처럼 생긴, 빨간색과 노란색의 벌레를 바지에서 떼어 내 손바닥으로 눌러 죽였다.

"앞으로 내가 잘 때는 가까이 오지 않는 게 좋을 거다. 나를 깨워야 할 일이 있을 땐 멀리서 무언가를 던지는 게 좋아."

"왜요?"

"반사적으로 위험한 행동을 할 수도 있으니까. 붙잡힌 적이 있거든."

프레드는 의아한 표정을 지었다.

"독일군에게요?"

"아니."

"원주민들에게요?"

"네가 상상하는 사람들이 아니야. 이 땅을 원래부터 소유하고 있었던 사람들이 아니라, 이곳에 고무 공장을 지은 소유주들에게 붙잡혔지. 난 그 사람들이 정글에 살고 있는 사람들을 대하는 방식이 마음에 들지 않았어."

"그래서 다리가……."

"그 얘기는 별로 하고 싶지 않구나."

프레드는 뒤로 물러났다. 드디어 얼굴을 등 뒤에 숨기고 싶은 때가 왔다.

"저는 이 말을 하려고 왔어요. 정말 죄송해요. 어젯밤 일요."

프레드는 뒷사람에게 문을 잡아 주려다 놓친 걸 사과하듯 대충 말했다는 후회가 들었다.

"정말로 죄송해요!"

남자가 한쪽 눈썹을 치켜세웠다.

"저희는 아무것도 하지 않으려고 했고, 뭘 가져가거나 망가뜨리지 않으려고 했어요. 하지만……."

프레드가 말을 더듬기 시작했다. 두려움이 온몸을 파고들었다.

"하지만 그건 정직하지 않은 행동이었고, 안 좋은 결과를 불렀다고? 상당히 그런 일이었지."

남자가 무미건조하게 덧붙였다. 프레드는 벌게진 얼굴로 처음으로 남자의 눈을 쳐다보고는 고개를 끄덕였다.

"네, 맞아요. 의도적인 건 아니었지만 잘못을 저질렀죠. 화나는 게 당연해요."

프레드는 바닥을 내려다보다가 다시 돌집으로 돌아가기 위해 걸음을 돌렸다.

"잠깐."

프레드는 다시 뒤돌아보았다. 남자가 두 끈이 균형이 맞는지 꼼꼼하게 당기며 신발 끈을 묶었다. 그리고 주머니에서 칼을 꺼내 평평한 돌에 갈았다. 프레드는 남자를 기다리며 자기 손가락을 정말로 자를까 두려웠다. 프레드는 손을 주머니 깊이 넣었다.

"덫을 설치할 거야. 어떻게 하는지 배워라. 스스로 집으로 돌아가는 길을 찾으려면 알아야 해."

남자가 마침내 입을 열었다. 그리고 물로 가볍게 세수했다.

"같이 가겠나?"

"네!"

"잠깐만 기다려."

남자는 입술을 오므리고 볼에 바람을 넣은 뒤, 조심스럽고 꼼꼼하게 면도하기 시작했다.

"경고하는데, 수염을 기르지 마. 벌레들이 수염 속에서 대가족을 이루고 살게 될 거야. 끔찍한 일이지."

남자가 진지한 표정으로 프레드를 쳐다보았다.

"네, 기억할게요."

프레드는 웃지 않으려고 노력했다.

남자는 재킷을 벗어 나뭇가지에 걸었다. 재킷은 어두운색 동물털로 만들어졌는지, 어떤 부분에는 다리가 붙어 있기도 했다. 재킷을 건 나무는 옷장으로 쓰는 것 같았다. 나뭇가지가 무언가를 걸기에 편리한 방향으로 뻗어 있었다.

프레드는 가까이 가서 나무를 살펴보았다. 재킷이 걸린 가지는 나무에서 자란 것이 아니라, 8자로 덩굴을 나무에 묶은 것이었다. 순간, 비슷한 모양이 섬광처럼 지나갔다. 몸이 떨렸다.

"어디가 안 좋은가?"

남자가 프레드를 쳐다보았다.

"아니요, 아무것도 아니에요. 단지 이렇게 묶인 나뭇가지를 전에 본 적이 있어서요. 뗏목을 묶었던 나무랑 움막에서요. 또 벌집 근처에서도요. 아저씨였군요?"

"아마도 그렇겠지. 난 이 매듭을 자주 사용하거든. 몇 년이 지나도 풀리지 않은 걸 보면, 괜찮은 게 분명하지?"

남자가 날카로운 눈으로 프레드를 살펴보았다.

"아픈 아이를 돌보고 싶진 않아. 거기 어딘가에 방수가 되게 만든 기막힌 코트가 하나 있을 거다. 생선 냄새가 나도 괜찮다면 입어라."

"괜찮아요, 정말로요."

"원숭이로 목도리를 만든 적도 있어."

"원숭이요?"

프레드는 놀라움을 크게 드러내지 않으려고 애썼다.

"그래. 놈들은 계속 싸워 댔지. 게다가 벼룩 때문에 더 이상 쓰지 못했어."

"싸워 댔다고요? 살아 있는 원숭이로 목도리를 했나요?"

"사실 목도리라고 하기는 어렵지만, 작은 원숭이 대여섯 마리를 목에 둘러 봤어. 좋은 생각은 아니었지."

남자는 방을 둘러싼 경사진 길을 올라갔다.

"따라와."

"원숭이도 기를 수 있나요?"

"그렇다고 생각해. 1년 동안 길렀으니까. 생각보다 얌전하지는 않아. 원숭이를 길러 보지 않는 한, 코를 무화과 열매로 착각해서 무는 놈들 때문에 놀라서 깨는 일이 어떤 건지 모를 거야."

남자가 마체테로 손바닥을 찰싹 치고는 나무가 울창하게 우거진 숲으로 걸어갔다.

"뒤처지지 마."

프레드는 자신을 찾고 있을 아이들이 생각나 죄책감이 들었지만, 남자를 따라가느라 깊이 생각할 겨를이 없었다. 남자는 발을 절면서도 프레드보다 두 배는 빠르고, 다섯 배는 조용히 걸었다.

"다시 돌아오려면 나무에 표시를 해야 하지 않을까요?"

남자가 돌아보았다. 놀란 표정이었다. 혹은 모욕을 당했다고 생각하는 것 같았다.

"날 뭘로 보는 거야? 더 이상 나무에 표시를 하면서 가지 않아도 되고, 자는 곳과 화장실을 구분하려고 표시하지 않아도 돼. 여긴 내 집이야."

남자는 나무들을 향해 팔을 벌렸다. 잎이 도시를 에워싸고 있는 나무들보다 더 가늘고 옅은 녹색을 띠었다.

"덫을 만들려면 나무가 필요해."

남자가 프레드의 손목만한 굵기의 나뭇가지를 가리켰다.

"이런 나뭇가지 두 개를 잘라서 줘. 곧게 잘라야 해. 저기랑 저게 좋겠다."

남자는 프레드에게 마체테를 건넨 뒤 덩굴 껍질을 벗겼다. 얇게 만들기 위해서였다.

마체테는 휘두르기 알맞은 무게였다. 손잡이는 완만한 곡선을 이루고 있었고 날은 햇빛을 받아 은빛과 초록빛으로 반짝였다.

"정말 근사해요."

프레드는 칼날을 손으로 훑어 보았다.

"조심해! 손이 잘리고 싶지 않다면 말이야. 가지만 똑바로 잘라. 나무줄기는 건드리지 말고."

남자는 허리를 숙여 나뭇가지와 나뭇잎을 치웠다.

"그리고 필요한 만큼만 잘라. 마구 자르면 안 돼. 나무가 스스로 회복할 수 있게끔. 자연의 가장 큰 천적은 사람이야. 그건 자랑스러운 일이 아니야. 이곳에 종말을 가져오는 것도 인간이야. 이해하겠나? 도시가 왜 덩굴 나무 아래 숨어서 땅과 하늘로부터 몸을 감추고 있는지를 말이야. 보호가 필요하기 때문이야."

남자는 초록 나뭇잎이 우거진 나무에 팔을 두르며 덧붙였다.

"어떻게 보호해야 하나요?"

프레드는 허공에 마체테를 휘둘렀다. 칼날이 허공을 가르는 소리가 만족스러웠다.

"그렇게 묻다니, 어처구니가 없군. 아이들은 비밀을 잘 지키지 못해. 그리고 어떤 비밀은 완전히 다른 내용이 되기도 해. 제멋대로 기억하니까. 세심한 주의가 필요하지."

"저는 비밀을 수백 개나 간직하고 있어요."

프레드는 남자의 말이 사실인지 궁금했다. 자신도 아이지만 왜곡된 비밀은 간직한 적은 없었다. 더구나 아버지가 읽던 신문을 제쳐두고 자신에게 고개를 돌릴 만한 비밀은 더더욱 없었다.

"나는 찾아온 외지인들을 경계해야 한다는 사실을 깨달았어. 그들은 옳지 않은 일에만 신경 쓰거든. 나도 한때는 매일 같은 사람들과 기차를 타고 패딩턴(영국 런던의 한 지역)으로 향했어. 사람들을 보면서 생각했지. '매일 아침 눈을 떠서 옷을 입고, 아마존강의 아름다움에 대해서는 상상도 못 하는군.' 하고 말이야. 어떻게 생각해? 나는 우리 수상을 존경하지 않아. 그럴듯하게 차려입고 거들먹거리지만 자연에 대해서는 까막눈이지."

갑자기 남자가 마체테를 흔드는 프레드의 손목을 잡았다.

"조심해. 칼날이 네 쪽으로 가지 않도록 잡고 있어. 서툴게 잡았다가는 몸이 잘릴 수도 있어. 자, 이제 잘라."

프레드는 손목 굵기의 초록색 나뭇가지 위로 마체테를 휘둘렀다. 마체테가 나뭇가지에 박혔다.

"조심해. 우리 의견이 다르다고 해도 네 혈관을 보고 싶지는 않아."

다시 마체테를 휘두르자, 이번엔 나뭇가지가 멋지게 떨어졌다.

"좋아, 잘 봐라. 두 번은 안 가르쳐 줄 거야."

이번에 남자는 1미터 정도의 작은 나무를 골랐다. 굵기는 프레드의 엄지손가락 정도밖에 되지 않았다.

"이 나무 끝에 덩굴을 감아."

프레드는 시키는 대로 했다.

"좋아, 마체테 줘 봐."

프레드는 마치 수술을 보조하는 의사처럼 칼을 건넸다. 남자는 조심스럽게 마체테의 손잡이로 Y 자 나뭇가지를 땅에 박았다.

"이제 덩굴의 다른 쪽을 곧은 초록색 나뭇가지 중간에 감아. 끝에는 매듭을 지어서 올가미로 쓸 거야. 확 당겨 올라가는 덫을 만드는 거지."

프레드는 남자가 가르쳐 준 것을 따라 해 보았다. 예전에 새벽까지 이불 속에서 매듭 묶는 법을 연습하곤 했다. 남자가 고개를 끄덕였다. 프레드는 뿌듯함이 차올랐다.

"자, 봐."

남자가 덩굴을 당겨 작고 가는 나무를 활처럼 휘게 했다. 그리고 곧은 초록색 가지를 구부려 Y 자 모양의 나뭇가지 안으로 넣었다. 덩굴이 팽팽하게 당겨졌다.

"동물이 매듭 안으로 발을 넣으면 초록색 가지가 탁 빠지고, 가는 나무가 튀어오르면서 매듭이 확 잡아당겨지지. 그러면 저녁밥을 먹을 수 있어."

프레드는 덫을 다양한 각도에서 살펴보며 말했다.

"뭘 잡을 수 있어요?"

"덫으로 들어오는 동물은 전부. 쥐나 아마딜로 같은 거. 자, 가자. 해야 할 일이 더 있어."

"쥐를 먹어요?"

"그래야 한다면 그래야지. 지난 몇 년 동안 여러 동물을 먹었어. 맛있지는 않았지만 먹어야 했지. 달팽이나 거미까지도."

"거미요?"

"어떤 거미는 정말 맛있어. 찾을 수 있게 도와주마. 하지만 그전에 이 장소를 비밀로 하겠다고 약속하지 않는 한, 도와줄 마음이 전혀 없다."

프레드가 입술을 깨물었다.

"싫어? 넌 어떤 나라의 역사를 약탈한 사람들과 나란히 하고 싶은 거군."

"약탈하지 않았어요! 그 사람들은 그런 짓을 하지 않았어요."

프레드는 책에서 읽은 사람들을 생각했다.

"그렇지 않은 사람도 분명 있긴 해. 하지만 몇이나 될까? 전 세계를 이곳에 초대해서 지켜보고 싶군. 그 사람들의 도덕성을 시험해 보고 싶어."

프레드는 속이 뒤틀리는 것 같아 아무 말도 하지 않았다. 심장이 고통스럽게 뛰었다. 하지만 남자의 시선을 피하지 않았다.

남자는 프레드의 손에 있는 마체테를 매정하게 가져가서는 장작으로 쓸 가지를 베기 시작했다. 반지가 빛을 받아 반짝거렸다.

"그 반지요."

프레드는 화제를 바꾸고 싶었다. 왜 정글에서 반지를 끼고 있는지 묻고 싶었지만, 남자가 개인적인 질문을 좋아하지 않을 것 같다는 생각이 들었다. 남자가 마체테를 프레드의 무릎 근처까지 휘둘렀다.

"음, 뭘로 만든 거예요?"

"생선 비늘이랑 카이만의 뼈."

남자의 뿌듯함이 프레드를 향한 분노와 싸우는 것 같았다. 남자가 반지를 빼서 프레드에게 건넸다.

"자."

반지 안쪽에 글씨가 새겨져 있었다.

"Nec…… Aspera Terrent?"

"라틴어야. 뭐, '고난은 지옥에나 가라.'는 뜻이지. 정글에서 반지를 끼고 있는 게 이상하다고 생각하나?"

남자는 프레드의 생각을 정확하게 맞혔지만, 그렇다고 말하기 적당한 장소가 아닌 것 같았다. 프레드는 그저 어색하게 웃을 뿐이었다.

"말이 나온 김에, 넌 왜 정글을 찾아온 소도시 공무원처럼 옷을 입고 있지? 턴브리지 웰스(잉글랜드 켄트주에 위치) 시장을 만나러 가는 아이 같군."

프레드는 자신을 내려다보았다.

"그냥 학교 교복 위에 크리켓 점퍼를 입은 건데요? 아버지는 가능하면 언제나 교복을 입어야 한다고 하셨어요. 아버지는 그런 분이시죠. 그리고 저는 정글에 오게 될지 몰랐고요."

"언제든지 정글에 가도 좋은 옷을 입었어야지. 어디에서 모험을 만날지 모르잖니."

"전 기숙 학교에 다녔어요. 노픽(영국 런던에 있는 지역) 크로머가의 그레섬 학교에요."

"그래서?"

"그러니까 모험보다는 지질학 선생님을 만날 가능성이 더 크단 말이죠."

남자는 주위를 둘러본 뒤 다시 프레드를 보았다.

"그럼에도 불구하고 너는 이곳에 왔군."

남자는 열매가 잔뜩 붙은 나뭇가지를 베어 프레드에게 던졌다. 프레드는 반사적으로 나뭇가지를 잡고 나서야 가지가 가시로 뒤덮여 있다는 것을 알아차렸다. 학교에서는 절대로 말하면 안 될 욕이 나왔다.

남자가 왼쪽 눈썹을 치켜세웠다. 프레드는 말을 삼켰다.

"코흘리개 꼬마에게 좀 먹여라. 그 아이는 너무 말랐어. 하나 먹어 볼래?"

프레드는 가장 큰 열매를 입으로 가져갔다. 과즙이 입안에 가득 퍼졌다. 정말 끔찍한 맛이었다. 당장 입속에 들은 것을 뱉고 싶었지만 그러면 안 될 것 같았다. 프레드는 열매를 겨우 삼키고는 손으로 혀를 문질렀다.

"휘발유 맛이 나요. 그리고 연고 맛도요."

"알아. 하지만 먹어야 해. 비타민이 많거든. 마나우스로 가는 길에 많을 거다. 강가에서 자라니까."

"차라리 굶는 게 나을 것 같은데요."

"안 돼, 긴 여정이야. 지나치게 배고픈 상태까지 가지 않도록 해. 나쁜 생각을 좋은 생각이라고 착각하기 시작하거든. 배가 고파 죽을 지경이 되면 마치 자기가 프랑스 철학가라도 되는 양 멋지다고 느껴질 거다. 어리석은 생각이야."

남자는 나무 사이를 유유히 걸어갔다. 프레드는 남자와 속도를 맞추기 위해 나무뿌리와 개미집 위를 뛰어다녀야 했다.

타란툴라

프레드가 광장으로 돌아오자, 나머지 아이들은 화가 단단히 난 채로 무언가를 먹고 있었다. 화를 내면서 동시에 음식을 씹는 일은 어려웠기 때문에 아이들은 바나나를 내려놓고 프레드를 노려보았다.

"어디 갔었어?"

릴라가 물었다.

"붙잡혀서 손가락이 잘린 줄 알았어."

콘이 말했다.

아이들은 프레드가 가져온 열매를 입에 넣었다가 바로 뱉었다. 프레드는 덫과 해먹, 나무 열매 등 남자와 있었을 때 겪은 이야기를 했다. 맥스는 놀라서 프레드 신발에 토하는 시늉을 멈췄고, 콘과 릴라도 노려보던 눈초리를 누그러뜨렸다. 릴라는 프레드에게 남은 바나나를 권하기까지 했다.

"저쪽에서 찾았어. 돌이 쌓이고 바닥이 드러난 곳. 다섯 개가 있었는데, 세 개밖에 가져오지 못했어. 혹시 그 남자 게 아닌가 해서."

바나나는 초록색을 띠고 있었지만 맛은 괜찮았다. 프레드는 되도록 천천히 바나나를 먹으려고 했지만 그럴 수 없었다. 집에 바나나가 있던 적이 드물었기 때문이다. 무척 위로가 되는 맛이었다.

빛이 광장을 비추고, 남자가 쿵쾅거리며 아이들을 향해 왔다. 그런데 남자는 골똘히 생각에 잠겨 덩굴 지붕 위쪽을 보고 있었다.

아이들은 미친 듯이 옷매무새를 정돈했다. 콘은 손가락으로 머리를 빗었고, 릴라는 바카의 털을 단정하게 눌러 주었다. 맥스는 고양이처럼 팔뚝을 핥았다.

갑자기 바스락거리는 소리가 났다. 프레드는 바닥을 내려다보았다. 뱀 한 마리가 떨어진 나뭇가지에서 기어나오고 있었다. 형광 초록색 몸에 배 쪽은 희었다. 뱀이 잠수함에서 나온 잠망경처럼 몸을 꼿꼿하게 세웠다. 뱀의 눈이 붉게 빛났다.

"헉."

프레드가 다른 아이들에게 손짓했다. 모두 얼어붙었다.

"당황하지 마. 뱀은 먼저 공격 안 해. 기억하지?"

릴라가 속삭였다.

프레드는 뒤로 물러났다. 뱀은 여전히 목을 세우고 프레드 쪽으로 다가왔다. 프레드가 처다보는 것을 싫어하는 것 같았다.

"내 생각에 이 뱀은 그렇지 않은 것 같아."

프레드가 속삭였다.

뱀은 통나무 위를 넘어 계속 아이들을 향해 왔다. 프레드는 목구멍 중간에서 숨이 턱 막힌 기분이었다. 막대기로 쓸 만한 것을 찾기 위해 황급히 주위를 둘러보았다.

그때 남자가 막대기 하나를 맹렬하게 씹으며 아이들을 지나쳤다. 그리고는 무심하게 주머니에서 돌을 꺼내 던졌다. 돌이 허공을 가르며 뱀의 목에 명중했다. 뱀은 바닥에 나가떨어졌다.

하지만 남자는 계속 걸었다. 뒤돌아보지 않고, 시선은 계속 위쪽에 두었다.

프레드는 릴라와 콘을 바라보았다. 긴장이 풀리며 충격이 두 배로 돌아왔다.

"어디서 저런 걸 배웠을까?"

릴라가 속삭였다.

"왜 돌을 던졌을까? 우리가 다 죽기를 바라는 줄 알았는데. 그게 편할 거 아니야."

콘이 말했다.

"그렇게 말하지 마! 우리를 위해서 뱀을 죽여 줬단 말이야. 이제 저 사람은 내 거야."

맥스가 분노로 가득 찬 얼굴로 말했다.

남자가 걸음을 멈추고 아이들을 휙 돌아보았다. 콘은 입을 딱 닫고 프레드 뒤에 숨었다. 하지만 남자는 맥스를 바라보고 있었다. 남자가 걸음을 돌려 다가왔다. 그리고 허리를 굽혀 뱀을 집은 뒤 주머니에 넣었다.

"양심적으로 너희가 죽기 바란 적은 없어. 뱀을 만나면 어떻게 해야 하는지 아는 사람이 아무도 없나?"

남자가 퉁명스러운 목소리로 말을 내뱉었다.

"없어요."

프레드가 말했다. 사실이었다.

남자는 한숨을 쉬었다.

"훗날을 위해, 가능한 재빨리 뒷걸음질해. 뛰면 안 돼. 그리고 가면서 노래를 느긋하게 흥얼거려야 해."

"왜죠? 뱀을 유혹하기라도 해야 하나요?"

콘이 물었다.

"떨리는 소리를 좋아하지 않기 때문이야. 그리고 혹시 뱀을 잡으면 괜찮은 식사가 될 거야. 정말로 마나우스에 가고 싶다면 그걸 알아야지. 그 밖에도 알아야 할 것들이 수도 없이 많다고. 물고기는 잡을 줄 아나?"

"아니요."

프레드가 대답했다.

"사냥할 줄 알아?"

"아니요."

릴라가 대답했다.

"덫을 놓을 줄 알아? 프레드 빼고."

"아니요. 왜 할 줄 알아야 해요? 저는 이모할머니하고 살았어요. 먼지와 쥐 빼고는 아무것도 잡지 않았죠. 물론 먼지와 쥐를 먹지도 않았고요."

콘이 대답했다.

릴라가 콘을 바라보며 빙긋 웃었다. 삐뚤게 난 이가 콘의 생각에 동의하는 것처럼 보였다.

"알았다. 그러면 나를 따라와."

남자가 무언가 결심한 듯 숨을 길게 내쉬었다.

"콘만요? 아니면 저희 모두요?"

릴라가 물었다.

"너희 모두. 어리석은 프레드도, 카디건을 입은 작은 악마도."

남자의 눈빛이 날카로웠다.

"너 말하는 거야, 맥스."

"둥지를 하나 찾았다. 너희와 함께 나누려고 해. 하지만 분명히 하고 싶은 것은, 이게 내가 너희를 돕는 마지막 일이 될 거라는 거다. 어린애들에게 낭비할 시간이 없어."

"무슨 둥지요?"

릴라는 바카를 들어서 팔에 다시 둘렀다. 바카는 팔꿈치 안쪽에 얼굴을 묻었다.

"알게 될 거야."

아이들은 반쯤 뛰면서 남자 뒤를 줄지어 행진했다. 동물의 다리와 얼굴이 붙어 있는 털 코트를 입고 있는 사람이 나중에 알게 될 것이라며 정글로 데려가는 것은 꽤 두려운 일이었다.

프레드가 상상했던, 새털과 잔가지로 지어진 둥지와는 전혀 달랐다. 바닥에 구멍이 하나 있을 뿐이었고, 구멍 위에는 낙엽이 쌓여 안이 거의 보이지 않았다.

"안에 뭐가 있어요?"

프레드는 쥐가 있을까 봐 두려웠다. 쥐가 구멍을 팔 줄 아는지, 쥐를 먹는 기분은 어떨지 떠올렸지만, 상상이 되지 않았다.

"타란툴라(대형열대거미과에 속하며, 독성을 가지고 있는 가장 큰 거미류)."

"아."

프레드는 갑자기 쥐가 훨씬 더 맛있을 것 같았다.

"맛있어. 새우 맛이 나거든. 너, 계속 그러고 있을 예정이야?"

남자가 입을 쩍 벌리고 있는 콘을 바라보았다.

"타란툴라를 진짜로 먹을 건 아니죠?"

콘이 물었다.

"타란툴라들이 나무늘보를 공격하나요?"

223

바카가 릴라의 팔꿈치에서 고개를 들었다.

"우린 거미를 먹을 거야!"

맥스가 말했다.

세 아이들의 말에는 모두 다른 감정이 담겨 있었다. 혐오, 조심스러운 관심, 위험한 관심. 프레드는 아무 말 없이 무릎을 굽혀 구멍을 자세히 살펴보았다.

"그래, 불에 구워 먹을 거다. 크럼핏처럼."

"독이 있지 않나요?"

릴라가 물었다.

"난 타란툴라 안 먹어."

콘이 말했다.

"원하는 대로. 마나우스까지 걸어갈 작정이라면 거미 먹는 법을 알고 있어서 다행이라고 생각할 날이 올 거다. 자, 기다란 가지가 필요해."

남자가 어깨를 으쓱했다.

"전 안 먹을 거예요. 정상이 아니야."

콘은 릴라와 프레드에게 동의를 구하는 눈빛을 보냈다.

"난 먹어 볼래."

프레드가 말했다.

"도대체 왜?"

"마나우스에 가다가 굶어 죽고 싶지는 않아. 아니면 뭐를 먹어야 해? 그리고 생각보다 맛이 괜찮을 수도 있잖아."

"그럴 가능성이 얼마나 된다고 생각해? 퍼센트로 말하자면?"

릴라의 얼굴이 흥미를 띠었다.

"낮아. 정말 말도 안 되게 낮을 거야."

콘이 말했다.

"누가 먼저 가 볼래?"

남자의 눈빛에 무언가 스쳤다. 프레드는 남자를 완전히 믿지는 않았다. 프레드는 구멍을 내려다보았다. 안에는 그림자가 움직이고 있었다. 프레드의 위장이 요동쳤다.

"제가 먼저 해 볼게요."

"좋아."

남자가 프레드의 용기가 궁금하다는 듯 음흉하게 미소 지었다.

"아주 간단해. 막대기를 잡고 구멍에 넣어. 타란툴라가 무슨 일인지 보러 나올 거야."

프레드는 구멍 밖에 쪼그리고 앉아서 막대기를 타란툴라 둥지에 찔러 넣었다.

"용감함과 정신 이상 사이의 선을 확실히 넘은 것 같아."

콘이 중얼거렸다.

"시간이 좀 걸리더라도 포기하지 마. 타란툴라의 살이 통통하게 차

오르는 계절이다."

남자가 덧붙였다.

"저 사람은 미쳤어. 우리는 지금 정글에서 미친 사람과 함께하고 있는 거야."

콘이 릴라에게 속삭였다.

프레드는 막대기를 계속 휘저었다. 아무 일도 일어나지 않았다. 콘의 얼굴이 조금 펴졌다.

"휴, 다행이다. 아무것도 없네."

그때 길고 털이 난 다리 네 개가 둥지에서 불쑥 나왔다. 프레드는 그 자리에서 얼어붙었다.

"계속해. 막대기를 뒤로 빼서 타란툴라가 나오게 해 봐."

밝은 갈색의 거미는 프레드의 손바닥만큼 컸다.

"암놈이군. 수놈은 검은색이야."

남자가 타란툴라의 입을 피해 붙잡았다.

"쓰다듬어 볼래?"

바카가 작지만 날카로운 소리를 냈다. 나무늘보들은 긴장하면 양이나 갈매기와 비슷한 소리를 낸다. 릴라가 바카의 눈을 팔로 감싸며 한 걸음 뒤로 물러났다.

프레드는 솔직히 만지고 싶지 않았다. 바카가 위험을 감지할 정도의 도전이었다. 하지만 말이 먼저 입 밖으로 튀어나왔다.

"어떻게 쓰다듬으면 돼요?"

"털이 난 방향으로, 머리부터 아래로 만지면 돼."

"안 돼, 프레드! 저 사람 너한테 화났던 거 기억나? 다치게 하려고 그러는 거야."

먼지가 잔뜩 묻은 콘의 얼굴이 창백해졌다.

"거미에게 물려 봤자 벌에 쏘이는 거랑 비슷한 느낌이야. 그리고 내 아들은…… 아니, 전에 어떤 아이를 알았던 적이 있는데 그 앤 타란튤라를 키웠지. 그 타란튤라는 밥을 먹는 동안 무릎에 가만히 앉아 있을 정도로 길들었어."

남자가 이상할 정도로 부드럽게 말했다.

프레드는 남자를 쳐다보았지만 얼굴에 아무 감정도 보이지 않았다. 프레드가 타란튤라를 조심스럽게 쓰다듬자, 타란튤라는 손바닥 위에 얌전히 있었다.

"이제 목에서부터 등까지 갈라. 그러면 고통을 느끼지 못해. 자, 여기서부터 이렇게. 하지만 머리는 잘라 내지 마. 그러고 나서 나뭇잎에 싸."

남자가 주머니에서 칼을 꺼내 타란튤라를 손질하고는 두 손을 덜덜 떨고 있는 릴라에게 건넸다.

"소포처럼 풀로 동여매. 그래, 좋아. 동쪽에 다른 둥지도 있어. 앞은 얕은 구멍 같지만 갑자기 확 깊어져. 기억해. 타란튤라 둥지를 쉽

게 찾을 수 있을 거야. 마나우스로 가는 길에 바위가 많은 곳이 있
거든. 거기에 아주 많아. 나는 한 달 동안 거미랑 바나나만 먹은 적
도 있었지. 설사를 해 댔지만, 결국 살아남았어."

말을 마친 남자는 뒤도 돌아보지 않고 걸었다. 나뭇잎에 싸인 타란
툴라에서 희미하게 신 냄새가 났다. 남자를 따라가니, 남자는 고개
를 숙이고 발로 나뭇잎과 잔가지들을 치우고 있었다. 또 다른 둥지
가 있었다. 이번 둥지는 몹시 거대했다.

"아까 소포처럼 싼 타란툴라는 평범한 놈이었어. 하지만 이 녀석은
달라. 골리앗 타란툴라야. 학명은 테라포사 블론디."

남자가 막대기로 안을 쿡 찌르고는 삐쭉 솟아오른 콘의 머리를 바
라보며 말했다.

"골리앗 타란툴라는 몸을 보호하기 위해서 몸통에 털이 나 있어.
지금처럼 어린아이들에게 둘러싸이면 위협을 느끼겠지? 털이 피부
에 닿으면 쐐기풀처럼 따가울 거야. 하지만 아픈 것보다도 위험하다
는 걸 명심해. 무슨 말인지 알겠나?"

"네."

"좋아. 그리고 타란툴라를 쓰다듬을 때에는 여러 마리를 함께 두
지 마."

아이들에게는 그다지 필요 없는 조언이었다.

"저, 버드이터라고 불리는 종류인가요?"

릴라가 물었다.

"맞아. 새를 거의 잡아먹진 않지만 말이야. 주로 지렁이, 두꺼비, 벌레, 그리고 가끔 쥐를 먹지."

남자가 인정하는 눈빛으로 릴라를 보았다.

아이들은 굳이 골리앗 타란툴라를 나오게 하고 싶지는 않았다. 하지만 프레드가 구멍을 들여다보려고 가까이 다가가자, 타란툴라가 모습을 드러냈다. 프레드는 재빨리 뒤로 물러났다. 굵은 털이 난 거대한 몸통에 다리가 여덟 개 붙어 있었다. 콘은 헛구역질을 해 댔다. 맥스는 기쁨의 소리를 질렀다. 릴라는 바카를 꽉 안고 맥스가 둥지에 다가가지 못하도록 막았다.

맥스의 얼굴만큼이나 큰 타란툴라가 천천히 기어서 맥스의 발치로 다가왔다. 남자는 신발 끈을 묶는 것처럼 차분히 나뭇가지로 타란툴라를 꾹 눌렀다. 그리고 손으로 다리를 잡아 들었다.

"나뭇잎 몇 장 줘 봐. 그리고 조심해. 몇 마리 더 있을 테니까."

오후까지 타란툴라 여섯 마리를 잡았다. 남자와 아이들은 돌집으로 돌아가, 잡은 타란툴라를 불가에 일렬로 늘어놓았다.

"좋아, 이제 막대기에 끼워서 털이 다 없어질 때까지 구워. 그러면 픽 하는 소리가 좀 날 거야. 다리 관절의 빈 공간에서 뜨거운 공기가 빠져나오는 소리지. 다 구워졌다는 뜻이야. 그럼 먹어도 돼. 얼굴까지 전부."

"얼굴요?"

콘이 힘없이 말했다.

남자가 웃으며 나뭇잎으로 싼 덩어리 네 개 중 두 개를 들고 일어섰다.

"이제 알아서 해. 또다시 나를 방해하면 눈알을 뽑아서 카이만에게 던져 줄 거야. 칵테일파티에 나오는 올리브 절임처럼."

아이들은 남자가 정글로 걸어가는 모습을 지켜보았다.

프레드는 타란툴라를 막대에 끼워 불에 올렸다. 타란툴라가 불 위에서 진한 갈색으로 익어 갔다. 릴라는 맥스의 몫을 구워 주었다. 콘은 꾸러미를 풀지도, 쳐다보지도 않았다.

"저건 거미야."

콘이 계속 마음을 다잡았다.

10분쯤 지나자, 타란툴라에서 픽 하는 소리가 올라오기 시작했다. 마치 찻주전자 같았다. 프레드는 용기를 끌어모아 타란툴라를 꼬치에서 빼냈다. 뜨겁고 바삭했지만 명백한 거미였다. 코를 손으로 막고 다리 하나를 떼어 먹었다.

프레드는 깜짝 놀랐다. 생선구이와 비슷한 맛이었다. 해산물처럼 짭짤하고 살짝 비릿했다. 이번에는 더 크게 베어 물었다.

"괜찮은데."

"너 지금 거미를 먹고 있는 거야. 알고 있어?"

콘이 이해할 수 없다는 듯이 말했다.

맥스도 한 입 베어 물었다.

"누나 안 먹을 거면 나 먹을래!"

"안 돼."

"다리 하나만 먹어 봐."

프레드가 자기 몫에서 다리 하나를 떼어 내밀었다. 타란툴라를 먹으니 정신이 깨어나는 것 같았다. 처음으로 집으로 가는 여정을 상상해 보았다. 타란툴라나 과일을 먹으며 며칠 동안 계속 걸어야 할 것이다. 포츠머스(영국 잉글랜드 남동부에 있는 항구 도시) 항구에서 아버지를 만날 것이고, 아버지는 팔을 벌려 자신을 안아 줄 것이다. 프레드는 머리를 흔들어 생각을 흩어 버렸다.

"닭고기나 생선 맛이 나. 정말이야, 나쁘지 않아."

릴라가 말했다.

"장난치는 게 아니라고 약속할 수 있어?"

"약속할게. 이거 먹어 봐. 프레드는 좀 태웠어."

릴라도 다리 하나를 건넸다.

콘이 몹시 조심스럽게 다리를 받아 들고는 냄새를 맡았다.

"아무 냄새도 안 나네. 불에 그을린 냄새 말고는."

콘이 의심스러워하다가 눈을 감고 다리 끝을 조금 떼어 먹었다. 순간, 놀라움에 눈이 번쩍 떠졌다.

"이상하지 않네! 그냥 음식 같아."

"맛있어."

맥스가 타란툴라 다리를 반쯤 입에 문 채 덧붙였다.

"아이스크림 가게에서 팔면 좋겠어."

두 번 구운 와조

그날 밤, 프레드와 릴라와 콘은 비밀회의를 열었다. 셋은 불 가까이에 머리를 맞대고 앉아 속삭였고, 맥스는 돌 위에 등을 대고 누워 작은 클로버를 가지고 놀았다. 바카는 릴라의 무릎 위에서 조심스럽게 주위를 살펴보고 있었다.

"아저씨를 위해서 음식을 하는 건 어떨까?"

릴라가 턱으로 석상과 덩굴 장막이 있는 쪽을 가리켰다.

"그거야! 남자들은 음식을 좋아하잖아."

"안 돼! 음식을 들고 갔다가 내 귀를 자르면 어떡해."

맥스가 끼어들었다.

"그냥 농담한 거야."

릴라가 말했다.

"그러길 바라야지."

콘이 중얼거렸다.

"정말 좋은 생각이야. 하지만 맛이 없을 것 같아."

프레드가 말했다.

"넌 의견 내지 마. 너 때문에 이렇게 된 거니까. 어쨌든 음식을 만들면 거기에 몰두할 수 있고 시간을 잘 보낼 수 있단다."

콘이 누군가의 말을 흉내 내며 말했다.

"그거 좋은데! 누가 말해 줬어?"

릴라가 물었다.

"체육 선생님이."

"체육 선생님이 음식을 잘하시나 보네."

프레드는 모기 물린 곳을 긁다가 피가 나자 얼굴을 찡그렸다.

"아니, 그 선생님은 정말 끔찍했어. 우리에게 말 타는 자세로 체육관을 걸어 다니라고 시켰어. 그게 자신감 향상에 좋다고."

"그래?"

"정말 그런 것 같아?"

콘의 물음에 릴라가 빙긋 웃었다.

"어쨌든 여기 나무 열매를 구워서 아저씨한테 갖다드리자. 새고기 남은 거랑 같이."

아이들은 굽고 남은 새고기를 바라보았다. 고기는 햇빛에 좀 말라 있었다.

"음식 찌꺼기 냄새가 나는걸."

콘이 말했다.

"집에서 전날 먹었던 콩을 다시 튀겨 먹기도 했어. 엄마가 남은 콩에 양념을 새로 해서 튀겨 주면 맛있었어."

엄마라는 말을 입에 올리자 웃음기가 사라졌다. 콘은 한참 동안 릴라의 얼굴을 보다가 얼른 발걸음을 옮겼다.

"프라이팬으로 사용할 돌을 찾아볼게."

"두 번 구운 새 요리라고 부르자."

릴라가 말했다.

"두 번 구운 와조(Oiseau. 프랑스어로 새) 요리. 와조는 프랑스어야. 근사한 요리는 언제나 프랑스어로 되어 있으니까."

콘이 덧붙였다.

그때 광장 멀리 덩굴 장막 쪽에서 고함 소리가 났다. 아이들은 이야기를 멈췄다. 곰이나 호랑이 혹은 어떤 엔진 소리 같기도 했고, 고통스러운 비명처럼 들리기도 했다.

"아저씨가 지르는 소리일까?"

릴라가 어깨에 매달린 바카를 손으로 확인하며 말했다.

소리는 금방 멈췄다.

"아마도. 소리를 지르려고 저기에 머무르는지도 몰라. 나도 혼자 소리를 지를 수 있는 방이 좋거든."

콘이 말했다.

아이들은 한참 동안 말없이 앉아 있었지만 소리는 다시 들려오지 않았다. 그래서 다시 음식을 하기로 했다. 어느새 콘도르가 맥스 신발 위에 앉아 있었다. 콘도르는 심술궂은 눈초리로 아이들이 요리하는 것을 지켜보았다. 아이들이 고기를 한 점도 나눠 주지 않는 데에 분개하는 것 같았다.

"콘도르가 이모처럼 참견하는지는 몰랐네."

콘이 말했다.

드디어 남자가 나왔다. 남자는 아이들이 와 있다는 사실을 완전히 잊은 것처럼 잠깐 놀라더니, 통근길에서 마주친 사람에게 인사하듯 고개를 끄덕이고는 지나쳤다. 맥스가 돌바닥 사이사이 솟은 나뭇가지들을 피하며 남자를 따라 뛰어갔다.

"여기 와 봐요! 우리가 아저씨를 위해서 요리했어요."

맥스의 말은 부탁이 아니라 명령 같았다. 남자가 놀라 쳐다보았다.

"뭐? 정말 착하구나. 하지만 먹지 않을게, 고맙다."

"먹어야 해요! 특별히 만든 거예요."

남자는 맥스 앞에 몸을 구부렸다.

"당당함은 칭찬한다만, 머리에 콘도르 똥이 묻어 있구나. 너의 위엄이 손상되고 있어."

"부탁이에요."

릴라는 남자가 야생 동물이라도 되는 양 조심스럽게 다가왔다. 바카는 릴라의 머리카락 속에서 밖을 빼꼼 내다보고 있었다.

"한번 먹어 보세요."

릴라는 나무 열매와 구운 새고기가 담긴 나뭇잎을 내밀었다. 아이들은 최대한 레스토랑 음식처럼 보이게 하려고 애썼다. 콘도르와 맥스 때문에 꽤 많은 재가 묻었지만 그런 대로 괜찮아 보였다.

"두 번 구운 와조예요. 특별한 음식이죠."

"그래, 고맙다."

남자가 음식을 한 입 베어 물고는 외마디 소리와 함께 뱉었다.

"맙소사! 무덤에서 나온 맛이군."

"어머, 죄송해요. 아저씨가 좋아할 만한 것을 해 드리고 싶었는데."

릴라가 기어들어 가는 소리로 말했다.

"제발 우리 귀를 자르지 마세요."

맥스가 말했다.

"아니야, 내가 미안하다. 정말 좋은 생각이었어. 아이들이 얼마나 친절한지 잊고 있었구나."

남자가 손가락에 낀 반지를 만지작거리다가 머리를 세게 흔들었다. 땀이 바닥으로 떨어졌다. 남자는 돌아서며 고개를 반쯤 숙이고 말했다.

"언젠간 나를 용서할 날이 올 거다. 어두워지기 전에 불을 붙여야겠어."

남자는 해먹으로 걸어가서 나무 앞에 꿇어앉았다. 불꽃이 피어오르기까지는 1분이 채 걸리지 않았다. 누구도 남자의 불 피우는 속도를 따라잡을 수 없을 것 같은 손놀림이었다. 남자는 주머니에서 물고기 한 마리를 꺼내 세 벽으로 둘러싸인 방에 놓았다. 콘도르가 발치에 다가왔다.

다른 아이들이 남은 와조를 먹는 동안 프레드는 불 옆에 쪼그리고 앉아 남자를 곁눈질했다. 남자는 무릎 위에 팔꿈치를 올리고 꿇어앉아 허공을 바라보고 있었다.

"아저씨가 슬퍼 보이네."

프레드가 중얼거렸다.

"돌멩이 하나로 뱀을 죽인 사람이야. 그런 사람은 슬퍼하지 않아."

콘이 고개를 들고 말했다.

아이들이 이야기하는 사이, 남자는 나무 아래 코코넛 더미로 갔다. 코코넛에는 이미 잘라진 뚜껑이 얹어져 있었다. 남자는 하나를 열어서 벌컥벌컥 마신 뒤 다시 하나를 집어 들었다. 그렇게 코코넛 세 통을 마시고는 갑자기 외쳤다.

"마실래?"

"뭔데요?"

콘이 외쳤다.

"내 방식대로 만든 카샤사(사탕수수 원액을 발효시켜 만든 브라질의 술). 좀 마셔 봐."

아이들은 눈을 콘도르에게서 떼지 않고 조심조심 광장을 걸어갔다. 릴라는 스웨터 앞에 매달린 바카를 내려 한 손으로 잘 안고는, 다른 손으로는 맥스의 어깨를 잡았다.

모닥불에서 나오는 불빛 끝자락에 네 아이들이 주춤거리며 섰다. 프레드는 무릎을 굽히고 앉았지만 나머지 아이들은 앉지 않았다. 그래서 프레드도 관절을 굽혀 본 척하고는 다시 일어났다.

"다들 앉아라. 신이 왜 엉덩이를 만들었겠어. 여기, 마셔 봐."

"뭘로 만들었어요?"

프레드가 물었다.

"사탕수수랑 코코넛 밀크(코코넛 열매의 하얀 과육을 우려낸 즙). 허브 같은 것도 넣었어."

"어떤 허브요?"

릴라가 물었다.

"나를 죽일 것 같거나, 혹은 반대로 불멸의 존재로 만들어 줄 것 같은 음료를 마셔 본 적이 있어? 이건 그런 종류의 것이야."

남자가 제멋대로 대답했다.

프레드는 남자에게서 카샤사를 받아 한 모금 마시자마자 몸을 구부려 기침했다. 아무 맛도 없었지만 목구멍이 뜨겁게 불타올랐다.

눈물과 콧물이 줄줄 흘렀다.

"더 줄까?"

"아니요, 감전된 것 같은 맛이에요."

"나이가 들면 좋아하게 될 거다."

남자가 쓴웃음을 지었다.

"이거 술이에요?"

콘이 냄새를 맡고 물었다.

남자가 어깨를 으쓱했다.

"엄밀히 말하면 맞아. 하지만 네가 생각하는 그런 술은 아니야. 와인 같은 맛은 안 나지."

콘이 고개를 저었다. 놀랍게도 릴라는 카샤사에 손을 내밀었다.

"나중에 과학자가 되려면 실험해 봐야 하니까."

릴라가 코코넛 열매에 든 음료를 마셨다. 바카도 조금 마시려고 했지만 바로 저지당했다.

"토 맛이 나."

릴라는 몸서리쳤다.

"은혜를 모르는 아이들이군."

남자가 불평하고는 물고기의 배를 갈라 네 조각으로 나누었다.

"이걸 먹어라. 너희가 만든 충격적인 음식보다는 괜찮을 거다."

물고기는 따뜻하지 않았고 살이 통통하지도 않았지만, 예상치 못

한 훈제 고기 맛이 났다. 프레드는 두 입을 베어 먹고는 얼마나 남았는지 살펴보았다.

"피라냐야. 크기가 클수록 치킨 맛이 나지."

놀랍게도 남자는 이야기하고 싶어 하는 것 같았다. 남자가 이야기하며 팔을 크게 휘둘러서 콘도르의 가슴팍을 치기도 했고, 콘도르 머리 위로 카샤사를 떨어뜨리기도 했다.

"말해 봐. 어떤 것 같아?"

"콘드르요?"

콘이 의아하게 물었다. 마치 엄청나게 못생긴 갓난아이를 보고 어떤 것 같냐는 질문을 받은 사람처럼 당황한 목소리였다.

"음…… 멋지고, 또…… 본연의 냄새가 나요."

"도시 말이야, 정글이랑. 사람들은 이곳을 초록색 지옥이라고 했어. 알고 있나?"

프레드는 거대한 석조 도시와 머리 위로 높이 드리워진 덩굴 지붕을 바라보았다.

"여기에 단지 그랜드 피아노가 없다는 이유로 말이야. 참고로 내가 사람들이라고 할 때는 바보들이라는 뜻이야. 사람들은 코끼리 등에 피아노를 싣고 오곤 했어. 그리고 폭우에 찻잔이라도 깨지면 몹시 화를 냈어. 조금 더 불편하고, 야생적인 인생을 기꺼이 살 마음이 있다면 정글은 지옥보다 천국에 가까운데 말이지."

남자는 불평을 늘어놓고는 카샤사가 담긴 코코넛 열매를 새로 집어 들며 한숨 쉬었다. 남자의 눈가가 촉촉했다.

"첫눈에 반한 사랑을 이야기한 책이 많지. 첫눈에 반하는 사랑이란 단지 알아보는 것에 불과해. 그 사람으로 인해 내 심장이 뛴다는 걸, 순간 알아채는 거지. 연인이나 아이를 봤을 때 말이야. 하지만 이 공식은 다른 것에도 적용할 수 있어. 장소 또한 그렇지. 그게 내가 여기로 오게 된 이유야. 그리고 또 이곳이 보호되어야 하는 이유고."

남자가 살짝 풀린 눈으로 프레드를 쳐다보았다. 프레드는 시선을 피해 불을 보았다. 이곳은 확실히 마음속에 무언가를 불러일으켰다. 은은하게 퍼지는 빛, 태양, 녹음…… 사람들이 왜 이곳을 초록색 지옥이라고 하고, 시끄럽고, 끝도 없이 펼쳐져 있다고 느꼈는지 알 것 같았다. 하지만 프레드에게 정글과 도시는 이전에는 존재하는지도 몰랐던 내면의 무언가를 부르는 트럼펫 소리와도 같았다.

프레드의 표정이 골똘해졌다. 남자는 텅 빈 코코넛을 바닥에 내리쳤다.

"나는 알아. 넌 이곳을 사랑하게 된 거야! 그런데도 왜 이곳을 비밀로 해야 하는지 모른다니? 이렇게 아름다운 장소를 상대로 도박하는 것이 얼마나 미친 짓인지 어떻게 아직도 모를 수 있냐고!"

프레드는 망설였다. 하지만 여전히 도시를 비밀로 하고 싶지 않았다. 그건 불가능한 일이었다. 세상은 이곳의 아름다움을 알아야 했다. 교장 선생님은 의회에 연락해서 프레드를 영웅이라 치켜세울 것이다. 하지만 남자는 너무나 완고했다.

"넌 이해 못 해. 그저 재미나 인기를 위해 함부로 입을 놀리면 안된다는 것을 깨닫게 될 거다."

남자가 숨죽여 말했다. 그리고 갑자기 화제를 바꿨다.

"내 지도를 따라왔다고 했지? 그럼 벌 떼도 만났나?"

"네, 꿀을 좀 빌려서 먹었어요."

릴라는 남자에게 맥스가 원숭이와 개미와 벌을 관찰한 일을 말해 주었다. 남자는 고개를 끄덕였다.

"나도 같은 방법으로 꿀을 구했다. 벌과 동맹을 맺은 거지. 나는 벌링톤 아케이드(상점이 즐비한 런던의 거리)에 있는 가게에서 담배 주머니를 사곤 했어. 담배 없이는 정글에 오랫동안 있을 수 없었지. 재규어눈에 띌까 봐 많은 양을 가지고 다닐 수도 없었고. 그래서 담배 주머니를 강 곳곳에 놔둔 거야. 그건 그렇고, 내 돌고래들도 만났나?"

"네! 아저씨 돌고래인 줄은 몰랐어요."

프레드가 말했다.

"훌륭한 생명체야, 돌고래는. 이따금 정어리를 주곤 했어. 하지만그건 실수였던 것 같아. 이제 날 쉽게 믿어 버리거든. 쉽게 믿는 건위험한 일이야."

남자가 딸꾹질했다.

"그리고 한번은 불도 났어요. 정말 끔찍했죠. 머무르던 곳을 떠나서 X를 따라오는 데에는 정말 큰 용기가 필요했어요."

릴라가 말했다.

"바로 그거야."

남자가 단호하게 말하다 들고 있던 카샤사를 프레드의 무릎에 흘렸다. 프레드는 웃음을 꾹 참았다.

"위험을 감수해! 두려움이 어떤 느낌인지 알아내! 이곳에서 어떻게 움직여야 하는지 알아내! 하지만……"

남자는 카샤사를 마시기 위해 잠시 말을 멈췄다.

"하지만요?"

릴라가 물었다.

"다른 사람에게 인정받기 위해 위험을 감수해서는 안 된다는 것을 명심해."

프레드는 얼굴을 찡그렸다. 남자의 말이 교장 선생님의 훈화처럼 들렸다.

"그러다가는 재규어에게 쇄골을 내주는 비극을 맞이하지. 아무도 그렇게 되고 싶지 않을걸."

남자는 눈을 비비고는 아이들을 바라보았다.

"위험, 재규어. 기억할게요."

콘이 말했다.

"위험을 감수하고 무언가를 한 적이 한 번 있었지. 두 사람을 사랑했어. 아내하고 아이. 알고 있었나?"

"몰랐어요."

릴라가 부드럽게 대답하고는 프레드와 눈빛을 교환했다.

"그 도박에서 졌어. 가족을 잃었지. ······하지만 잘한 일이라고 생각해."

남자는 카샤사를 내려놓고 눈을 지그시 감았다 떴다.

"그때······"

릴라가 말을 꺼냈다.

"정말 바보처럼 사랑했어!"

남자가 갑자기 거칠게 내뱉었다.

"마치 어린아이처럼 사랑에 빠졌지. 아내 이름을 모스 부호로 연습했어. 그땐 어렸어. 사람들은 사랑이 무섭다는 것을 말해 주지 않아. 무지개나 나비보다는, 날아가는 용의 등에서 움직이는 일에 가깝지."

남자는 껄껄 웃었다.

프레드는 무슨 말을 해야 할지 망설였다. 남자의 얼굴에 선명히 드러난 고통을 위로하고 싶었다. 하지만 프레드가 어떤 말을 꺼내기도 전에 남자는 다시 카샤사를 마시기 시작했다. 단 두 모금에 코코넛 통이 비워졌다.

"쳐다보기만 할 거야? 아이들은 신나게 뛰어다니는 줄 알았는데.

가서 놀아!"

어떻게 해야 할까? 프레드는 아이들을 바라보았다. 팔과 무릎을 높이 들고 원이라도 그리며 뛰어야 하는 걸까? 하지만 이 상황에서는 적절하지 않은 것 같았다.

"즐겁게 뛰놀지는 못할 것 같아요."

"실망이군."

"술 취했어요?"

콘이 물었다.

"아니. ……아마도 세상이 취한 건지 모르지. 오늘따라 정글이 흐리게 보이는군."

남자는 어이없는 질문이라는 듯 트림을 꺽 내뱉으며 말했다.

"술이 독한가 봐요."

프레드가 말했다.

"무례하군. 난 돌려 말하는 걸 싫어해."

"죄송해요."

"그래, 나는 사람들이 조용히 하거나 미안하다고 할 때가 좋아."

"그런데 아저씨는……."

릴라가 말을 시작했지만 남자는 몸을 돌렸다.

"머리가 아프군. 이야기를 계속할 수가 없어. 이제 자야겠어."

남자가 돌바닥에 누워 눈을 감았다. 곧 자동차 소리 같은 소음이 가슴 어딘가에서 흘러나왔다. 아이들은 발끝으로 살금살금 걸어 돌 집으로 돌아갔다.

도시에 어둠이 짙게 깔리자 모기 떼가 날아들었다. 한 마리는 프레 드의 콧구멍 안을 물었다.

"모기를 쫓을 방법이 없을까?"

콘이 물었다.

"연기를 피우면 될지도 몰라. 엄마, 아빠랑 함께 일하던 사람들이 그렇게 했어."

릴라가 말했다.

"연기를 마시면 배가 덜 고파질 수도 있겠다."

콘이 말했다.

"해 보자."

프레드가 코를 긁으며 나뭇잎을 말아 입에 물었다. 릴라는 그 안을 잘게 부순 풀과 이끼로 채웠다. 콘이 불을 붙였다.

"담배랑 비슷해?"

릴라가 콜록거렸다.

"한 번도 피워 본 적이 없어. 담배에서도 이렇게 죽은 정원 냄새 가 나나?"

매캐한 연기가 프레드 눈에 들어갔다.

"그런 것 같아. 냄새는."

콘이 말했다.

"그렇다면 비슷한 것 같아."

프레드는 연기가 피어오르는 나뭇잎을 빈 달팽이 껍데기에 꽂아 두었다. 굳이 혀가 입 밖으로 나와 버릴 것 같은 경험을 계속할 이유는 없었다.

프레드는 구역질하며 침을 뱉는 두 여자아이를 바라보았다. 릴라와 콘처럼 침을 멀리 뱉는 여자아이는 처음이었다. 학교에 있는 남자아이들 같았다. 그만큼 연기의 맛은 강렬했다. 릴라와 콘은 마주 보고 빙그레 웃음 지었다.

특별한 밤이었다. 프레드는 잃어버린 아내와 아들을 이야기하던 남자가 자꾸만 떠올랐다. 나무와 짐승만 가득한 정글에 혼자인 남자. 하지만 지금은 남자만 외로운 것이 아니었다. 몸이 떨렸다.

무언가 발목을 건드렸다. 타란툴라인 줄 알고 깜짝 놀랐지만 잠든 콘의 손이었다. 프레드는 망설이다가 엄지손가락으로 콘의 손을 꾹 눌렀다.

'모두 괜찮을 거야. 다 잘될 거야.'

콘의 호흡이 고르게 변하면서 조용해졌다. 효과가 있는 것 같았다. 릴라는 잠꼬대를 중얼거렸다. 바카는 릴라의 긴 갈색 머리를 껴안고 있었다.

프레드는 아이들에게서 시선을 돌려 머리 위를 바라보았다. 덩굴 지붕에 뱀이 있는지 살펴보기 위해서였다. 프레드는 돌칼을 손에 꼭 쥐고 눈을 감았다.

밤낚시

남자는 해가 떠오르도록 코를 골며 잤다. 딱정벌레 한 마리가 남자 얼굴 위를 기어갔다.

가장 빨리 눈을 뜬 건 맥스였다. 맥스는 프레드의 정강이를 툭 차서 깨웠다. 그리고 온몸을 벅벅 긁으며 광장을 뛰어갔다.

맥스가 남자 위에 올라타 어깨를 흔들었다. 남자가 깜짝 놀라 일어났다. 프레드는 남자가 경고했던 '반사적 방어'가 떠올라 움찔했지만, 다행히 맥스를 부드럽게 쳐다볼 뿐이었다.

"이거 먹어도 돼요?"

맥스가 풀 한 줌을 들이댔다. 남자는 맥스를 바닥에 내려놓고는 모닥불 앞에 앉아 바람을 불기 시작했다.

"안 돼."

"뭔지 보지도 않았잖아요."

"먹어도 된다고 대답할 가능성은 거의 없어."

남자가 고개를 돌려 풀을 보았다.

"그건 독이 있어. 안 돼."

"확실하게 독이 있어요, 아니면 있을지도 몰라요?"

"확실하게."

"그럼 이거는요?"

맥스는 남자의 얼굴에 떨어진 딱정벌레를 집어 들었다.

"그건 먹어도 돼. 하지만 두 시간 지나 후회할 거야. 내 경험에 의하면, 살아 움직이는 건 먹지 않는 게 좋아."

남자가 딱정벌레를 가져갔다.

"배고파요. 그리고 그건 반쯤 죽은 것 같아요."

"난 단호하게 반대한다."

"무슨 말이에요?"

"절대 안 된다는 뜻이야."

"잉……."

맥스는 바닥에 등을 대고 누웠다. 울지 않았지만 얼굴이 창백하고 핼쑥했다. 맥스는 포르투갈어로 나지막이 노래하기 시작했다.

프레드는 나뭇잎에 내려앉은 이슬을 모아 얼굴을 씻고는 맥스를 살펴보았다. 깡마르고 광대뼈가 불거져 나왔다. 릴라가 애써 맥스를 돌보고 있었지만, 여전히 콧물이 줄줄 흐르고 눈썹은 먼지투성이였다.

남자도 허리를 굽혀 맥스를 살펴보았다. 얼굴에 알 수 없는 표정이 지나갔다. 눈빛이 밝아졌고 입이 꼭 닫혔다. 남자가 갑자기 일어나 부자연스러울 정도로 빠르게 말했다.

"왜 다들 앉아 있는 거지? 시간은 소중해. 마나우스로 갈 준비 안 할 거야?"

"하지만 어떻게요? 우리는 아무것도 몰라요."

콘이 울먹거리며 말하자, 릴라가 걱정스럽게 쳐다보았다.

"살고 싶으면 물고기 잡는 법을 익혀라. 나는 반년 동안 물고기만 먹으며 살았던 적도 있었다."

남자가 냉정하게 말했다.

"물고기요? 지금요?"

맥스의 얼굴이 밝아졌다.

"오늘 밤. 멀지 않은 곳에 작은 호수가 있어."

"하지만 나는 지금 배가 고파요!"

맥스가 떼를 썼다.

"어두워야 해. 그동안은 작살을 만들고."

"해 봤어요. 하지만 돌칼을 묶을 때 덩굴이 자꾸 끊어졌어요."

프레드가 얼굴에 붙은 모기를 찰싹 때리며 말했다.

"덩굴? 덩굴로는 작살을 못 만들어. 그건 박스 테이프로 증기 기관차를 만들려는 것과 같다. 바보 같기는. 창자를 써야 해. 새 내장 어디다 났어?"

콘이 정글을 가리켰다. 새의 내장과 남은 부분을 묻은 장소였다.

"다시 꺼내 와. 불 위에 말리면 끈이 된다. 다 만들기 전까지 귀찮게 하지 마."

남자는 그대로 광장을 가로질러 덩굴 장막 뒤로 사라졌다. 아이들은 이제 그런 남자의 행동이 익숙했다.

아이들은 창자를 다시 파냈다. 아름다운 장면은 아니었다. 며칠 묻혀 있었다고 해서 상태가 더 나아진 것도 아니었다. 콘은 코코넛 물로 창자를 씻었고, 릴라와 프레드는 반쯤 투명해진 창자를 자세히 바라보지 않으려고 애쓰면서 돌 위에 늘어놓았다.

맥스가 릴라의 다리를 잡아당겼다.

"누나! 이 소리 들었어?"

"무슨 소리?"

사방은 적막했고 나무 위에서 날벌레들이 날아다니는 소리만 들려왔다. 그때, 프레드가 재빨리 주위를 둘러보았다. 전에 들었던 고함 소리가 또다시 공기를 메웠다.

"덩굴 장막 뒤에서 나는 소리야. 가서 확인해 봐야겠어."

프레드가 말했다.

"안 돼. 방해하지 말라고 했잖아. 카이만의 발톱을 단추로 쓰는 사람 말은 듣는 게 좋을 것 같아."

콘이 말렸다.

"하지만 아저씨가 잡아먹히고 있으면 어떻게 해? 그래도 안 돼?"

"콘 말이 맞아."

릴라가 고개를 저으며 말했다. 콘이 놀라 돌아보았다.

"정말?"

"무슨 소리인지는 모르겠지만, 아저씨는 우리가 모르길 바라. 그리고 더 이상 아저씨를 화나게 해서는 안 돼. 작살이나 마저 만들자."

릴라는 단호한 얼굴을 하고 불가로 몸을 틀었다.

프레드는 마지못해 자리에 앉았다. 아침부터 찌는 듯이 더웠기 때문에 모두들 지독한 냄새를 풍겼다. 창자 속을 깨끗이 비우고 반복해서 열을 가하는 일이 마치 중세의 담금질처럼 느껴졌다.

"내가 생각한 낚시가 아니야. 할아버지들이 강가에 조용히 앉아 있는 장면을 생각했어. 강을 지키는 사람들처럼 말이야."

콘이 말했다.

프레드는 뭐라 대답하려 했지만, 창자에서 튀어 오른 뜨거운 액체가 입속으로 들어와 곧장 입을 다물어 버렸다.

손가락에서 고약한 내장 냄새가 사라지기는 할지 의문이 들었지만 해가 질 무렵, 날카로운 돌칼이 달린 긴 창이 완성되었다. 릴라의 창은 튼튼하고 곧았지만 옆에서 참견하던 바카 때문에 돌칼이 사라져 버렸다. 손재주가 좋은 콘의 창이 가장 깔끔했다.

프레드는 지독한 냄새를 풍기며 돌에 고인 빗물을 찾으러 다녔다. 팔에 묻은 기름 덩어리를 씻어 내기 위해서였다. 다시 돌집으로 향하는데 또 한 번 소리가 들려왔다.

프레드가 돌아오자, 남자는 돌바닥에 무릎을 꿇은 채 모자 위로 허리를 굽히고 있었다. 릴라는 남자 옆에 쪼그려 앉아 있었다.

"무릎과 팔꿈치 관절을 조심해야 한다. 나이에 비해 너무 약해."

남자가 낮은 목소리로 말했다.

"네, 바카가 움직일 때마다 느껴져요. 갈매기 뼈처럼 가벼워요."

릴라가 고개를 끄덕이며 모자 가까이 다가갔다.

"겨드랑이에 기생충이 있는지 확인하는 거 잊지 말고."

바카가 모자에서 나오려고 고개를 내밀었지만 어림없었다.

"엄살이 심한 나무늘보군. 물에 담그면 좀 나아질 거야. 팔을 잡고 있어 봐."

남자가 웃으며 무언가를 건넸다.

"이렇게요?"

물에서 건져 올린 바카는 물이 뚝뚝 흐르고 다리가 대롱거렸다.

"그래, 이번엔 위장에서 소리가 나는지 들어 봐."

릴라는 손가락으로 바카의 배를 쓰다듬으며 소리를 확인했다. 릴라의 집중한 눈이 한껏 찌푸려졌다.

"아무 소리도 안 나요."

바카는 털이 물에 딱 달라붙어 눈이 커졌다. 릴라 손에 붙잡힌 바카가 꽥 소리를 냈다.

"이제 말려 줘."

릴라는 재빨리 머리를 풀었다. 그러고는 허리춤까지 구불거리는 머리카락으로 바카를 부드럽게 닦아 주었다. 바카가 머리카락 사이에서 콧소리를 냈다. 프레드는 방 안에서 미소를 짓고 있는 콘을 바라보았다. 맥스는 콘의 무릎을 베고 반쯤 잠들어 있었다.

"수의학과에서도 이런 방법을 쓰는지 모르겠지만, 어쨌든 괜찮아진 것 같군."

남자의 입꼬리가 살짝 올라갔다.

드디어 태양이 석상 뒤로 저물었다. 남자는 무심결에 프레드와 눈이 마주쳤다. 남자가 친절한 자신이 부끄러운 듯 벌떡 일어나더니 다리 한쪽을 절뚝거리며 부산하게 움직였다.

"좋아, 갈 준비 됐나? 모두 횃불 하나씩 들어라. 불을 비추면 물고기 눈이 빨갛게 빛난다. 최대한 단단한 나무를 찾아라. 그렇지 않으면 너무 빨리 타 버리고 말아."

아이들은 각자 횃불을 들고 어두운 나무 사이를 일렬로 걸었다. 바카는 털이 살짝 덜 마른 채로 릴라의 셔츠 안에 숨어 있었다. 남자는 지체 없이 움직였다. 아이들은 나무뿌리에 발이 걸려 허둥지둥하면서 뒤를 따랐다. 프레드는 나뭇가지에 얼굴을 맞거나 자신이 든 횃불로 나뭇잎을 그을리기도 했다. 다행히 나뭇잎이 무척 싱싱했기 때문에 불이 옮겨붙지는 않았다.

"정글을 태우려고 하지 마."

남자가 돌아보지 않고 말했다.

프레드는 더 이상 어둠이 두렵지 않아 놀라웠다. 여전히 긴장은 됐지만 칠흑같이 어두운 나무 그림자는 예전처럼 공포스럽지 않았다. 눈은 어둠에 천천히 익숙해지기 때문에 나무 그림자라는 걸 바로 알아차리지 못할 뿐임을 알았다.

"이곳엔 개미집이 곳곳에 있어. 대부분 위험하지 않지만 총알개미는 조심해라. 될 수 있으면 건드리지 않는 게 좋아. 자다가 총알개미 떼의 공격을 받은 적이 있는데, 온몸에 수포가 올라왔지."

남자가 말했다.

"아이고."

"그렇지, 의지가 꺾이는 소리지."

처음 가 본 북서쪽은 내리막 경사가 꽤 심했다. 프레드는 발을 두 번이나 헛딛고는 나무둥치까지 미끄러졌다. 맥스도 넘어져 진흙을 잔뜩 먹었다. 그래서 모두는 맥스가 비명을 멈추고 다시 걸을 수 있을 때까지 잠시 기다려야 했다. 릴라는 맥스을 다독였지만, 남자는 얼굴을 잔뜩 찌푸리고 괜히 쇠똥구리가 있는지 땅을 살폈다.

호수는 생각보다 컸다. 나무들은 물에 뿌리가 잠긴 채였다. 남자가 신발을 벗고 무릎 깊이까지 들어갔다.

"얼른 들어와. 뭘 망설이고 있어?"

프레드는 이빨을 가진 동물이 없기를 바라며 남자를 따라 물속으로 들어갔다. 횃불은 호수 바닥까지 밝혔다. 하지만 횃불 주위 외에는 칠흑같이 어두웠다. 불에 비친 빨간 눈동자 두 쌍이 물속을 돌아다니자, 맥스가 낄낄거렸다.

"눈이 클수록 몸체도 크다. 천천히 다가가. 횃불을 물 가까이 들고 창을 최대한 천천히 물속으로 집어넣어. 그리고 때를 기다리다가 확 찌르는 거야. 자기 발을 찌르지 않도록 조심해라. 이제 흩어져서 해 봐."

릴라와 콘이 자신 없는 눈으로 서로를 바라보았다. 둘은 호수 가운데로 들어갔지만 흩어지지는 않았다. 어둠 속에서 숨소리가 들려왔다. 확실하지는 않았지만, 프레드는 둘이 손을 잡고 있다고 생각했다.

"고기를 잡자!"

맥스가 손을 뻗어 프레드의 손을 잡았다. 손바닥이 따뜻하고 축축했다.

프레드는 창의 각도를 조절하면서 횃불을 얼굴에서 멀리하느라 허둥거렸다.

"내 머리를 태우지 않고 들고 있을 수 있어?"

"아마도."

맥스가 횃불을 건네받았다.

생각보다 까다롭고 어려운 작업이었다. 창이 너무 가늘고 제멋대로 튕기는 탓에 물 가까이 겨냥할 때마다 물고기가 도망쳤다.

맥스가 모기 떼 때문에 재채기하면서 횃불을 크게 흔들었다.

"맥스! 내가 횃불을 드는 게 낫겠다."

"안 돼, 안 돼, 안 돼! 이건 내 거야. 이제 조심할게."

그때 창이 프레드 바로 옆을 휙 지나가 호수 바닥에 꽂혔다. 창대가 물 밖에서 진동했다. 프레드는 펄쩍 뛰었다. 깜짝 놀란 맥스가 소리를 지르고 다리에 매달린 탓에 둘이 함께 뒤로 넘어졌다. 횃불은 물에 잠겨 꺼졌다. 프레드가 일어나서 물을 뱉고는 맥스를 살폈다. 어느새 다가온 남자가 한 손으로 맥스를 안고 똑바로 세웠다.

"괜찮아?"

프레드가 물었다.

"홀딱 젖었어. 젖고 싶지 않았는데."

맥스가 흐느꼈다.

"다른 곳은 괜찮아?"

맥스는 울어야 할지 말아야 할지 잠시 머뭇거리다가 대답했다.

"팬티가 축축해. 하지만 괜찮아."

남자가 바닥에 던진 창을 뽑아내 맥스에게 보여 주었다. 창끝에는 남자의 허벅지만 한 물고기가 달려 있었다.

"좋아! 아침밥이다. 프레드, 여기로 와서 어떻게 하는지 배워라. 맥스, 넌 호수 밖으로 가서 고기를 지키고 있어. 여기, 횃불을 주마."

남자는 가장 가까운 나무에서 가지 하나를 꺾어 불을 붙이고 맥스에게 건넸다.

"아름답지 않니?"

"맥스를 혼자 둬도 괜찮을까요? 뭔가를 주워 먹으려고 할 텐데."

프레드의 말에 남자가 맥스를 향해 말했다.

"얘야, 불을 먹진 마라. 그러면 저세상으로 가게 될 거야. 알았지?"

"네."

맥스가 물고기 냄새를 킁킁 맡으며 말했다.

"봤지? 잘 알아들었어. 가자."

프레드가 셔츠에서 물을 짜내고 남자 옆에 섰다. 남자는 기분이 좋아 보였다. 프레드는 위험을 무릅쓰고 질문을 던졌다.

"아저씨는 숲에서……."

"뭐라고?"

남자는 더 깊이 들어갔다. 허벅지 높이까지 물이 찰랑거렸다. 프레드도 따라 들어갔다. 거의 허리까지 물이 찼다.

"숲에서 뭘 해요? 종일 나갔다가 사냥감 없이 그냥 들어오기도 하잖아요."

남자는 꽤 오랫동안 대답 대신 조용히 서서 호수를 지켜보았다. 숨을 쉬고는 있는지 궁금할 정도였다.

"여기, 보여?"

남자가 흐린 물속을 가리켰다. 물에 뜬 나뭇잎과 달 그림자 외에는 아무것도 보이지 않았다. 하지만 남자 팔이 재빨리 움직였다. 눈 깜짝할 새 창끝에서 기다란 물고기가 펄떡거리고 있었다.

"바라쿠타(남아메리카의 민물에서만 발견되는 길쭉한 물고기)야. 가시가 많지만 맛있어."

남자는 주머니에서 긴 노끈을 꺼냈다. 그리고 끈에 달린 뾰족한 돌로 물고기를 꿰었다.

"낮 동안 무얼 하냐고 물었지? 내가 망가뜨린 것들을 고친다."

하지만 남자는 이내 화제를 바꾸어 버렸다.

"자, 내가 물고기를 어떻게 잡는지 봐. 창을 엄지손가락 높이보다 낮게 들고 있다가 확 찔러야 해."

프레드가 몸을 구부리고 섰다. 빨간 눈이 어둠 속에서 빛나자 창을 던졌다. 프레드는 돌과 나뭇잎을 여러 번, 그리고 자신의 발목을 한 번 찌른 뒤에야 물고기를 잡을 수 있었다. 창이 지느러미를 관통한 탓에 물고기가 느려져 잽싸게 다시 찔렀다.

"저도 잡은 것 같아요."

프레드는 창을 횃불 가까이 올렸다. 크지는 않지만 어쨌든 물고기였다.

"울프피시야. 이곳에서는 트라이라라고 부르기도 하지. 주머니에 넣어 둬."

프레드는 물고기 이름이 우스꽝스럽다고 생각하며 물고기를 주머니에 넣었다. 울프피시의 눈이 체육관 관리인의 눈처럼 빛났다.

"뭘 고치고 있어요?"

프레드가 손에 묻은 물고기의 피를 씻어 내고는 태연하게 다시 물었다.

남자는 더 깊은 곳으로 들어갔다. 허리 높이였다. 어둠 속에서 말하는 쪽이 편한 듯 보였다.

"나는 정찰하는 임무였지. 아래쪽에 살아 있는 것이 있는지 살피면서 말이야. 그러다 어느 날 엔진이 고장 나고 말았어. 덩굴 지붕에 부딪혔지. 불이 나서 나무가 많이 타 버렸어."

"비행기는 어떻게 됐어요?"

남자가 눈을 깜빡거리며 창으로 수초를 휘저었다.

"그래서 지붕에 구멍이 생긴 거예요?"

프레드는 다시 물었다.

"그래. 덩굴 지붕이 있는 데에는 이유가 있어. 도시를 지은 사람은 나뭇잎이 서로 얽히도록 나무를 심었어. 그 위에 덩굴이 얽혀 자랐고. 그래서 위에서는 도시가 보이지 않아. 산꼭대기에 서도 끝없는

262

숲만 보일 뿐이지."

"언제 만들어진 곳이에요?"

"글쎄, 도시가 정글 가운데 숨어 있어서 정확한 시기를 추측하기 어려워. 100년 혹은 그 이상일 거야. 도시를 숨긴 나무들이 자라기까지 적어도 50년에서 100년 정도는 걸렸을 테니까. 나는 불에 탄 나무들을 잘라 내고 같은 위치에 새 나무를 심으려 해."

"봤어요. 그래서 광장에 새 묘목이 많았던 거군요."

"그래. 하지만 알다시피 톱 없이 나무를 들어내는 건 쉽지 않고, 나무들이 다 자라기까지는 시간이 걸리지. 그래서 야자나무 잎과 덩굴로 구멍난 지붕을 메우고 있어. 도시를 안전하게 가릴 수 있게."

"그게 아저씨가 낮에 도시를 떠나서 하는 일인가요?"

"그래. 더딘 작업이지."

남자가 창을 찔러 물고기를 건져 올리고 노끈에 꿰었다. 횃불에 손에 난 상처가 비쳤다.

"한 달에 일정량씩 고치고 있어. 그래서 나무에서 자주 떨어지지. 나중에는 완전한 초록 지붕이 도시를 지켜 주게 될 거야."

"하지만 뭐로부터 지킨다는 거죠?"

"하늘에서 땅을 조사하는 사람들로부터. 황금의 땅을 찾으려는 사람들로부터. 이런 곳에서 돌을 가져다가 예쁘게 포장해서는, 첼시(영국 남서부 지역)의 부자들에게 버스 기사 연봉쯤 되는 가격에 팔고자

하는 사람들로부터. 그리고 나 같은 사람들로부터."

남자는 간단하게 답했다.

"아저씨요? 아저씨는 이곳을 살리고 있잖아요."

"아니, 내가 저지른 일을 바로잡을 뿐이지. 하지만 하늘은 내가 젊은 시절 무슨 짓을 저질렀는지 알 거다. 나는 내 이름이 〈타임스〉지 앞면에 대문자로 실리기를 간절히 원하던 사람이었거든."

남자가 프레드의 옆얼굴을 흘끗 보았다. 프레드는 불편한 듯 몸을 움직이고는 물을 노려보았다. 프레드의 얼굴이 붉게 달아오른 것은 횃불 때문만이 아니었다.

남자는 다시 창을 찔러 넣었다. 이번에 잡힌 물고기는 맹렬히 몸부림쳤기 때문에 신발로 때려 기절시켜야 했다.

"유럽인들은 정글에 이런 도시를 세우는 건 불가능하다고 했어. 다른 지역의 문명을 믿지 않았거든. 인정하려 들지 않았지. 정글을 그저 불편하고 척박한 가짜 천국이라 여겼어."

남자는 말을 잠시 멈추고는 끈에 꿰인 물고기를 바라보았다.

"유럽인들이 만난 부족은 수가 적었어. 몇 안 되는 인원으로 이런 멋진 도시를 세울 수 없을 거라고 생각했지. 하지만 강 주변에서 만난 부족이 적은 이유는 유럽 사람들이 가져온 병균과 질병으로 많은 사람들이 죽었기 때문이야. 홍역, 인플루엔자 말이야. 나는 그런 상황을 많이 봤어. 이제 여긴 나 같은 사람은 더 이상 필요하지 않야."

남자의 깊은 분노가 목과 팔을 붉게 물들였다. 프레드는 미동도 하지 않고 남자의 말을 듣고 있었다. 지금까지 들었던 어떤 이야기보다도 듣기 힘들었다.

"내 아내는 정글의 한 마을에서 태어나 숨 쉬며 살고 있었어. 우리는 스무 살이 갓 넘은 어린 나이였지. 하지만 아들이 태어나고 아내가 홍역으로 죽었어. 영국인들에게 옮은 병이었어. 그들은 아마추어 탐험대였지."

남자의 목소리에는 아무 감정도 실려 있지 않았다.

"아들은요? 아들은 어떻게 됐어요?"

"네 살이 되기 일주일 전에 죽었어. 콜레라로. ……한때 이 땅에 수백만 명이 살았어. 이제 세상이 알게 될 거야. 세상이 땅을 평가하는 만큼 사람들도 가치 있게 평가하는 날이 올 거고. 어쨌든 지금은 탐험가 모자를 쓰고 정글을 활보하는 사람들은 필요 없어."

남자는 어둠 속에 우두커니 서서 걸었던 길을 되돌아보았다.

"도시를 찾아오는 사람들뿐 아니라 도시 자체도 안전하지 않을 거야."

프레드는 피가 평소보다 빨리 흐르는 기분이었다. 남자의 맹렬하면서도 공허한 눈빛을 멈추게 할 말을 하고 싶었지만 목소리가 나오지 않았다.

남자는 아무것도 보이지 않는 물속으로 다시 창을 찔러 넣었지만 이번에는 실패했다. 그 여파로 남자의 손이 떨렸다.

"도시를 비밀로 해 주기를 다시 요청할게. 온 마음을 다해 간절히 부탁한다."

프레드는 어둠 때문에 남자의 얼굴을 볼 수 없고, 남자도 자신의 얼굴을 볼 수 없어서 다행이라고 생각했다.

"말하지 않겠다고 맹세할게요."

프레드는 어떻게 하면 진심이라는 것을 확인시켜 줄 수 있을지 생각했다.

"아무에게도 말하지 않을게요. 맹세해요!"

프레드는 더 크게 외쳤다.

남자가 고개를 숙였다.

"고맙구나, 프레드!"

"전에는 이해하지 못했어요. 그냥 간단한 일이라고 생각했거든요."

"아주 특별한 일들은 오히려 간단해."

"하지만 말해 준 내용이 사실이고, 확실하다면요."

"나는 감히 내가 확실하다고 말하지 않아. 하지만 내가 옳다고 믿는다. 맹세할 수 있을 만큼 믿어."

"그럼 저도 맹세해요."

남자가 한숨을 내쉬었다. 풀리지 않을 것처럼 깊은 한숨이었다.

"고맙다."

"제가 비밀을 지키지 않는다면 저를 죽여도 좋아요. 다른 아이들에게도 설명할게요. 아저씨에 대한 이야기는 빼고요."

"프레드, 너는 나의 탐험가다. 이 호칭을 나누고 싶지는 않지만 말이야."

프레드는 펄쩍 뛰었다.

그때 맥스가 호수 안으로 텀벙거리며 들어왔다. 물이 갈비뼈 높이까지 찼다. 맥스는 여전히 횃불을 든 채 남자 뒤에 서서 다리를 안으려고 했다. 남자가 뒤돌아보다가 깜짝 놀랐다.

"깜짝이야! 횃불을 들고 있을 때에는 애정 표현을 하지 않는 게 좋아, 꼬마야."

남자는 무뚝뚝하게 말하며 맥스의 머리를 헝클었다.

맥스는 낄낄 웃고는 물고기를 주제로 지어낸 노래를 흥얼거리며 릴라와 콘에게 다가갔다.

"여기. 내 걸로 해 봐. 더 가벼워."

남자가 프레드에게 창을 건넸다.

"그러면 아저씨는 뭘로 잡아요?"

"사실 난 창이 필요 없어."

남자가 몸을 잔뜩 수그리고 팔을 낮췄다. 한 손이 잽싸게 물속으로 들어가더니 잠시 허우적거리다 팔뚝만 한 물고기를 잡아 올렸다.

손안에서 요동치는 물고기 비늘이 달빛에 빛났다.

"이렇게 해서 안 좋은 점은 하나야. 피라냐가 잡힐 때. 그건 좀 곤란하거든."

"아저씨가 제 아버지였으면 좋겠어요."

프레드는 숨이 막힐 듯한 아버지와 집을 떠올렸다. 그리고 아주 조그맣게 속삭였다. 남자가 눈썹을 치켜세우고 돌아보았다.

"나는 그러지 않으면 좋겠는데. 난 그만큼 능력 있지 않아. 그리고 프레드, 아버지의 다른 면을 보고 놀라게 될 수도 있어. 아버지란 그렇지. 네가 예상치도 못한 모습일걸."

"글쎄요, 저는 그래서 도시에 대해 말하고 싶었어요. 그러면 아버지가 저를 자랑스러워할 거라고 생각했거든요."

프레드는 어둠 덕분에 편하게 말할 수 있었다.

"네 아버지가 이미 너를 매우 자랑스러워하고 있다고 확신한다."

남자는 한 귀로 듣고 한 귀로 흘리며 물을 보고 있었다.

"아니요, 아주 단순한 일이에요. 엄마가 저를 가지지 않았더라면, 엄마는⋯⋯."

"그렇지 않아, 프레드. 그런 말은 그만두렴. 그리고 그런 생각은 잊어버려. 인생에 단순한 건 없어. 하지만 또 복잡하게 생각하면 끝도 없지."

남자가 프레드와 마주 보았다. 프레드는 남자에게 실망했다.

"어른들은 늘 그렇게 말하죠."

프레드가 한숨 쉬었다.

"그게 사실이니까. 세상은 인간의 상상력 안에 다 담을 수 없어. 어떻게 그리 간단할 수 있겠니."

남자가 몸을 숙였다. 몸이 컴컴한 물속으로 사라졌다가 장어처럼 기다란 물고기를 들고 올라왔다. 그리고 아무 일도 일어나지 않은 것처럼 말을 이었다.

"사람은 사랑에 뒤따르는 책임을 사랑하면서 동시에 그걸 두려워해. 비밀은 이기적이면서 필요한 때가 있지. 그러니까 진실은 정글처럼 여러 면을 가지고 있는 거란다."

남자가 다시 몸을 숙이려고 하다가 갑자기 굳어 버렸다. 남자는 목소리를 높이지 않고 말했다.

"맥스, 프레드, 콘, 릴라, 물 밖으로 나가. 어서!"

프레드는 주위를 둘러보았다.

"왜요?"

"나가!"

남자의 목소리가 커졌다.

콘과 릴라가 첨벙거리며 다가왔다.

"무슨 일이에요?"

"빨리 움직여!"

남자는 호수를 전력 질주했다. 횃불을 물에 던져 버리고는 한쪽 다리를 질질 끌면서 맥스의 허리를 붙잡고 허둥지둥 뭍으로 나갔다. 프레드는 남자를 쫓아가다가 나무뿌리에 발이 걸렸다. 릴라는 진흙에 발이 빠진 콘을 잡아당겼다.

남자가 급하게 맥스를 땅에 내려놓다가 맥스 머리가 먼저 바닥에 닿을 뻔했다. 다행히 비명을 지르기 전에 릴라가 안아 들었다. 남자는 창을 들고 호수를 바라보았다.

"우리가 무슨 잘못이라도 했나요?"

콘이 물었다.

"아니, 그렇지 않아."

남자의 목소리가 다시 차분해졌다.

"그럼 뭐예요?"

"저 눈 보이나? 호수 저편에서 빛나는 붉은 눈. 물고기처럼 보이지만……."

"제가 생각한 그것인가요?"

릴라가 마른침을 삼키고는 날카로운 눈빛으로 바라보았다. 프레드에게는 그저 붉은 빛과 회색 형체가 보일 뿐이었다.

"카이만. 나이가 많아서 2미터가 훨씬 넘을 거다. 너희에게 관심은 없겠지만."

"물린 적이 있어요?"

콘이 물었다.

"몇 번. 가자, 빨리 이곳을 떠나는 게 좋겠어. 너희 셋은 나를 따라와. 내가 디딘 곳에만 발을 디뎌라."

남자가 맥스를 어깨에 휙 걸치며 말했다. 맥스는 등에 거꾸로 매달려 남자의 주머니를 뒤졌다.

"프레드 형, 형한테 할 말이 있어."

맥스가 속삭였다.

"뭔데?"

"기다리는 동안 아저씨 물고기를 조금 먹었어. 배가 고팠거든. 괜찮을까?"

맥스가 손때 묻은 물고기를 들고 물었다.

"응. 나라면 안 먹었겠지만, 생선은 날것으로 먹기도 하잖아. 걱정 안 해도 될 거야."

프레드는 걱정하는 맥스에게 최대한 진지한 척 대답했다.

"죽진 않겠지?"

"응. 내 생각에 우리는 모두 안전해. 지금은 말이야."

갑자기 남자가 몸을 돌리는 바람에 맥스 머리가 나무에 부딪힐 뻔했다.

"그래, 위험하지만 안전하지. 죽을 수도 있지만 주의를 기울이면 안전할 수 있다는 이야기야. 나는 꼭 이런 말을 할 때 연설가처럼 말하는군.”

남자는 아이들을 보며 고개를 흔들었다. 하지만 남자는 연설가와 전혀 비슷하지 않았다. 그들이 카이만의 이빨을 옷에 달지 않지는 않으니까.

“다들 이거 봤나?”

남자가 횃불을 높이 들어 나무 위에서 자고 있는 새를 비쳤다.

“여기가 정글이라고 탐험가가 될 필요는 없어. 사실 모든 사람은 이미 탐험가지. 탐험이란 그저 주의를 기울이는 거야. 세상을 열린 눈으로 바라보고 관찰하는 거지. 너희가 깨어 있다면 그걸로 된 거다.”

남자는 아이들을 차례로 바라보았다. 이번만은 눈빛이 사납지 않았다.

“관심에 대해서 이야기하니 말인데……. 릴라, 나무늘보가 네 머리카락을 먹으려고 하고 있어. 정말 먹는다면 소화 불량에 걸리게 될 거다.”

남자가 걷는 동안 맥스의 가는 갈비뼈가 척추에 부딪혔다.

모두는 그렇게 도시로 돌아갔다.

맹세

그날 밤, 아무도 잠들고 싶어 하지 않았다. 아이들은 불가에 앉아 물고기가 지글지글 익을 때까지 구웠다. 프레드는 릴라와 콘에게 덩굴 지붕과, 남자가 도시를 보호하기 위해 매일 작업하고 있다는 사실을 말해 주었다.

"우리가 무슨 일이 있어도 비밀을 지킬 거라고 증명해야 해."

콘이 말했다.

"아저씨가 우리를 믿지 않을 거라 생각해?"

릴라가 물었다. 바카는 릴라의 무릎 위에 누워 코를 골고 누워 있고, 맥스는 발치에서 눈을 감고 있었다.

"그런 건 아닌데, 누군가를 쉽게 믿는 타입은 아닌 것 같아."

"좋은 생각이야. 어떻게 증명할 수 있을까?"

프레드가 물었다.

"맹세하는 거야. 책에서 하는 것처럼 피로 서약하자."

릴라가 말했다.

"더 대단한 거였으면 좋겠어. 뭔가 영원히 계속되는 거."

콘이 덩굴 지붕을 올려다보며 말했다. 덩굴 사이사이로 별빛이 반짝였다.

"그래, 흔적을 남기자. 문신처럼!"

릴라가 벌떡 일어나는 바람에 바카가 잠에서 깼다.

"하지만 잉크가 없는데."

프레드가 말했다.

"아저씨는 있어. 나무를 주으러 가다가 봤거든. 가장 소중한 물건이라서 자는 동안 해먹 아래 둔다고 했어."

콘의 말에 잠시 침묵이 흘렀다.

"그렇게 소중히 여기는 물건을 훔칠 수 있을까? 아저씨는 칼을 가지고 자는데."

프레드가 말했다.

"내가 할게!"

콘은 영원한 맹세에 흥분한 나머지 대담해졌다. 바카마저 놀란 얼굴이었다.

"콘, 미쳤어?"

릴라가 말했다.

하지만 콘은 이미 자리에 없었다. 몸을 반쯤 굽히고 스스로를 달

274

래며 광장을 살금살금 달려가고 있었다. 프레드와 릴라가 놀라운 눈으로 서로를 쳐다보았다.

5분 뒤, 콘이 잉크를 가지고 돌아왔다.

"해냈어!"

"정말 훔친 거야?"

릴라가 감탄했다.

"응, 약간!"

콘의 얼굴이 승리의 기쁨으로 붉어졌다.

"약간?"

프레드가 물었다.

"아저씨가 비몽사몽한 상태였어. 소중한 거니까 쏟으면 내 머리를 뱀에게 던져 줄 거래. 정말 훔치다 들켰다면 이미 내 머리는 뱀에게 있었겠지."

프레드가 빙긋 웃었다.

"그러면 어떤 문신을 새길까?"

"음, '맹세합니다.'라고 쓸까?"

릴라가 물었다.

"너무 복잡해. 망치고 말걸."

콘이 말했다.

"아니면 X는 어때? 지도에 있던 표시처럼."

"맘에 들어."

모두 프레드 제안에 동의했다. 콘이 고개를 끄덕이고 돌칼로 펜나이프 끝을 날카롭게 갈았다. 릴라는 칼을 불에 달궈 소독했다.

"누가 먼저 할 거야?"

릴라가 물었다.

돌칼로 깎은 듯한 날카로운 침묵이 이어졌다.

"내가 할게."

프레드는 손을 떨지 않으려고 노력했다. 스스로 피부에 상처를 내는 일은 생각했던 것보다 어려웠다. 하지만 곧 엄지손가락 안쪽 아래에 가는 선을 그었다.

"아파?"

콘이 걱정스럽게 물었다.

"조금. 심하지는 않아."

프레드가 두 번째 선을 긋고는 피가 나는 상처를 꾹 눌렀다.

"어떻게 잉크를 넣지?"

"그냥 한 방울 떨어뜨리면 될 것 같아."

릴라가 말했다.

잉크가 따끔거려서 프레드는 이를 악물었다. 릴라와 콘은 재빨리 눈을 돌렸다.

"다 됐다."

프레드가 불빛에 손을 비추자, 잉크와 피로 새겨진 작은 X가 보였다.

다음엔 릴라가 나섰다. 잉크를 떨어뜨릴 때 얼굴을 찡그렸지만 아무 말도 하지 않았다. 콘은 완벽한 X를 새기기 위해 시간이 더 오래 걸렸다.

"영원히 지워지지 않는다면 삐뚤삐뚤하게 하고 싶지 않아."

콘이 손에 잉크를 문지르며 말했다.

그때 맥스가 갑자기 벌떡 일어났다.

"나도 할래!"

"맥스, 자는 줄 알았는데!"

릴라가 말했다.

"자는 척한 거야."

"쉿, 맥스. 얼른 자."

"나도 비밀 맹세하고 싶어. 나도 할 거야!"

"안 돼, 절대 안 돼. 아파서 울걸. 그러면 아저씨가 깰 거고. 또 엄마랑 아빠가 나를 죽이려 들 거야."

"안 울 거야!"

"울걸."

콘이 말했다.

"하지만 내 비밀이기도 하잖아. 내가 비밀을 지키길 바란다면 나도

하게 해 줘."

프레드와 릴라와 콘은 서로를 바라보았다. 릴라가 한숨 쉬며 펜나이프를 들었다.

맥스는 울지 않기 위해 눈과 입을 꼭 다물고 발을 동동거렸다. 마침내 잉크가 떨어졌다. 눈물이 얼굴 위로 흘러내렸지만 소리는 내지 않았다.

"그럼 이제 맹세할까? 뭐라고 해야 되지?"

콘이 물었다.

"프레드, 네가 해. 네가 제일 나이가 많잖아."

릴라 말에 프레드가 약간 당황하며 웃었다.

"우리는 맹세한다……."

"잠깐만! ……좋아, 시작해."

콘이 모닥불에 나뭇가지를 더 넣었다. 불꽃이 하늘로 피어올랐다.

"우리는 이 장소를 비밀에 부칠 것을 맹세한다. 세상이 알아도 안전할 때까지, 혹은 죽을 때까지. 둘 중 어떤 일이 먼저이든 간에."

"나는 맹세한다. 우리가 먼저 죽을 가능성이 크겠지만."

콘이 엄숙하게 말했다. 하지만 입꼬리는 올라가 있었다.

"나는 맹세한다, 영원히."

릴라가 말했다.

"맹세한다. 여긴 내 도시야. 아무도 나눠 가질 수 없어."

맥스도 따라 했다. 그러고는 X를 자랑스럽게 내려다보았다.

콘은 릴라를 보았고, 릴라는 프레드를 보았다. 셋은 맥스 머리 위로 미소를 나누었다.

정글 학교

　다음 날은 목요일이었다. 비행기 사고 이후 12일이 지났다. 프레드는 비행기가 불타는 악몽에 시달리다 깨어났다. 콘도르가 뒤통수를 쪼아 대고 있었다. 콘도르는 프레드를 마치 게으름뱅이 보듯 못마땅하게 쳐다보았다.

　"이 녀석이."

　밖에서 휘파람 소리가 들리자, 콘도르는 돌집을 뒤뚱거리며 나갔다. 프레드도 뒤따랐다.

　"착하지."

　남자는 머리가 붉게 벗어진 콘도르를 강아지마냥 쓰다듬었다. 돌집 밖으로 동이 트고 있었다.

　"다른 아이들도 깨워라."

　"이제 겨우 아침인데요. 맥스는 일찍 깨우면 오줌을 누겠다고 위협해요."

프레드가 마지못해 말했다.

"어쨌든 깨워. 오줌을 무기로 삼든 말든 그냥 놔둬. 살아남으려면 뭘 더 알아야 하는지 기본적인 기술을 알려 주지. 난 오늘 늦게까지 일해야 하기 때문에 지금밖에 시간이 없다."

남자가 프레드 손에 새겨진 X를 힐끗 보았다. 아무 말도 없었지만, 프레드는 남자의 왼쪽 얼굴이 살짝 웃었다고 생각했다.

"일어나! 정글 학교가 개학했어."

세 아이들이 눈을 비비며 일어났다.

"무사히 집에 가려면 강과 땅 모두를 잘 알아야 해. 너희가 알고 있는 걸 말해 봐."

남자가 그릇에 고기를 한 덩어리씩 나눠 주며 말했다.

프레드는 고기를 최대한 천천히 씹었다. 새나 물고기일 거라 생각했지만 정확히는 알 수 없었다.

"강이라면 이미 잘 알아요. 뗏목을 타고 왔거든요."

콘이 자랑스럽게 말했다.

"설명해 봐."

"프레드가 만들었어요. 뗏목을 만들자고 강력하게 주장했죠."

콘이 프레드를 보고 빙긋 웃었다. 모기 물린 자국으로 뒤덮인 얼굴이었지만 환한 미소였다.

"뭘로 만들었니?"

남자가 프레드에게 물었다.

프레드는 최대한 겸손하게 설명했다.

"설계를 잘한 것 같군."

프레드 얼굴이 달아올랐다.

"나도 첫 탐험 때, 너희와 비슷한 뗏목을 사용했어. 더그아웃 카누 (통나무의 속을 파내어 만든 카누)보다 좋지는 않지만 더 빨리 만들 수 있었으니까."

"뭘 찾기 위한 탐험이었어요?"

프레드가 물었다.

"여러 가지. 마나우스에서 사람들과 함께 왔는데, 어떤 사람들은 도시를 찾아다녔고, 어떤 사람들은 새로운 약을 찾아다녔지. 나는 그냥 새로운 세상이 보고 싶었어. 우리는 순진했고 미숙했지. 두 사람이 죽었어. 하지만 그때가 좋았어."

남자가 흙 위에 지도를 그리기 시작했다.

"이쪽으로 가. 급류 끝을 지나가야 해. 물이 얼굴까지 튀겠지만, 말을 타듯 뗏목을 물의 흐름에 맡겨. 내가 노로 사용했던 대나무 막대는 갑자기 휙 움직이거나 갈비뼈를 찌르지 않았지. 인생에서 가장 행복한 순간이었어."

남자가 고기 한 덩어리씩을 더 건넸다. 맥스는 놀라서 눈을 크게 떴고 콘은 입을 잠시 벌렸다가 다물었다.

"너희는 내가 떠났던 여정의 일부를 가게 될 거야. 물거품과 바위 때문에 평탄치 않을 거다. 공중에 몸이 높이 뜨게 될 수도 있어. 만일 누군가 강에 빠져 뗏목을 붙잡으면, 급류에서는 배가 뒤집히지."

"정말요? 그러면 어떻게……."

"가장 훌륭한 방법은 그냥 가라앉는 거지."

"아……."

릴라와 프레드가 동시에 말했다.

"또 뭐가 있죠?"

콘이 물었다.

"이건 너희가 반드시 준비해야 할 것들이야. 펜 있나?"

릴라가 펜 대신 부싯돌을 꺼냈다.

"너희는 이 지점에서부터 80킬로미터 정도 떨어진 숲속에 가게 될 거다. 거기엔 벌이 있는데, 달고 축축한 것을 좋아해서 동공에 들어가지. 그래서 사람들은 동공핥기라고도 불러. 받아 적으렴."

"동공핥기."

릴라가 회색 돌판에 부싯돌로 새겼다. 공포심이라곤 전혀 없이 집중했다. 바카는 릴라의 정수리에 자리를 잡고 앉았다. 호기심이 많은 둘이었다.

"가장 좋은 건 망으로 눈을 살짝 가리는 거야."

"망을 만들 수 있어요?"

프레드가 물었다.

"좋은 질문이다. 그건 여기서 만들 수 없는, 몇 안 되는 물건이야."

프레드는 망이 무엇과 가장 비슷하게 생겼는지 고민했다.

"그러면…… 뱀 가죽에 구멍을 내면 안 되나요?"

"그렇게도 할 수 있지. 나쁜 아이디어는 아니지만 이 지역에서 뱀 가죽을 찾기는 힘들어. 콘도르가 죄다 먹어 버려서. 자, 나에게 모기 망이 하나 있다. 내가 가진 것 중 가장 귀한 물건이지. 네 조각으로 잘라 얼굴에 쓰고 덩굴로 묶어라."

"감사합니다!"

프레드와 릴라가 동시에 외쳤다.

"친절하시네요."

콘이 진지하게 말했다.

남자는 갑작스러운 감사 인사에 얼굴을 찡그리고 손을 내저었다.

"그리고 흡혈 박쥐가 있어. 이걸 이겨 낼 방법을 찾아야 해."

남자가 지도에 선 몇 개를 그었다.

"제발 농담이라고 말해 주세요."

콘이 남자의 얼굴을 올려다보았다.

"사실이야. 산 저편으로 가면 떼로 몰려오지. 들어 봤을 텐데?"

"아니요!"

콘이 말했다.

"저도 몰라요. 하지만 릴라는……."

프레드가 릴라를 보았다.

"본 적은 없지만 앞니가 면도날처럼 날카롭고, 혀에서 피의 응고를 막는 물질이 나온다고 알고 있어요."

"그래, 아주 훌륭한 진화사. 하지만 개인적으로는 참 별로야."

"사람을 먹는 박쥐인데 별로기만 해요?"

"먹진 않아, 단지 마시는 거지. 둘은 확실히 달라. 그리고 산에 갈 때에는 구더기를 조심해."

"구더기."

콘의 얼굴이 창백해졌다.

"그래, 구더기라니 끔찍하지. 하지만 어쩔 수 없어. 실제로 몇 년 전, 몸에 구더기가 생긴 적이 있다. 구더기가 피부를 뚫고 미어캣처럼 고개를 내민 순간, 정말 놀랐지. 가시와 불로 구더기 제거하는 법을 알려 주마. 그때가 생각나는군."

릴라는 '구더기'라고 적고는 옆에 물음표를 썼다. 남자가 아이들을 한 명, 한 명 뜯어보았다.

"거의 준비가 된 것 같군. 곧 출발해야 해."

프레드는 남자를 바라보았다. 어쩐지 출발이란 말이 안심되지 않았다.

"비가 오기 전에 가라. 너희는 이제 물고기를 잡을 수 있어. 타란툴라 잡는 법도, 먹을 수 있는 몇몇 나무 열매도 알지. 프레드는 덫 놓는 법도 알고. 살아남을 수 있을 거다. 비가 오면 구더기가 더 심해져. 그리고 가는 데 훨씬 오래 걸려. 참, 황열병도 생겨."

"끝도 없네요. 구더기도 모자라 열이 나서 노랗게 변한다니요. 아주 축제가 되겠어요."

콘의 말이 약간 신경질적으로 들렸다.

"그리고 잊지 마라. 사람들이 길을 어떻게 찾았냐고 물으면 거짓말해야 한다는 걸."

남자가 콘을 무시하고 말을 이었다.

"아저씨가 시키는 대로 할게요."

콘이 말했다.

"그래, 또 아무리 많은 사람들이 물어도 내 이름을 언급해서는 안 돼. 알겠나?"

"우리는 아저씨 이름을 몰라요. 이름이 뭔데요? 뭘 말하면 안 되는지는 알아야죠."

콘이 콕 집어 말했다.

남자가 반은 어이가 없고 반은 우스운 듯 목만 가다듬었다. 그리고 일어나서 콘도르를 팔에 앉혔다.

"이제 나는 일하러 가야 해. 덩굴 장막 뒤로 찾아온다면, 너희 발가락을……."

"콘도르에게 준다고요? 네, 알아요."

콘이 말했다.

"그런데 무슨 고기였어요? 맛있었어요."

프레드가 묻자 남자가 뒤돌아보았다.

"키이만. 호수에 있던."

그날 밤, 맥스가 자는 프레드의 발을 잡아당겼다.

"형, 나쁜 소식이 있어. 느낌이 안 좋아."

맥스가 축 처진 목소리로 말했다.

"뭐?"

프레드가 벌떡 일어나 어둠 속에서 맥스의 얼굴을 살폈다.

"느낌이 안 좋아. 많이 안 좋아."

"맥스, 뭐에 놀란 거야?"

"무언가 있었어."

징징거리는 목소리에 두려움이 느껴졌다.

"아무것도 없어. 그냥 카이만 꿈을 꾼 걸 거야."

숲은 고요한 적이 없었다. 긴 밤 동안에도 날벌레와 야행성 원숭이
들이 쉴 새 없이 바스락거렸다. 프레드는 평소보다 소리가 크지도 작
지도 않은, 평범한 밤이라 생각했다.

"어떤 종류인데?"

"동물. 우리를 보고 있었어. 아니면 괴물일지도 몰라!"

"맥스, 괴물은 없어."

"아니야, 우릴 보고 있었어. 소리를 들었어."

"동물들은 각자 보금자리에 살아. 약속할게, 우리한테 관심 없어."

"숨 쉬는 게 느껴졌는데."

"걱정할 필요 없어. 자고 일어나면 괜찮을 거야."

프레드는 어둠 속에서도 맥스가 눈을 크게 뜨고 걱정하고 있음을 알 수 있었다. 맥스는 땀에 젖어 있었다.

"형, 옆에서 자도 돼?"

프레드는 망설였다. 맥스는 자면서 몸부림치고, 깨물고, 방귀도 뀌기 때문이었다.

"부탁이야."

"알았어. 하지만 깨물지 않겠다고 약속해."

"응."

맥스는 프레드의 손목을 입에 넣고 잠들었다.

프레드는 잠결에 나무가 흔들리는 것을 느꼈다. 몸을 낮게 하고 광장을 살펴보았다. 달빛이 덩굴 지붕 구멍 사이를 비추었다. 무언가 이들을 보고 있었다. 하지만 동물도, 괴물도 아니었다.

남자가 낮은 나무에 올라앉아, 한 손에 칼을 들고 아이들을 지켜보고 있었다.

진흙탕에 빠지기

다음 날은 아주 거센 비가 내렸다. 비를 가늠하기 위해 뻗은 손조차 잘 보이지 않을 정도였다. 신선한 생선이 문 앞에 놓여 있었을 뿐 남자는 보이지 않았다. 억수같이 쏟아지는 비에서 하얀 물보라가 일었다. 비가 천장을 뚫고 아이들 위로 떨어졌다. 아이들은 처량하게 쭈그려 앉아 날이 개기만을 기다렸다. 하지만 비는 쉽게 멈추지 않았고, 몸은 점점 더 많이 젖어 들었다.

"석상 아래에서 비를 피하자. 물고기 손질도 하고."

아이들은 네 개의 거대한 석상이 있는 광장 끝으로 뛰어갔다. 석상 뒤로 솟은 벽 아래는 비를 피하기 충분했다. 아이들은 나란히 앉아 물고기 비늘을 벗겼다. 프레드는 이따금 폭우 속으로 돌을 던져, 돌이 빗속으로 사라지는 것을 지켜보았다.

"쉽게 안 그칠 것 같아. 그냥 먹을 걸 좀 찾거나, 뭐라도 하면서 놀지 않을래?"

릴라가 바카에게 주머니에서 꺼낸 풀 한 줌을 먹이며 말했다.

"뭐 하고 놀아?"

프레드가 물고기를 내려놓으며 말했다. 프레드는 일을 멈추게 되어 기뻤다. 비 때문에 물고기가 미끄러웠고, 손은 상태가 영 나빴다. 여기저기 칼에 베인 상처가 가득했다. 손톱엔 생선 비늘이 잔뜩 끼어 있었고, 손가락에는 거친 굳은살이 박혀 있었다.

"무슨 게임? 나는 브리지만 할 줄 알아. 하지만 우리는 카드가 없잖아."

콘이 의아하게 물었다.

"브리지?"

릴라가 물었다.

"우리 학교는 많이 놀지 않았어. 뭐, 다른 게임도 했지만 나는 별로 하지 않았어. 게임은 어린애들이나 하는 거니까."

콘의 목소리가 점점 작아졌다.

"'진흙탕에 빠지기' 알아? 술래가 '진흙탕에 빠졌어!' 하고 치면 움직이지 못하다가 다른 사람이 와서 다리 밑을 기어가야지만 다시 자유롭게 움직일 수 있어."

"이 빗속에서?"

콘이 모기 물린 자리를 긁으며 말했다.

"어차피 지금보다 더 젖기도 힘들어."

프레드가 빗물이 뚝뚝 떨어지는 점퍼를 가리켰다.

"좋아, 시작이야!"

콘이 달리기 시작했다.

"네가 술래야."

릴라가 콘에게 말했다.

아이들은 뛴다기보다는 수영하는 것에 더 가까웠다. 석상 사이를 부산스럽게 지나다니다 미끄러운 돌 위에서 넘어지기도 했다. 신발 밑에서 질퍽이는 진흙이 허리까지 튀었다. 비는 아이들의 눈과 귀와 입으로 들어갔고, 서로 잡으려 달리는 아이들을 세차게 내리쳤다.

"이 게임이 이렇게 이름 그대로 노는 건지 몰랐어. 재미있다."

콘은 발꿈치로 엉덩이를 차면서 이상한 자세로 달렸지만 환하게 웃었다.

아이들은 정글을 향해 달려 나갔다. 프레드는 재빨리 양손으로 덩굴을 붙잡고 탈출하려고 했다. 콘은 프레드가 손에 닿지 않자 맥스를 들어올려 프레드의 다리를 건드릴 때까지 무릎으로 중심을 잡고 있었다.

"프레드 형, 진흙에 빠졌어!"

맥스가 외쳤다. 얼굴과 눈썹 위에서 빗물이 세차게 흘렀다.

콘은 맥스를 내려놓았다. 그리고 갑자기 몸을 웅크렸다.

"잠깐만! 프레드, 릴라! 나 죽을 것 같아."

"뭐?"

릴라가 미끄러지다가 멈췄다. 입에서 진흙이 떨어졌다.

"옆구리가 타는 것 같아."

"불처럼?"

"응."

"그리고 숨 쉬기 힘들지?"

"맞아!"

"너무 뛰어서 그런 거야."

"뭐라고?"

"뛰다가 옆구리가 아픈 느낌을 어떻게 몰라? 바보 같아."

맥스가 말했다.

"그러지 마, 맥스. 달리면 가끔 그래. 제일 좋은 방법은 굵은 나뭇가지를 양손으로 잡고 주먹을 아주 세게 쥐는 거야."

릴라는 고개를 부드럽게 끄덕이며 콘의 분노를 가라앉혀 주었다.

"고마워."

"효과가 있어? 난 그런 방법은 처음 들어."

프레드가 의아해했다.

"당연하지."

콘은 릴라 말에 곧장 나뭇가지를 찾으러 뛰어갔다.

"사실 나도 몰라. 그냥 지어냈거든. 하지만 효과가 있을 거라고 믿으면 그렇게 될 거야. 그게 중요한 거야."

릴라가 프레드에게 속삭였다.

콘이 양손에 나뭇가시를 들고 나타났다. 닭이 알을 낳는 것처럼 힘주어 주먹을 쥐느라 얼굴이 빨갰다. 잠시 후, 콘이 프레드의 어깨를 툭 쳤다.

"네가 술래야."

정글의 열대성 폭풍우 속 게임은 프레드에게 금화처럼 반짝이는 추억으로 남았다. 그리고 이날은 아이들에게 불행이 오기 전, 마지막 낮이었다.

맥스

비명이 들렸다. 프레드는 벌떡 일어나 돌집을 둘러보았다. 동이 트고 있었고 콘은 머리로 얼굴을 가리고 있었다. 릴라는 이미 일어나 앉아 있었다. 맥스는 없었다.

프레드는 광장으로 뛰어나갔다. 맥스가 나무 뒤에서 혀를 내밀고 나타나기를 기도하면서 어둑한 도시를 둘러보았다.

"맥스! 어디 있어?"

릴라가 소리쳤다.

"맥스!"

프레드도 외쳤다.

비명이 멈추고 침묵만이 무겁게 깔렸다.

"또야?"

콘이 외쳤다.

순간, 프레드 배가 미친 듯이 뒤틀렸다.

"저거 맥스야?"

경사진 벽 아래, 무언가 누워 있었다.

릴라가 맹렬히 달려갔다. 맥스는 몸을 둥글게 말고 누워서 몸을 떨고 있었다. 등뼈가 셔츠 밖으로 툭 불거져 나와 있었다. 맥스가 몸을 불규칙하게 들썩였다.

"맥스? 어디 아픈 거야? 누나 말 들려?"

릴라의 머리카락이 맥스 얼굴로 쏟아졌다.

"무슨 말이라도 해 봐!"

맥스는 신음하면서 고개를 저었다. 무언가를 말하려고 했지만 소리가 나오지 않았다.

"어떻게 된 거지?"

콘이 물었다.

"모르겠어, 모르겠어! 어떻게 해."

릴라가 맥스의 작은 몸을 안고 비틀거렸다.

"내가 안을게."

프레드가 릴라의 팔을 잡았다.

"안 돼! 아저씨 어디 있어?"

릴라가 다급하게 외치며 주위를 사정없이 둘러보았다.

"덩굴 장막에서 일하고 계실 거야."

프레드가 말했다.

"아저씨, 저기요! 대체 어디 있어요?"

릴라가 소리치며 덩굴 장막 쪽으로 뛰었다. 바카는 릴라 머리에 매달려 두 팔로 목을 꼭 붙잡고 있었다. 릴라는 바카가 있는지도 모르는 것 같았다.

프레드가 황급히 릴라를 쫓았다. 콘도 그 뒤를 따랐다. 릴라가 비에 젖은 돌에 미끄러져 무릎이 깨졌다.

프레드가 릴라보다 먼저 덩굴 장막에 도착해 두꺼운 장막을 힘껏 밀기 시작했다.

"도와주세요! 아저씨, 거기 계세요? 위급한 상황이에요!"

경직된 프레드의 목소리는 작고 가늘었다.

장막이 걷히고 남자가 나타났다. 화가 난 채였다.

"이곳에 대해서 내가 뭐라고 했지?"

"닥쳐!"

릴라가 남자의 얼굴을 쳤다. 릴라는 품에서 떨고 있는 맥스의 살에 손톱이 파고들 정도로 꽉 안고 있었다.

"맥스가 아파요. 내 동생을 살려 내지 않으면 내가 당신을 죽일 거예요!"

남자의 화가 가라앉았다.

"무슨 일이야? 아이가 죽었나?"

릴라가 한 번도 들어보지 못한 종류의 소리를 내질렀다. 피가 서린

절규였다. 릴라 입에서 침이 흘렀다.

"안 돼! 감히 맥스가 죽었다는 소리를 하려면 가까이 오지 마!"

릴라는 150센티미터의 작은 키로 꼿꼿히 서 있었다. 바카는 마치 해적의 새처럼 릴라의 어깨 위에 매달려 있었다. 릴라의 눈이 활활 불타올랐다.

"미안, 사과할게. 그저 놀랐을 뿐이야. 아이를 나에게 줘 봐."

맥스를 건네는 릴라 눈에 눈물이 비 오듯 쏟아졌다.

"모닥불에 나뭇가지를 더 넣어라. 빛이 더 필요해."

프레드는 횃불을 가지러 갔다. 릴라는 눈도 깜빡이지 않고 남자 옆에 있었다.

남자가 맥스를 바닥에 눕히고 벗은 셔츠를 머리 아래 받쳐 주었다. 맥스는 입을 달싹였지만 눈을 뜨지 못했다. 맥스 다리가 갑자기 경련하더니 입에서 침이 흘렀다.

"괜찮아질까요?"

릴라가 물었다.

"도깨비에게 홀린 것 같아. 우리가 어떻게 해야 하죠?"

콘이 기침을 하다 구역질했다.

"어떻게 된 거예요?"

프레드가 물었다.

"물렸어."

"뭐에요?"

"개미."

"개미요? 다행이다! 뱀에 물린 줄 알았어요."

콘이 안도의 웃음을 터뜨렸다.

하지만 남자는 고개를 저었다.

"차라리 뱀이 더 나아. 총알개미집 위에 있었던 것 같아."

"총알개미요? 총알개미에 물리면……."

릴라가 울먹이며 말을 잇지 못했다.

"치명적이라고? 그럴 수 있지. 알레르기가 있는 경우에는 말이다. 병원에 가면 치료할 수 있어. 하지만 빨리 가야만 해."

"얼마나 빨리요?"

릴라가 물었다.

"하루 더 경련할 거다. 그리고 열이 올라갈 거야. 열이 오르면 닷새 정도밖에 버티지 못해. 최대한 일주일이다. 뇌가 손상되거든."

"그러면, 그러면 죽게 되나요? 맥스를 죽게 놔둘 건가요? 절대 안 돼요!"

릴라의 얼굴이 험악해졌다.

"아니, 절대 아니지."

아침 햇살이 비추자 남자의 얼굴이 순간, 몇십 년은 더 나이 들어 보였다.

"죽게 놔두지 않을 거다. 더는 안 돼."

프레드는 모닥불 옆에서 사랑을 이야기하던 남자 얼굴이 떠올랐다.

"이렇게 해요, 그러면?"

릴라가 재촉했다.

"생각을 해 보자."

남자가 침착하게 말했다.

"안 돼! 이렇게 앉아서 생각할 시간이 없어요. 당신은 신경도 안 쓰지? 이해 못 해! 지금 당장 뭔가 해야 한다고요!"

릴라가 아무렇게나 말하기 시작했다.

"신경 쓰고 있어. 그리고 이해한다. 내가 아들이 있었다고 했지? 자, 이 아이는 죽게 하지 않을 거야."

남자가 맥스의 손과 발을 문지르고는 품에 안고 일어섰다.

"하지만 병원에 어떻게 가죠?"

프레드가 물었다.

"걸어서 한 달이라고 했잖아요."

콘이 말했다.

"다른 방법이 있어."

"어떤 방법요? 그게 뭐든 간에 할게요, 뭐든지!"

릴라가 말했다.

"날아가는 거야."

장막 뒤

"여기서 지켜보고 있어라. 금방 오마."

남자가 맥스를 다시 릴라에게 건넸다.

"안 돼요! 무슨 생각인지 말해 주세요, 얼른요."

릴라가 맥스를 다시 부드럽게 고쳐 안았다.

남자는 입을 열었다가 릴라의 눈을 보고 입을 닫았다. 그리고 덩굴 장막이 처진 벽으로 향했다.

"여기는 너희가 생각하는 것보다 더 깊어. 자, 장막을 걷어."

프레드가 덩굴을 한 아름 옆으로 치웠다. 덩굴은 단단하게 엮여서 자라고 있었다. 일부는 오랜 세월에 갈변했고, 일부는 아이들의 손목 굵기 정도로 튼튼했다. 더 가자, 앞이 보이지 않는 두터운 장막이 나타났다.

"여기서 자란 거예요? 아니면 키운 거예요?"

프레드가 덩굴을 치우며 말했다. 마치 울타리를 넘는 느낌이었다.

"여기서 키워서 엮고 가지를 쳤어. 비밀 장소가 필요했거든."

남자가 마체테를 꺼내 장막을 내리쳤다.

"거의 다 됐다."

남자가 장막을 치워 공간을 넓힌 후 릴라에게 보였다. 릴라는 맥스 머리를 어깨에 감싸 안고는 안으로 들어갔다. 릴라가 헉 하고 숨을 내쉬었다. 프레드도 걸음을 멈췄다.

커다란 돌집이 있었다. 아이들이 머물고 있는 곳과 비슷했었다. 삼 면의 벽으로 둘러싸인 돌집은 덩굴이 지붕처럼 드리워져 있었다. 천 장은 성당만큼 높았고 이끼와 풀 냄새가 났다. 한쪽 구석에는 풀과 깃털로 된 둥지 같은 것이 놓여 있었다. 게다가 흙이 드러난 바닥 가 운데 있는 것은 햇살에 반짝이는 노란색 비행기였다.

"비행기라니."

프레드가 나직이 내뱉었다.

"이쪽으로 와라."

남자가 비행기 쪽으로 다가갔다. 아이들도 조금씩 앞으로 다가갔 다. 릴라는 여전히 맥스를 꼭 안고 있었다.

"여기 있다."

남자가 비행기 옆을 탁탁 두드렸다. 조종석 뒤에 의자가 두 개 설치 되어 있는 작은 비행기였다.

"하지만 비행기가 불타 버렸다고 했잖아요."

프레드가 말했다.

"그런 말 한 적 없어. 네가 그렇게 추측한 거지. 단지 불이 났었다고 했어. 정찰 비행 중 엔진에 문제가 생겨서 이 석조 도시 위로 드리워진 덩굴 지붕에 부딪히고 말았지. 비행기를 고치는 데 꼬박 5년이 걸렸어."

콘이 천천히 손을 내밀어 비행기 날개를 톡톡 두드렸다.

"처음에는 큰길가에 비행기를 세워 두었어. 활주로로 사용하기 충분할 거라 생각했지."

"비행기를 타고 집에 갈 수 있겠네요!"

콘의 눈이 빛났다.

"나는 가지 않아. 비행기를 조종하려면 두 발이 다 필요해. 너희가 조종해서 갈 거야."

남자는 절뚝거리는 다리를 손으로 탁 쳤다.

"우리더러 조종하라고요?"

프레드가 물었다.

"음, 정확하게 말하면 너희 중 한 명이."

"안 돼요! 설마…… 불가능해요. 절대로 안 돼요. 우리는 이미 비행기 사고를 당했어요. 두 번째 비행기 사고에서도 살아남을 거라 생각해요?"

"그러면 어떻게 할 건데?"

콘이 맥스를 보고 비행기를 바라보았다. 맥스는 릴라의 품에서 신음하며 괴로워하고 있었다.

"비행기 조종은 생각보다 간단해."

남자가 말했다.

"간단히 연습하고 병원까지 갈 만한 연료는 있어. 누가 운전하겠나? 릴라? 네 동생이니까 책임이 있어."

"저는 못 해요. 하고 싶지만 높은 곳에 올라가면 숨을 못 쉬어요."

릴라 눈에 눈물이 가득 차올랐다.

"콘? 아니면 프레드?"

"단언하건대 있을 수 없는 일이에요. 우리 모두를 죽이고 싶지 않아요."

콘이 말했다.

남자가 프레드를 바라보았다. 프레드는 비행기를 보았다. 마음속이 희망으로 뜨거워졌다가 다시 두려움으로 차가워졌다. 손끝이 떨리고, 귀에서 윙 소리가 울렸다.

"저는 못 해요."

"왜 못 해? 비행기 운전이 위험한 건 다른 비행기들 때문이야. 운 좋게도 여기에 다른 비행기는 없어."

"연습은 한 번뿐이에요?"

"금방 배우게 될 게다."

"사고를 내면요?"

"그러지 않게 조심해야지."

"하지만······."

"너는 항상 안 하겠단 말 대신 할 수 없다고 하던데, 난 네가 할 수 있다고 본다."

"프레드."

릴라가 프레드를 쳐다보았다. 사람이 몹시 두려워하면서 동시에 얼마나 용감할 수 있는지 이전에는 알지 못했다.

"좋아요, 제가 할게요."

"너라면 할 수 있을 거다. 릴라와 나는 잠시 맥스를 돌볼게. 한 시간 안에 돌아오마. 여기서 기다려라."

남자가 맥스를 안으려고 팔을 뻗었지만 릴라는 맥스를 더욱 꼭 안을 뿐이었다.

"저도 함께 갈게요. 도움이 될 거예요. 이모할머니가 편찮으실 때 돌봐 드리곤 했어요."

콘이 말했다.

"그럼 프레드, 시간 낭비하지 말고 조종석에 앉아서 장치들에 대한 감을 익혀라. 하지만 검은 버튼은 누르지 마. 시동 장치거든. 돌을 향해 날아가지는 않았으면 한다."

모두는 프레드를 비행기와 남겨 두고 떠났다.

창공

　한 시간 뒤, 프레드는 비행기를 돌길로 끌고 나올 수 있을 만큼 장막을 잘라 냈다. 그리고 다시 조종석에 올라타서 앞 유리창을 바라보았다. 검은 가죽 시트 곳곳에 구멍이 나 있었지만, 비행기 내부는 티 없이 깨끗했다.

　"맥스는 어때요?"

　프레드가 물었다.

　"잠들었어. 릴라가 빗물로 몸을 식혀 주고 있어."

　"괜찮아질까요?"

　남자가 프레드를 심각하게 바라보았다.

　"네가 마나우스의 병원으로 빨리 데려갈수록 괜찮을 거다."

　"그런데 만약……."

　프레드가 입을 열었다가 멈췄다.

　"빨리 가지 못하면 괜찮지 않을 거야."

남자가 단호하게 이야기했다. 남자의 턱 근육이 일그러졌다.

프레드는 자신이 비행기 조종석에 앉은 게 완전히 잘못된 일이라고 생각했다. 하지만 광장 저편에서 맥스가 살기 위한 싸움을 하고 있었다.

"지금은 잘 견디고 있지만, 너는 서둘러 맥스를 의사에게 데려가야만 해. 그러니 집중해."

남자는 긴장해서 떠는 프레드를 달래듯 차분한 목소리로 말했다.

프레드는 이를 악물고 주먹을 꽉 쥐었다. 그리고 앞에 줄지어 놓인 조작 버튼과 조종간을 바라보았다. 모두 먼지 한 톨 없이 빛나고 있었다.

"엔진을 매일 청소했어. 그리고 가끔은 시동을 켜서 작동되는지 확인했지. 돌보지 않는다면 그걸 사랑이라고 부를 수 없어."

남자가 아픈 다리를 끌고 뒷좌석에 앉았다.

"엔진 소리를 들은 것 같아요. 두 번요. 표범이나 곰이 내는 소리라고만 생각했어요. 아니면 사람이 울부짖는 소리라고요. 왜 비행기를 숨긴 거죠?"

"여러 이유로. 그리고 비행기는 쉽게 눈에 띄잖니? 특히 이 비행기는 과거에 내가 쓰던 물건이야. 그러니까 비밀을 위해, 이 비행기에서 내리거든 반드시 태워 버려야 한다."

프레드가 놀라서 몸을 돌렸다.

"태우라고요?"

하지만 남자는 이미 조작 버튼을 가리키고 있었다.

"이것들을 알아야 해. 이 조작 버튼은 속도랑 고도를 조절하는 데 사용해. 똑바로 비행하고 있는지는 저 수평기가 보여 줄 거야. 수평기의 물방울이 정중앙에 위치해야 해."

"속도, 고도, 수평기."

프레드가 입으로 되뇌었다.

"페달은 왼쪽과 오른쪽에 있어."

프레드가 발을 페달 위에 올려놓았다. 아버지 자동차에 있는 페달에 비해 훨씬 작았다. 시험 삼아 밟아 보았더니, 비행기와 연결된 두 개의 와이어가 움직였다.

"조종간은 위, 아래, 왼쪽, 오른쪽으로 움직이지."

남자가 조종간을 흔들었다.

프레드는 조종간을 잡아 보았다. 검정색에 붉은 버튼이 달려 있었다. 조종간은 부드럽게 움직였다.

"뒷좌석에도 하나 있어. 언제든 네 조종을 통제할 수 있지. 그 작은 레버로는 추력을 조절할 수 있어. 그 말은 네가 얼만큼 파워를 올리느냐에 따라 달라진다는 뜻이지. 이제, 누르지 말라고 했던 버튼 보이지? 오른편에 있는 검정색."

계기판에 만년필 뚜껑처럼 생긴 버튼이 보였다.

"네."

"눌러."

프레드가 버튼을 눌렀다. 손이 떨렸다. 하지만 아무 일도 일어나지 않았다.

"다시."

프레드는 더 세게 눌렀다. 엔진이 기침하듯 캑캑이더니 곧 포효하기 시작했다. 비행기가 떨려 오자 프레드의 몸도 함께 떨렸다.

"소리 들려? 비행기가 다시 살아나는 소리야!"

남자의 눈이 광적으로 빛났다.

"도와주세요."

프레드가 작게 내뱉었다.

"이륙은 쉬워. 가려고 하는 방향으로 비행기를 놓기만 하면 돼. 덩굴 지붕에 난 구멍 사이로 올라가서 추력 장치를 작동하고 조종간을 당겨. 그리고 올라가."

"그리고 나머지들은요?"

프레드가 조작 버튼을 가리켰다.

"올라가면 말해 줄게. 아마 고함을 쳐야 할 거다. 바람 소리가 무척 커. 인터콤(항공기나 배에서 사용하는 연락용 통화 장치)은 내가 고치지 못한 몇 안 되는 것 중 하나야. 다행히 라디오 송신탑이 없어도 비행에는 문제가 없어. 이제, 가!"

프레드는 온몸이 굳어졌다. 간신히 발을 움직여 왼쪽 페달을 밟았다. 비행기가 광장의 활주로로 나아갔다.

"추력 장치를 가동해!"

남자가 고함쳤다.

"어떻게요?"

"레버를 밀어!"

비행기가 속도를 내며 도시의 돌바닥 위를 거칠게 굴렀다.

"당겨! 당겨!"

프레드는 조종간을 힘주어 당겼다. 앞바퀴가 땅에서 들리고, 비행기가 솟구치는 게 느껴졌다. 위장이 뒤틀렸다. 드디어 비행기가 덩굴 지붕 위로 돌진했다. 하늘이 초록 덩굴과 어우러져 보였다.

프레드가 두려움에 가득한 비명을 내질렀다. 남자가 뒷자석의 조종간을 당기자, 비행기 꼬리도 정글 위로 평평히 떠올랐다.

"눈을 뜨는 게 좋을 것 같은데. 그래야 운전하기 쉬워져."

프레드는 눈을 떴다. 사방이 하늘이었다.

"눈을 감고 있는지 어떻게 알았어요?"

"나도 처음에 눈을 감았거든. 이제는 네가 나는구나."

남자가 말했다. 여전히 약간 흥분돼 있었다.

프레드는 아래를 내려다보았다. 초록 정글이 끝도 없이 펼쳐져 있었다. 마치 신을 위한 초록색 카페트 같았다. 심장 소리가 귀에서 쿵

쿵거렸다.

"조종간을 써서 비행기를 왼쪽으로 틀어 봐. 운전하는 기분을 느껴 봐야지!"

남자가 프레드 귀에 대고 소리를 질렀다. 프레드는 조심스럽게 조종간을 움직였다.

"더 많이! 그래야 비행기가 뒤집히지 않고 방향을 바꿀 수 있어. 위험쯤은 감수할 수 있다고 생각해라."

프레드가 조종간을 왼쪽으로 세게 당기자, 날개가 낮아지고 비행기가 급강하했다.

"조금! 그것보다는 살짝!"

새 한 마리가 옆을 지나쳤다. 비행기는 새를 향해 날고 있었다.

"새를 치지 마! 프로펠러가 상해."

남자가 고함쳤다.

프레드는 조종간을 당겼다. 갑작스러운 고도 상승에 비행기가 덜컹이며 위로 올라갔다.

"이제는 어떡해요? 지침을 알려 줘야 하지 않아요?"

프레드가 잔뜩 겁먹은 목소리로 외쳤다.

"물론. 조종간을 약간 앞으로 당겨."

비행기가 다시 수평을 유지했다.

"쭉, 강줄기를 따라가."

비행기는 앵무새 떼가 앉아 있는 나무 위를 날아갔다. 곧 비행기의 금속 바닥을 사이에 두고 프레드의 발과 아마존강 사이에 광활한 하늘만이 존재했다.

"세상에."

프레드가 중얼거렸다. 강은 눈부시게 푸르렀고, 강 표면으로 비행기 그림자가 비쳤다.

"이런, 정말 아름답군. 까맣게 잊고 있었어."

남자는 목 안쪽에서 끓는 소리와 같은 탄식을 내뱉었다.

프레드는 강의 유려한 아름다움에 숨이 멎는 듯했다.

"내려가고 싶지 않을걸. 비행기에 연료만 충분하다면, 난 계속 창공에서 살았을 거야. 동화 속 세계에 가장 가까운 것 같아. 이제, 조종하는 감각을 익혔으면 구름 위로 올라가 봐."

프레드는 조종간을 꼭 잡았다.

"올라가고 싶지 않아요."

"배워야만 해. 중요하니까."

"지금은 여기서 있으면 안 돼요?"

"안 돼. 위로 올라가! 위로!"

프레드는 조종간을 당겨 비행기를 구름 위로 올렸다. 바람이 격렬하게 불어왔다. 춥고 습했다. 그리고 아름답게 펼쳐졌던 세상이 사라졌다.

"계속 올라가서 구름 밖으로 나가!"

프레드는 푸른 창공으로 더 높이 올라갔다. 조종간이 손안에서 떨려 와 단단히 붙잡았다.

남자가 몸을 앞으로 내밀었다.

"더 살짝 잡아야 해, 프레드. 마치 스테이크 칼을 잡은 것 같구나. 손끝을 이용해. 조종간이 떨리는 정도로 바람을 측정하는 거야."

프레드는 손의 힘을 살짝 풀었다. 비행기가 손 아래에서 웅웅거리는 것 같았다.

"아까보다 나아졌어!"

남자가 말했다.

바람이 잦아들고 귓가에 들리는 굉음도 줄어들었다.

프레드는 눈 아래 펼쳐진 거대한 초록빛 세상을 바라보았다.

"이제 맥스에게 가 봐야 하지 않을까요?"

"이제 꼬마는 살 수 있어. 밑에서 아이를 위해 내가 해 줄 수 있는 일이 조금이라도 있었다면, 여기 올라오지 않았을 텐데."

남자의 목소리가 날카로웠다.

"죄송해요. 괜히 맥스 얘길 해서."

"그 애는 내 아들과 많이 닮았어. 특히 눈썹이."

프레드는 머뭇거렸다.

"전에 콜레라로 죽었다던……."

"많은 일이 있었지."

남자는 아무렇지 않은 듯 말하려 애썼지만, 목이 메어 엔진 소리에 말이 묻혔다.

"글씨가 새겨진 금반지를 그 애와 함께 묻었어. 누군가 유골을 찾게 된다면 그게 내 아이고, 사랑받았다는 것을 알 거다. 그리고 나는 변했지."

비행기가 다시 떨리기 시작했다. 하늘이 떨리는 건지, 뒤에 있는 남자가 떨고 있는 건지 알 수 없었다.

"크면 다 이해하게 될 거란 말은 거짓말이야. 사실, 어떤 것들은 커서도 전혀 이해할 수 없지."

"죄송해요."

프레드는 이 말이 적당하지 않다고 생각했다.

"왼쪽으로 틀어. 아무튼 정부가 원주민들에게 거의 관심을 기울이지 않던 시절이었어. 나는 아들의 죽음을 헛되게 하고 싶지 않았어. 그래서 지금은 허브로 만든 약과 지식을 익히고 식물, 뿌리, 곰팡이류를 저장해 놓았지. 아마도 그중에 아들을 살릴 수 있었을 약초가 있을 테지. 정글에는 많은 방법이 숨어 있어. 내가 그냥 카샤사를 마셔 댄다고 생각한 건 아니겠지?"

남자가 기체 앞부분을 아래로 향하게 했다.

"아니에요."

"나는 살면서 받은 모든 것에 감사했어야 하지만 분명히 지루한 삶이었지. 아이를 살리기 위해서라면 이 밀림 전체를 불태우기라도 했을 거야. 너희 네 명이 도시로 굴러들어 왔을 때, 너희의 목숨과 아들의 목숨을 바꿀 수 있었다면 눈도 깜빡이지 않고 그렇게 했을 거야. 아들을 한 번만이라도 다시 안을 수 있다면 너희가 죽는 걸 기꺼이 지켜봤을 거다."

프레드는 남자의 말을 듣기 위해 안간힘을 썼다.

남자가 비행기를 옆으로 휙 몰았다. 프레드는 의자를 꽉 움켜잡았다.

"하지만 그건 있을 수 없는 일이지. 나는 그 후로 내 심장이 무뎌졌을까 봐 두려웠어. 알고 보니 심장이 스스로 연료를 주입하며 뛰고 있더군. 난 다시 태어난 거야."

남자는 비행기를 왼쪽으로 급격히 기울여 아래쪽으로 방향을 틀었다.

"이제 착륙시켜 봐. 내가 구멍 안으로 집어넣을게."

프레드는 자기도 모르게 욕이 튀어나왔다. 착륙은 비행에서 가장 끔찍한 부분이었다. 잘못하면 작은 충격에도 이 세상과 작별할 수 있었다.

"일단은 못 들은 걸로 하지. 앞바퀴가 먼저 닿아야 한다. 뒷바퀴는 무척 약하거든."

프레드는 셔츠를 올려 꽉 물었다. 비명을 지르지 않기 위해서였다. 옷깃에서 꿀과 진흙과 죽은 새 맛이 났지만, 손을 떨지 않는 데 도움이 되었다.

남자가 비행기를 덩굴 지붕 위로 몰았다. 프레드는 목을 빼고 남자가 하는 것을 지켜보았다. 남자의 집중한 얼굴이 빛나고 있었다. 비행기가 다시 아래로 향했다.

"이제 조종해 봐!"

프레드는 길게 뻗은 돌길과 표범 석상을 목표로 했다. 아래쪽으로 돌진하다가 문득, 어딘가에 있을 맥스가 떠올랐다. 프레드는 조종간을 앞뒤로 움직여 맥스가 있을 장소에서 벗어났다.

앞바퀴가 바닥을 치고 떠올랐다. 프레드의 머리가 계기판에 부딪혔다. 남자는 조종간을 끌어당겨 비행기가 곡선을 그리게 했다. 비행기가 또 한 번 부딪히고, 방향을 틀어 속도를 내더니 다시 지붕의 구멍으로 빠져나갔다. 프레드가 고개를 저었다. 비행기는 다시 하늘에 떠 있었다.

"나쁘지 않았어!"

남자가 말했다.

"무슨 말이에요? 엉망이었어요. 우리가 죽을 뻔했다고요!"

프레드가 소리쳤다.

"처음 한 것치고는 괜찮았어. 본능적으로 조종간을 아래로 당겨서 비행기가 땅에 닿은 거야. 하지만 당겨서 올려야 해. 착륙하면 다시 연습해 보자. 손끝에 감각을 익혀야 해. 자, 비행기를 돌릴 테니까 다시 해 봐."

이번에는 하강하면서 조종간을 위로 잡아당겼다. 비행기 머리가 너무 높이 기우는 바람에 창문으로 바닥이 보였다. 심장이 쿵쾅거렸다.

비행기가 바닥에 닿았다가 다시 올라갔다가, 재차 바닥에 부딪혔다. 그리고 돌벽으로 빠르게 나아갔다.

"천천히, 천천히 멈춰! 좋아!"

남자가 앞으로 몸을 내밀어 추력 장치를 당겼다.

비행기가 멈췄다.

프레드는 땀을 비 오듯 흘리며 두 손으로 무릎을 잡은 채 앞좌석에 앉아 있었다. 아주 놀라웠다. 몸은 여전히 떨렸다.

"그런데 내가 하늘에서 무슨 말을 들은 거지?"

남자가 엄격하게 물었다.

"죄송해요."

"어디서 그런 말을 배운 거냐?"

"학교에서요."

"조종사는 절대 욕 안 해. 더 패닉에 빠지고 만다. 이 말을 명심하고 내 앞에서 다시는 욕하지 마라. 어떤 상황이더라도."

"죄송해요."

프레드가 다시 말했다. 하지만 이 순간 진심으로 미안한 감정을 느끼기는 어려웠다. 귀에 굉음이 들리고 아드레날린(교감 신경을 흥분시키는 호르몬)이 치솟았다.

"하지만 잘했어. 이번 착륙을 자랑스럽게 생각해도 좋다."

프레드는 머리를 흔들었다.

"마구 흔들렸어요."

"잘 조종했잖니. 그게 중요한 거야."

공포

릴라가 신음하며 뒤척이는 맥스를 무릎에 눕혔다. 바카는 맥스 배에 엎드려 부드럽게 숨을 내쉬고 있었다. 릴라의 눈은 붉었고, 여러 차례 깨문 탓에 입술에서 피가 배어 나오고 있었다.

저녁이 되자, 하늘이 진한 파란색으로 물들었다.

프레드는 무사히 운전해야 한다는 공포심에 온몸의 신경이 경직되는 느낌이었다. 맥스의 깡마른 몸을 보자, 비행기가 조금만 덜컹거려도 어린 몸이 부서질 것만 같았다. 프레드는 더 이상 셀 수 없을 때까지 맥스의 숨소리를 속으로 헤아렸다. 그리고 벌떡 일어나서 남자를 찾으러 갔다.

남자는 손에 횃불을 들고 비행기 엔진을 살펴보고 있었다.

"내일 최대한 일찍 출발해야 해. 맥스는 의식이 있긴 하지만, 열이 너무 높아. 북동쪽으로 강을 따라가거라."

남자가 말했다.

"북동쪽이 어디예요?"

프레드는 팔에 벌레 물린 자국을 초조하게 긁다가 애써 멈췄다. 부푼 상처에서 피가 흘렀다.

"비행기에 나침반이 있어. 콘이 지형을 잘 기억하니까 내비게이션이 되어 줄 거다. 강을 따라가면 마나우스가 나올 거야. 강 바로 옆에 있어서 찾기 어렵지 않아. 그리고 거기엔 지붕이 유리로 된 커다란 분홍색 오페라 하우스가 있어. 멀리서부터 유리가 반짝일 거야. 하지만 미리 말해 두는데, 만일 마나우스에 도착하기 전에 연료가 떨어지면 육지 위로 비행해라. 분명 목장이 몇 개 있을 거야. 가능한 가장 평평한 목장 위에 착륙해야 한다. 앞바퀴부터 닿아야 하는 거 잊지 말고."

"앞바퀴 먼저."

프레드가 중얼거렸다.

"그리고 착륙할 때는 다른 아이들에게 머리를 낮게 숙이고 있으라고 하렴. 목에 깍지 낀 손을 두르고 말이다."

"제가 잊어버리면 어떻게 하지요? 당황해서 미쳐 버리면요?"

"절대로 그럴 것 같지 않구나."

"하지만 만약 그러면요?"

"그러지 않을 거야, 프레드. 내가 괴짜이긴 하지만 미치지는 않았단다."

남자가 프레드를 바라보았다. 프레드의 용기를 꿰뚫어 보는 눈빛이었다.

"네가 이 일을 할 수 있을 거라고 확신하지 않았다면, 너에게 부탁하지도 않았겠지."

프레드는 손가락을 구부려 행운을 빌었다.

"아저씨는 정말 같이 안 갈 거예요? 아저씨는 다리를 못 쓰면서도 나무를 탈 수 있잖아요."

"버릇없는 소리군."

남자가 뼈를 깎아 만든 스패너로 엔진의 볼트를 조였다.

"내가 가면 너희 모두 뒷자리에 탈 수 없게 돼."

"두 줄로 앉으면 돼요."

"단 한 번 갈 만한 연료밖에 없어. 그것도 편도로. 그리고 다섯 명이 타면 비행기가 제대로 뜨지 못할 거야. 그러면 너희 중 하나를 이곳에 남겨야 해."

"제가 여기에 있을게요! 아저씨와 함께요."

프레드는 진심인지 아닌지 생각할 겨를도 없이 말했다.

"아니, 너를 필요로 하는 사람들이 집에 있어."

"어른들은 아이들을 필요로 하지 않아요."

"아니, 필요로 해."

남자의 험악한 얼굴에 프레드는 한 걸음 뒤로 물러났다.

"아이들은 설익은 어른이나 마찬가지라고 했잖아요."

"알아. 하지만 절대로 잊어버려서는 안 되는 걸 잊어버렸던 것뿐이야. 날 믿어라. 너희 아버지는 네 생각보다 훨씬 더 네가 필요해."

프레드는 아무 대답도 하지 않고 비행기만 바라보았다.

"프레드, 내 말 들어. 내가 비행기를 몰고 맥스를 병원에 데려다준다면, 나는 이곳에 다시는 돌아오지 못하게 돼. 사람들이 날 알아볼 거고 내 비행기를 알아볼 거야. 그러면 질문이 쏟아질 거고, 인터뷰가 이어질 거고, 신문에도 나겠지."

"왜요? 왜 인터뷰를 해요? 아저씨 이름이 퍼시 포셋이나 존 프랭클린(영국의 해군이자 탐험가)이기 때문인가요? 아니면 크리스토퍼 매클래런이에요? 이 중 한 사람이에요? 돌아오지 않는 탐험가냐고요."

"존 프랭클린이 살아 있다면 150살이 넘었을 거다."

남자가 부드럽게 대답했다.

"하지만 이들 중 한 명이 맞지요?"

"말했잖니. 오랫동안 혼자 지내서 이름이 필요 없다고."

"아저씨는 그냥 겁쟁이일 뿐이에요. 이곳을 떠나는 게 두려운 거라고요."

"이곳을 떠나는 걸 원하지 않을 뿐이야. 그리고 이건 내가 선택한 거란다, 프레드."

프레드가 얼굴을 찡그렸다.

"내가 이곳에서 가장 행복할 수 있다는 사실을 믿어 주렴."

프레드는 예상치 못한 분노에 사로잡혀 입 밖으로 꺼내면 용서받지 못할 말들을 힘겹게 삼켰다.

"아저씨가 그렇게 행복해 보이지는 않는데요."

"행복이란 건 이상하게도, 나를 슬프게 하는 몇 안 되는 단어지. 그래, 이렇게 말해야겠다. 여기는 내가 가장 정직할 수 있는 곳이야."

"말도 안 돼요!"

프레드는 머리부터 발끝까지 화가 났다.

"왜 화가 난 거지, 프레드?"

"화 안 났어요! 무서운 거예요. 됐어요?"

프레드가 남자의 얼굴을 똑바로 쳐다보았다.

"그건 당연해. 하지만 너는 무서워하면서도 잘 해내고 있잖니."

"하지만 이건 달라요!"

"뭐가?"

"다른 아이들은 저와 모든 것을 함께했어요. 뗏목을 타고, 음식을 나눠 먹고, 그리고 다른 모든 일을요."

"그렇다면 더욱 끝까지 함께해야지. 왜 남으려고 해?"

"만약 제가 이 일을 망치면…… 그건 제 잘못이잖아요."

'우리가 죽는다면'이라는 말은 하지 않았지만, 남자는 이미 눈치채고 있었다.

"그렇다면 두려움을 몰아낼 결정을 내려야겠구나. 너는 할 수 있어. 내가 보기에 너는 두려운 일을 쫓아가게끔 태어난 아이야. 두려움은 표범이야. 인간은 표범보다 강해. 너는 치열하게 싸워야 해. 그러다가 지친다고 멈추면 안 돼. 표범이 지쳐 나가떨어질 때까지 말이다."

프레드가 고개를 끄덕이고는 물었다.

"상징적인 의미예요? 아니면……."

"상징적으로. 하지만 내 다리의 경우에는, 있는 그대로의 의미지."

갑자기 뒤에서 기침 소리가 들렸다.

"뭐 좀 얘기해도 될까요?"

콘이 물었다.

"물론이지. 무슨 일이지?"

남자가 오일 탱크 위로 몸을 굽혔다.

"아저씨랑만요."

콘이 프레드를 바라보며 덧붙였다.

남자가 프레드를 향해 머리를 까딱 움직였다. 프레드는 콘을 바라보고는 몸을 돌려 밖으로 나갔다.

프레드가 광장을 절반 정도 가로질렀을 때, 콘의 목소리가 들리기 시작했다. 속삭이려고 애를 썼지만 날카로운 목소리가 밤공기를 가르고 들려왔다.

"저는 안 갈래요."

프레드는 깜짝 놀랐다. 남자는 아무렇지 않은 듯 꼼꼼하게 엔진을 살피고 있는 듯했다. 프레드는 나무에 몸을 숨기고 엿들었다.

"아저씨와 함께 있을래요. 마음을 정했어요. 맥스는 병원에 가야 하지만, 전 아니니까요."

"가지 않겠다니 걱정이 되는군."

남자가 엔진의 볼트를 조이며 대답했다.

"귀찮게 하지 않을게요. 주머니 안에 말린 고기도 많고, 이제 거미도 먹을 수 있어요."

"그래, 냄새가 나는구나. 그리고 네 얼굴을 보니 몇 시간 동안 고민한 것 같은데, 영국 은행 1층에 있는 경보기가 울린 것 같구나. 마치 다급한 사이렌처럼 보이는걸. 미안하다, 애야. 너는 비행기에 타게 될 거야."

"아니요, 탈 수 없어요. 안 타요!"

"그래, 하지만 타야 해."

남자가 콘을 부드럽게 달랬다.

"여기 있는 게 나아요. 저는 가끔 집에서요, 사람들이 죽기를 바란다고요."

남자는 조용히 고개를 끄덕이며 콘의 말을 기다려 주었다.

"아저씨는 이해 못 해요. 진짜 간절히 바랐어요. 어떤 때는 너무 간절히 바라서 몸살이 날 지경이었어요."

남자는 다시 고개를 끄덕였다.

"얘야, 그건 사람이라면 누구나 하는 생각이야. 고통스럽지. 하지만 그런 생각에 고통스러워할 필요는 없어. 그런 종류의 바람은 지나가기 마련이니까."

"아저씨가 어떻게 알아요?"

"나는 열 살부터 열여섯 살까지, 학급 친구들의 절반 정도와 학교 선생님 거의 전부가 죽기를 바라며 시간을 보냈어. 하지만 실망스럽게도 모두 살아 있단다. 그들에게 안 좋은 일은 전혀 일어나지 않았어. 단 한 명만 벨기에로 이민을 갔지. 내가 바랐던 것과는 전혀 다르게 말이야."

"하지만 저는 여기 있고 싶어요. 아저씨의 말대로라면 있어야 할 이유가 더 커지는걸요."

콘의 얼굴이 붉게 물들었다.

"이해한다. 그렇지만 너는 네 명 중 이곳을 가장 싫어한다고 생각했는데?"

"그 생각은 바꾸셔도 좋아요."

콘의 얼굴이 점점 더 빨개졌다. 귀에서 목까지, 그리고 이마까지 붉은 색으로 변했다.

"이제는 좋아요. 전에는 이만큼 좋아했던 게 없어요. 집에 가면 가만히 앉아서 아무것도 만지지 못해요. 모든 물건에 커버가 씌워져 있어서 더럽히면 안 돼요. 어떤 커버는 그 위에 또다시 커버가 씌워져 있다고요. 사람들은 자꾸 불가능한 내가 되라고 해요."

"그래, 어떤 기분인지 알겠구나."

"하지만 여기서는 소리 지르고 싶으면 소리 질러도 되잖아요. 손톱을 물어뜯거나 나무에 올라도 아무도 뭐라고 하지 않고요. 자고 싶을 때 잘 수 있고, 뛰고 싶을 때 뛸 수 있어요."

콘은 특히 마지막 문장을 말할 때, 마치 죄를 고백하는 것처럼 힘주어 말했다.

"그 일들을 하기 위해서 굳이 열대 우림에 있을 필요는 없지. 정글 밖에서 할 수 있는 일이 더 많아. 세상은 결국 같다는 것을 잊지 마라. 너는 이제 조금 다른 방식으로 생각하게 될 거야. 네가 사는 세상을 사랑하고 주의를 기울이렴."

남자는 웃음을 참는 것처럼 보였다.

"제발요."

콘이 애원하자, 남자가 한숨 쉬었다.

"나는 너를 찾으러 이곳에 사람들이 오지 않기를 바란다. 그래서 너는 가야만 해. 사람들이 이 도시를 찾게 놔둘 수는 없어."

남자는 콘의 눈을 바라보기 위해 무릎을 굽혀 앉았다.

"하지만 이걸 기억하렴. 여기는 너의 모험이 시작된 곳이야. 이게 끝이 아니란다. 쉽지는 않겠지. 자신에게 솔직해져야 한다. 두려움과 분노를 그대로 드러내고 싶은 마음을 참아 보렴. 너는 이 세상에 그냥 태어난 게 아니야. 사자의 심장이 무엇을 의미하는지 아니?"

"잘 모르겠어요."

콘이 눈을 꼭 감았다가 떴다.

"사람들은 사자의 심장이 용기라고 생각하지. 물론 그렇기도 해. 하지만 넌 발톱을 가진 심장을 지녔어. 예민하지만 용감하지. 그게 바로 너야."

프레드가 두 사람에게 다가가서 크게 헛기침했다. 콘이 휙 뒤돌아보고는 프레드를 어색하게 바라보았다.

"네가 몰래 엿들은 줄은 몰랐어."

콘이 걸어서 나가 버렸다.

프레드는 콘을 쫓아갔다. 자신이 하려는 게 괜찮은 생각인지 확실하지 않았다. 그랬다가는 얼굴을 팔꿈치로 맞을 수도 있었다.

"콘, 방학 때 어디 가?"

프레드가 물었다.

"나는 이모할머니랑 살아. 알고 있잖아."

콘이 공격적으로 대답하고는 한참 있다 물었다.

"왜?"

"저기, 그러니까, 우리 집에 남는 방이 하나 있거든. 그리고 아버지는 늘 집에 친구를 많이 데려오라고 말씀하셨어."

"친구?"

콘의 얼굴이 온통 빨개졌다.

"물론, 친구지."

작별

릴라가 동이 트기도 전에 프레드를 깨웠다. 아직 하늘은 회청색이었고, 릴라의 얼굴은 수척했다. 열두 살이라기보다는 마치 여든 살 같았다.

"맥스를 병원에 데려가야 해, 프레드."

릴라는 손톱이 파고들 정도로 팔을 꽉 잡고 프레드가 듣고 있는지 확인했다.

"선택의 여지가 없어."

프레드는 릴라의 피부에서 열기를 느꼈다. 희망, 자포자기, 사랑의 열기였다.

"나도 알아."

곧이어 남자가 아이들을 불렀기 때문에 세수할 시간조차 없었다.

"다들 서둘러! 시간이 다 됐어."

남자는 해가 드리우기 시작한 도시 중앙에 서 있었다. 물고기 비늘

반지가 빛에 반사되어 반짝거렸다.

아이들이 비행기 주변으로 모였다. 프레드는 정글에 온 지 몇 년이나 흐른 것 같았다. 네 아이들 모두 몹시 지저분했다. 옷은 불에 타고 찢어져 너덜거렸고, 진흙을 뒤집어썼으며, 생선 비린내가 났다. 얼굴과 손은 모기에 물린 자국과 긁힌 자국으로 가득했다. 하지만 아이들은 팔다리가 조금 더 자랐으며, 꽤 강인해졌다.

남자 목에 바카를 둘러 주는 릴라 손이 달달 떨렸다.

"원숭이들보다 훨씬 멋진 목도리가 되어 줄 거예요."

눈가가 촉촉했지만 눈물은 흘리지 않았다.

"바카를 돌봐 주실 수 있나요?"

"뭐? 물론 아니지."

남자가 깜짝 놀라 말했다.

"부탁이에요. 혼자 지내기에 아직 어려요. 도움이 필요해요."

"바카는 내가 아닌 네가 필요해. 바카는 네 거야. 네가 구조했고, 먹였고, 키웠잖니. 너도 바카가 필요할 거다."

"하지만 부모님이……."

"부모님도 이해해 주실 거다. 평범한 상황이 아니라는 걸 이해하실 거야."

남자는 바카를 다시 릴라 어깨에 얹어 주었다. 마치 훈장을 달아 주는 듯했다.

"너희는 서로에게 속한 거란다."

그리고 남자는 맥스를 들어서 뒷좌석에 눕혔다.

"편안하니?"

맥스는 여전히 눈을 감고서 얕은 숨을 내쉬고 있었다. 이제 손가락까지 부풀기 시작했다.

"얼마 남지 않았어, 작은 악마야. 아주 시끄러운 사차원 꼬마였지만, 나는 맥스를 만나서 정말 즐거웠다."

남자는 맥스의 머리를 쓰다듬으며 릴라에게 말했다.

"맥스도 아저씨를 정말로 좋아했어요. 아니, 좋아해요."

릴라가 제 말에 깜짝 놀라 말을 바꿨다.

남자가 고개를 끄덕이며 손을 모아 릴라의 발치에 대 주었다. 릴라는 남자의 손을 밟고 비행기에 올라타, 맥스를 무릎에 눕혔다.

"잘 들어라. 집으로 돌아가거든 사람들에게 이 정글이 얼마나 거대한지, 얼마나 푸르른지 말해 줘. 그리고 이 세상의 아름다움은 우리에게 달렸다고 말해 줘. 반복해서 알려 줘야 할 거다. 만일 이 세상이 작고 보잘것없다고 믿는다면, 그냥 그렇게 생각하는 게 편할 거야. 하지만 그러기엔 이 세상은 너무나 크고 아름답지. 그리고 너희 모두는 자면서조차 용감했다는 사실을 잊지 마라. 끝까지 위험에 대담하게 맞서야 해. 너희의 용감함은 끝내 박수를 받게 될 거야."

남자는 맥스의 상기된 볼을 바라보았다.

"하지만 두려워요."

콘이 마른침을 삼켰다.

남자가 먼지를 쓴 채 무미건조하게 고개를 끄덕였다.

"너희는 두려워할 권리가 있어. 어쨌든 용기를 내."

이번엔 남자가 콘에게 손을 내밀었다. 콘은 여왕처럼 남자의 손을 잡고 올라, 릴라 옆에 비집고 앉았다. 릴라와 콘은 다리를 붙이고 그 위에 맥스를 눕혔다.

남자가 마지막으로 프레드를 오래도록 바라보았다. 그리고 머리를 조종석 쪽으로 휙 돌렸다. 프레드는 비행기 쪽으로 몸을 휙 돌렸다.

"릴라, 맥스를 잘 잡아. 이제 문 닫으마."

남자는 노란색 문을 옆으로 밀어 닫고 안전장치를 고정시켰다.

"그리고 한 가지 더! 아무것도 생각나지 않을 때에는 구더기를 생각해. 한번은 내 팔꿈치에 구더기 한 무리가 살았던 적이 있어."

"팔꿈치에요?"

프레드 뇌가 마구 돌아갔다.

"그래. 자만심을 한 방에 날려 버렸지."

비행기에 오르던 프레드 눈이 커졌다.

"잠깐만요, 아저씨가 누구인지 알 것 같아요!"

하지만 남자는 이미 정글로 향하고 있었다. 프레드는 남자의 뒷모습을 한참 동안 바라보았다.

맥스가 고통에 겨운 신음 소리를 내자, 릴라가 말했다.

"지금 가야만 해."

프레드는 고개를 끄덕이고 몸을 한 번 떨고는 발을 페달에 놓았다. 그리고 마지막으로 한 번 더 남자를 쳐다보았다.

"준비됐어?"

프레드가 뒷자석을 향해 물었다.

"준비됐어."

콘은 이를 악물고 미소를 지으려고 애썼다.

"준비됐어."

릴라는 맥스를 꼭 안았다.

프레드는 어깨 너머를 흘끗 보았다. 맥스가 얕은 숨을 쉬며 가만히 누워 있었다. 콘과 릴라는 손을 꼭 잡고 있었다. 관절이 하얗게 될 정도였다.

프레드가 마침내 버튼을 눌렀다. 엔진에 시동이 걸리면서 굉음이 울려퍼졌다. 프레드는 조종간을 당겨 비행기가 하늘을 향하도록 했다.

두려움은 잠시 뒤로한 채였다.

또 다른 탐험

　아이들이 도착한 곳은 소를 키우는 넓은 목장이었다. 아마존의 정글만큼 푸르렀다. 아이들은 땅에 세게 부딪히고 솟았다가 다시 땅에 부딪혔다. 소들은 공포에 질려 음매 소리를 내며 흩어졌다. 앞바퀴와 뒷바퀴가 마구 흔들렸다. 날개가 뒤집힐 것 같은 순간이 있었지만, 마침내 비행기는 떨림을 멈추고 조용해졌다.

　프레드는 목장 냄새를 이토록 감사하게 느낀 적이 없었다. 나머지는 기억이 흐릿했다. 프레드와 콘은 엔진에 불이 붙은 나뭇가지를 떨어뜨려 비행기를 태웠다. 릴라는 맥스를 안고 뒤에 서 있었다. 아이들은 풀 위에 앉아서 노란 비행기가 붉게 타오르는 것을 바라보았다. 불길이 활활 치솟자 사람들이 몰려왔다. 사람들은 프레드가 모르는 언어로 무언가를 외쳤고, 릴라가 이를 통역해 주었다.

　마침내 아이들은 말을 타고 모터보트를 탄 사람들에게 갔다. 의사들을 만나 치료를 받고, 모터보트로 마나우스까지 갔다. 맥스는 마나우스 병원으로 보내졌다. 전보와 전화가 오가고, 한 남자와 여자가 병실에 찾아와 릴라와 맥스를 와락 껴안았다.

그리고 아이들은 거대한 여객선을 탔다. 금빛 벽으로 꾸며진 화려한 식당에서 스테이크와 아이스크림을 먹었다. 릴라는 좀 망설이다가, 바카를 목에 두르고 부모님 사이에 앉아 피아노를 연주했다. 무척 아름다웠다. 콘과 맥스는 대형 거울이 있는 연회장에서 원을 그리며 뛰어다니는 바람에 다른 승객들을 화나게 만들었다.

프레드는 무릎을 굽히고 앉아서 실크가 덧대진 의자를 살펴보았다. 엄숙하게 행동하려고 했지만 아버지를 생각하면 손끝과 무릎이 긴장과 희망으로 떨려 왔다.

'근무 시간이야. 아버지는 일해야만 해. 아마도 다른 사람을 보냈을 거야.'

하루하루 공기가 차가워졌다. 바다는 녹색에서 파란색으로 변했다. 프레드는 잊기 전에 아마존의 초록색을 가슴에 새겼다. 배는 점점 부두로 향했다.

사람들이 물가에 서 있었다. 다들 기대감에 주먹을 꼭 쥐고 눈을 반짝였다. 프레드는 익숙한 얼굴이 있는지 찬찬히 살펴보았다.

선원들이 판자를 놓자, 릴라와 맥스는 울음을 터뜨렸다. 남매의 할머니가 배를 향해 팔을 벌리고 있었다. 릴라와 맥스는 곧장 돌진해 할머니에게 안겼다. 부모님도 웃으며 뒤따랐다. 할머니는 눈썹이 맥스와 똑같았다.

"콘!"

목소리가 들렸다.

콘의 얼굴이 환하게 밝아졌다. 콘의 이모할머니가 수척한 모습으로 서 있는 것이 보였다. 이모할머니는 손녀딸이 판자를 밟고 내려오는 모습을 보고는 감정에 복받쳐 흐느꼈다. 프레드는 콘의 이모할머니가 정말 콘이 맞는지 확인하듯 팔을 더듬어 잡는 모습을 보았다.

하지만 아무도 프레드의 이름을 부르지 않았다. 프레드는 부산스러운 세관 창고에 우두커니 서 있었다. 마음속에서 올라오는 실망감을 애써 가라앉히려고 노력했다.

그때 원형을 알아볼 수 없을 만큼 구겨진 옷자락을 휘날리며 누군가 뛰어오고 있었다. 아버지였다. 아버지는 선원들과 화려한 모자를 쓴 여자들을 밀치고 비행기보다 더 빠르게 다가왔다.

"너를 다시는 못 보는 줄 알았다. 견딜 수가 없었다. 견딜 수가 없었어."

심장에 갈비뼈가 느껴질 정도로 아버지는 프레드를 꽉 끌어안았다. 프레드는 아버지 코트에 얼굴을 묻었다. 그리고 다시 혼자서 정글 속을 성큼성큼 걸어 다닐 한 남자를 생각했다.

"사실 모든 사람은 이미 탐험가지."

남자의 목소리가 생생했다.

탐험은 미지의 세계로 걸어 나가는 것이다. 그러나 가끔은, 집으로 돌아가는 것이기도 하다.

12년 뒤

프레드는 리츠 호텔의 문을 열고 성큼성큼 걸어서 카페로 향했다. 로비에서 수많은 소년들이 프레드를 보고 웅성거렸다.

맥스가 프레드를 보고 벌떡 일어나다가 설탕 그릇을 쏟았다. 지금은 프레드만큼 키가 크고, 더 이상 어린아이의 동그란 얼굴이 아니었다. 하지만 눈썹은 여전히 진하고 산이 또렷했다.

"왔구나! 탐험을 떠난 줄 알았어."

맥스가 프레드를 꽉 안았다.

"프레드!"

릴라는 너무 아름다워서 릴라가 먼저 웃어 주기 전까지는 늘 부끄러운 기분이 들었다. 삐뚠 치아 하나는 살짝 더 삐뚠 채 여전히 그 자리에 있었다. 릴라가 프레드를 힘차게 안았다.

"여행은 어땠어? 신문마다 네 기사가 나오더라. 새로운 종류의 탐험가라고."

대답하려는데 뒤에서 목소리가 들려왔다.

"너희들 모두 똑똑해 보이네. 러플 달린 옷을 입고 오게 미리 말해 줬어야지."

"누나!"

맥스가 외쳤다.

콘은 한눈에도 비행기 안에서 아침을 맞이한 사람처럼 보였다. 여전히 각진 턱이었다. 하지만 의심이 많아 보이던 구불거리는 금발은 단발이 되어 있었다. 콘은 허리가 높은 바지를 입고 어딘지 모르게 탐험가 모자 비슷한 펠트 모자를 쓰고 있었다.

작년 크리스마스에 프레드가 선물로 준 모자였다. 프레드의 아버지는 지금도 2층 손님방을 콘의 방이라고 불렀다.

카페 직원이 메뉴판을 들고 다가왔다.

"감사합니다만, 저희는 아주 오래전에 뭘 먹을지 정해 뒀어요."

콘이 말했다.

"모든 케이크를 한 조각씩 주시겠어요?"

프레드가 주문했다.

"그리고 핫초콜릿 네 잔도요. 코코아 벌레 팬케이크를 기념하며."

맥스가 덧붙이며 빙그레 웃었다.

카페 직원이 떠나자, 릴라가 테이블 아래로 손을 넣었다.

"우리와 함께 축하할 누군가를 데려왔어. 여기 직원들이 좋아하지 않을 것 같은데, 코트로 좀 가려 줄래?"

릴라가 옆에 놓인 라탄 바스켓(나무줄기로 엮은 바구니)에서 회색 털 뭉치를 꺼냈다. 털 뭉치는 아주 천천히 눈을 떴다.

"바카!"

프레드가 외쳤다.

"거대해졌네."

콘이 말했다.

"바카는 훌륭한 할아버지가 됐어. 사고뭉치였지만."

릴라가 말했다.

"아주 느린 사고뭉치였지."

맥스가 말했다.

"여전히 내 생물학 책 표지를 먹으려 하긴 해."

넷은 돌아가며 바카를 안아 보았다. 예전보다 털이 덜 풍성하고 움직임이 느려졌지만, 여전히 주변 냄새에 관심이 많았다. 바카가 한 팔을 천천히 들어서 갈색 설탕을 만졌다.

프레드는 손바닥이 위를 보게 손을 내밀었다. X가 아주 희미하게 보였다.

"아직도 비밀이지?"

"그럼, 비밀이지."

릴라도 손을 내밀었다.

"물론이지."

맥스가 테이블 위에 손을 폈다.

"언제까지나."

콘이 말했다.

프레드는 다 함께 펼친 손바닥을 내려다보았다. 프레드 손은 마지막 탐험에서 생긴 화상 자국과 상처로 덮여 있었다. 릴라의 손은 동물의 손톱에 긁힌 자국이 나 있었고, 콘의 손에는 잉크 자국이 번져 있었다.

맥스가 침묵을 깼다.

"아저씨가 아직 그곳에 있을까?"

"모르겠어. 하지만 곧 찾아낼 거야. 우기가 끝나는 대로 아마존으로 돌아가서 다시 찾아보려고 해."

"다른 사람들은 데려가지 않고?"

콘이 물었다.

"응. 당연히 혼자 가야지. 우리가 살아남았다는 건, 우리가 계속 탐험하고 있다는 뜻이니까."

　이 책에 등장하는 탐험가와 도시는 허구이지만, 실제 존재하는 대상을 소재로 삼았습니다. 퍼시 포셋을 찾고자 했던 크리스토퍼 매클래런은 가상 인물이고, 퍼시 포셋은 실존 인물입니다.

　퍼시 포셋은 놀라울 만큼 튼튼한 체격에 거대한 콧수염을 가진, 영국의 포병 장교이자 유명한 탐험가였어요. 그 사람은 브라질 문서 보관소에서 〈옛 도시의 유적에 대한 보고서〉라는 책을 발견하고는, 아마존의 옛 도시가 수준이 매우 높고 금이 풍부하다고 믿었습니다. 그리고 그 도시에 '잃어버린 도시 Z'라는 이름을 붙이고 탐험을 떠났습니다. 탐험하는 데 대부분의 생을 보낼 만큼 열정적이었지요. 하지만 1925년, 퍼시 포셋과 두 동료는 아마존강 남동쪽 지류인 싱구강 상류를 건넌 직후 사라졌습니다. 이후 어떤 소식도 들려오지 않았지요. 돌아오지 않는 퍼시 포셋을 찾기 위해 크리스토퍼 매클래런처럼 실제로 수많은 사람들이 떠났습니다. 일부는 성과 없이 돌아왔고, 일부는 아예 돌아오지 않았습니다.

　또한 수많은 토착민들이 유럽인들 때문에 죽은 것도 사실입니다.

토착민들은 유럽인들의 가혹 행위에도, 그들이 옮긴 질병에도 면역력이 없었기 때문이지요. 유럽이 남미 대륙을 침략하기 전인 1500년에 브라질 토착민은 수백만 명이 넘었지만, 현재는 30만 명뿐입니다. 사람뿐 아니라, 열대 우림도 심각한 위험에 처했습니다. 지난 50년 동안 60만 제곱킬로미터의 열대 우림이 파괴되었습니다.

제가 본 아마존은 정말 놀라웠습니다. 아름다움이 무엇인지 안다고 생각했는데, 그곳에 다녀온 이후 그 생각이 바뀌었지요. 아마존을 보호하는 일에 참여하고 싶거나 자세히 알고 싶다면 greenpeace.org.uk/amazon에서 관련 글을 찾아 보기 바랍니다.

세계의 열대 우림은 많은 역사와 비밀을 간직하고 있습니다. 2016년, 15세 캐나다 소년이 별자리 지도와 위성 사진을 이용하여 잊혀진 고대 마야 문명을 발견했지요. 마야 도시가 별자리를 따라 건설됐을 수도 있다는 의문 하나로, 숨겨진 도시에 피라미드 하나와 수십 개 건물이 있음을 추론한 것입니다. 아직 초기 연구 단계이지만 몇몇 고고학자들은 이 지역에 마야 도시의 흔적이 있을 것이라고 믿고 있으며, 그 수는 수백 개에 달할 것이라고 합니다.

여전히 알아야 할 세상이 아주 많다는 사실을 여러분 마음속에 간직해 주길 바랍니다.